"돌아보니 모든 상처는 글쓰기를 위해
온 것 같아요. 그리고 그 상처는
하나의 운명처럼 나를 성장하고
단련시키는 계기가 되었죠." 공지영

"이 땅의 모든 문학은 모국어의
자식입니다. 모국어에 대한 은혜를
갚는 것은 작가의 사명이자,
존재 이유니까요." 조정래

"소설은 기존의 틀과 낡은 인식을 깨뜨리는
작업이에요. 그래야 인간을 폭넓게
이해할 수 있거든요.
그리고 인간을 이해한다는 것은
궁극적으로 자신을 이해하는 것일 테니까요." 은희경

"늘 문학 뒷전에 있었어요. 내 스타일은
무엇인가. 서정적인가, 서사적인가,
질펀한가, 고아한가. 지금도 고민이에요." 성석제

"작가가 작품을 쓰지 못한다면 사는 게
얼마나 가치가 있을까요? 그리고
꼭 써야 할 작품들이 있거든요." 복거일

"책 속으로 들어가고, 나만의 침잠의
세계로 들어갔다는 게 중요해요.
내 안에서 나만의 세계를
만들어나갈 때 비로소 불우했던
내가 치유될 수 있거든요." 이승우

"시인은 시를 써야 시인입니다.
저는 죽을 때까지 시를 쓸 작정입니다.
시란 자기 자신과 한 시대를 이루는
인간을 이해하고 알아가는 과정이니까요." 정호승

"예전에는 시가 사람이 기댈 언덕이거나
따뜻한 국물이라고 했지만, 지금은 '나'라는
사람의 정체성과 같이 가면 좋겠어요.
삶의 방법으로서의 시가 아닌 목적으로서의
시가 됐으면 싶어요." 안도현

"풍경화를 가장 좋아해요.
세상에 치이고 생각대로 일이 풀리지
않을 때 자연이 주는 넉넉함과
생명력에서 위로를 받곤 하지요." 최영미

"삶과 시를 되도록 같이 가려 합니다.
경험과 대상을 그대로 드러내는 게
아니라 시인의 관점에서
어떻게 풀어내야 하는지
고민하는 거지요." 나희덕

"공부를 잘하려면
아인슈타인보다 피카소가
되어야 합니다." 최재천

"상처받지 않는 삶은 없다. 상처받지 않고
살아야 행복한 것도 아니다. 누구나 다치면서
살아간다. 우리가 할 수 있고 해야 하는 일은
세상의 그 어떤 날카로운 모서리에 부딪쳐도
치명상을 입지 않을 내면의 힘, 상처받아도
스스로 치유할 수 있는 정신적 정서적
능력을 기르는 것이다." 유시민

책은 사람을 만들고
사람은 책을 만든다

공 지 영 에 서   최 재 천 까 지

책은 사람을 만들고
사람은 책을 만든다

미다스북스

책은 사람을 만들고,
사람은 책을 만든다

지난 2년간은 황홀한 시간이었다. 우리 시대 최고의 작가, 시인, 철학자, 건축가, 역사학자, 인문학자, 문화예술인을 만나면서 행복했고 감사했다. 그들을 만나고 돌아오는 길은 알 수 없는 넉넉함과 뿌듯함에 휩싸이곤 했다.

그들에게선 저마다 향기가 났던 것 같다. 담백하면서도 은은한 향. 아니 역설적으로 아무런 향기가 나지 않았는지도 모른다. 그 무향(無香)은 아마도 자신의 길을 넘어, 누군가의 인생에 한줄기 빛을 제시하는 이들에게서 배어나오는 은근한 미의 발현이었던 것 같다.

공지영 작가, 곽금주 교수, 김병조 고전학자, 김병종 화백, 김언호 출판인, 나희덕 시인, 복거일 작가, 배병우 사진작가, 성석제 작가, 승효상 건축가, 안도현 시인, 유시민 문필가, 은희경 작가, 이덕일 역사학자, 이승우 작가, 이주향 교수, 이주헌 미술평론가, 정호승 시인, 조정래 작가, 주철환 대피디, 진중권 교수, 최영미 시인, 최재천 교수(가나다 순).

이들은 두말할 나위 없는 우리 시대 최고의 문화예술인이며 학자들이다. 저마다 삶에 대한 지혜와 빛나는 지성을 지닌 명사들이다. 결코 과거의 성취에 머물지 않고 열정과 도전정신, 창의적인 마인드로 저마다의 분야에서 하나의 '장르'가 된 문화예술인들이다.

그렇다면 이들을 하나로 묶어낼 수 있는 명징하면서도 아름다운 키워드는 무엇일까? 아마도 그것은 책이 아닐까 싶다. 인터뷰를 하는 동안 필자는 그들의 삶은 '한 권의 책'이라는 결론에 이르렀다. 이 세상에 존재하는 단 한 권의 책 말이다. 오늘의 그들을 만든 것 또한 이전에 읽었던 수많은 책들이 자양분이 되었다는 사실도 목도할 수 있었다.

　이 책은 지난 2년여에 걸쳐 광주일보 문화예술전문지『예향』에 연재되었던 글을 토대로 엮은 것이다. 무거운 카메라를 들고 서울 출장을 함께했던 후배 최현배 기자와 김진수 기자에게 고마움을 전한다. 그들의 사진에 대한 열정이 없었다면 이 책은 나올 수 없었을 것이다. 무엇보다 남다른 애정으로 문화예술전문매거진『예향』에 관심과 지원을 아끼지 않았던 김여송 광주일보 사장님과 말없이 응원을 해준 선후배 동료기자들에게 감사를 전한다. 그리고 좋은 책을 만들어주신 미다스북스 류종렬 대표님과 출판사 관계자분들에게도 감사를 전한다.

2015. 11. 저자 박성천

목차

PART 1
작품은 작가를 만들고,
작가는 불멸을 탄생시킨다

PART 2
시는 시인을 만들고,
시인은 영원한 시간 속에 시를 노래한다

PART 3

지성은 지식인을 만들고,
지식인은 시대를 살찌운다

PART 4

예술혼은 예술가를 만들고,
예술가는 빛나는 예술을 창조한다

PART 1

<u>작품은 작가를 만들고,</u>
<u>작가는 불멸을 탄생시킨다</u>

"세상은 춥고 죽음은 도처에서 우리를 엄습해 오지만, 아직도 백지 앞에 앉으면 '대체 소설은 어떻게 쓰는 걸까?' 막막하지만 나는 앞으로도 더 자유롭게 희망을 노래하련다. 인간은 그리 작은 존재가 아니고, 삶은 한 번쯤 도전해 볼 만한 가치가 있는 것이며, 사람들 사이의 연대는 소중한 것이다…… 라는 희망을." (2011년 제35회 이상문학상 작품집 수상 소감 중에서)

소설가

공지영 _01

"해가 바뀌어 2013년이 되었고, 더 이상 넋을 잃고 있어서는 안 되겠다는 생각을 하게 되었죠. 그러면서 소설 생각이 났습니다. 문학을 통해 삶의 고통을 나누고 싶다는, '아 나는 작가구나'라는 사실을 떠올렸던 거지요. 이 무정하고 광포한 세태가 나를 더 이상 황폐화시키지 못하도록 보다 근본적인 것에 대한 천착을 해야겠다는 마음을 먹었죠."

소설가 공지영

무소의 뿔처럼 혼자서 가라

상처를 꽃으로 피워낸 작가

소설가 공지영. 그녀는 '인간에 대한 예의'를 아는 작가, 아니 천착하는 작가다. 여타의 평가와 호불호와는 다른 가치론적인 관점에 관한 이야기다. 어쩌면 왜 소설을 쓰는가에 대한 작가의 존재론적인 의미 부여일 수도 있겠다.

공 작가 소설 이면에 흐르는 일관된 기조는 사회적 약자를 향한 따뜻함이다. 낮은 자, 고통받는 자, 절망에 처한 자에 대한 위로와 지지는 그녀 소설의 기본적인 줄거리다. 삶의 한 복판에서 건져 올린 다양한 서사는 실의와 좌절에 빠진 이들에게 위안과 용기를 준다.

"나도 그랬지, 그래 맞아 맞아."

"지금 내가 겪고 있는 고통이 바로 그런 거야. 정말 내 얘기네."

"내가 알고 있는 사람도 책 속의 주인공과 같은 처지야. 근데 어쩌나. 너무나 힘겨울 텐데."

저 얘기가 바로 내 얘기일 수도 있겠다는, 아니 나의 가족, 지인이 겪고 있는 현실이라고 생각하는 이들에게 공 작가의 소설은 일종의 카타르시스를 선물한다. 타인의 공감을 이끌어내는 설득력과 수많은 독자를 포용하는 서사의 보편성은 그녀의 소설이 다른 작가와 극명하게 구별되는 지점이다. 그것이 오늘의 작가 공지영을 만들었고 내일의 작가 공지영을 만들 것이다.

도대체 어떻게 하면 펴내는 책마다 베스트셀러가 될 수 있을까. 글이 온전히 밥이 되지 않는 시대에, 아니 책을 읽지 않는 시대에, 어떻게 하면 잘 읽히고 문학성까지 담보하는 소설을 쓸 수 있을까. 공 작가와 인터뷰 약속을 한 뒤 이런 의문이 내내 머릿속을 떠나지 않았다.

2013년 늦가을에 발간된 『높고 푸른 사다리』 또한 예상했던 대로 베스트셀러에 진입했다. 출간된 지 이틀 만에 11만 부가 넘게 팔리며 작가의 이름값을 톡톡히 증명했다. 공 작가 자신도 교정을 보면서 세 번이나 울었다고 고백할 만큼, 소설의 울림은 그리 간단치 않다. 이 소설은 2014년 〈광주전남 시도민 한 책〉에 선정돼 많은 이들이 그녀의 책을 읽고 토론을 했다.

필자는 공 작가의 소설을 좋아한다. 대학 때부터 그이의 소설을 탐독했다. '밥'이 되지 못할 소설을 읽으며 밥벌이를 고민하던 시절이었다. 그녀의 소설을 읽으며 문학을 공부했고, 더러는 작가의 꿈을 키우기도 했다.

『무소의 뿔처럼 혼자서 가라』, 『존재는 눈물을 흘린다』, 『봉순이 언니』, 『별들의 들판』, 『우리들의 행복한 시간』, 『도가니』 등등…. 섬세한 감성과 유려한 문체가 빚어내는 아우라에 마음을 빼앗겼다. 갓 잡아 올린 활어 같은 단단한 문장과 촘촘한 그물 같은 서사 구조가 맘에 들었다. 어느 작품을 읽어도 소설의 본질이라고 할 수 있는 문체, 구성, 주제의식이 균질했다. 그뿐인가. 진실을 외면하지 않는 솔직한 어법과 술술 읽히는 명료한 문장은, 마치 이편의 꼭꼭 담아 두었던 말들을 작가가 속 시원히 풀어주고 있다는 느낌을 갖게 한다. 그 때문이었을까. 한 권의 책을 읽고 나면 또 다음의 소설이 자연스레 기다려졌다.

현실을 견뎌내게 해주는 힘은 역시 소설

지하철 연착으로 약속 장소에 조금 늦게 도착했다. 올 들어 처음 영하로 떨어지는 날이었지만 그다지 춥다는 생각은 들지 않았다. 스마트폰 내비게이션을 켜고 바삐 종종걸음을 쳐, 겨우 홍대 인근의 작은 카페를 찾았다. 스마트폰이 등불처럼 발걸음을 인도해주는 시대에 살고 있다는 사실이 낯선 위로로 다가왔다.

인적이 드문 작고 소담한 카페는 모던하면서도 깊이가 느껴지는 공간이었다. 약속 시간에 늦었음에도 작가는 광주에서 먼 길을 찾아온 필자 일행을 따뜻한 미소로 맞아주었다. 작가의 표정에선 모든 열정을 작품에 쏟아 붓고 난 뒤의 허탈함과 모처럼 갖는 휴식의 달콤함이 묻어났다. 인터뷰는 신간 발간에서부터 문학에 대한 견해, 책에 관한 이야기, 삶에 대한 부분에까지 이어졌다.

"작품 제목에서 '푸른'은 삶과 죽음이 교차하는 바다를 뜻합니다. '사다리'는 그러한 세상 가운데 드리워진 동아줄과도 같은 것이죠. 소설에서는 수도원을 상징한다고 볼 수 있습니다."

작가는 "10여 년 전에 읽은 송봉모 신부의 책을 읽다가 모티프를 얻었다"(2004년인가 2005년인가 정확한 기억은 없다)면서 "그 신부의 책 속에 있던 100자도 안 되는 구절 가운데 두 개의 명사가 가슴을 두드렸다"고 한다. 그리고 '성 베네딕도 왜관 수도원'과 '마리너스 수사'라는 두 명사는 잠재의식 속에 봉인되어 있다가, 마침내 10여 년 가까운 숙성과정을 거쳐 『높고 푸른 사다리』로 탄생하기에 이른다.

"이 소설을 쓰기 전이었던 2012년은 몹시도 힘든 해였습니다. 도대체 왜 하느님께서 제게 왜 이런 시련을 주셨는지, 수없이 반문을 하곤 했지요. 그 물음을 화두 삼아 붙잡고 내 자신과 사투를 벌이듯 싸웠습니다. 몸은 피곤했고 마음은 지칠 대로 지쳐갔어요. 해가 바뀌어 2013년이 되었고, 더 이상 넋을 잃고 있어서는 안 되겠다는 생각을 하게 되었죠. 그러면서 소설 생각이 났습니다.

문학을 통해 삶의 고통을 나누고 싶다는, '아 나는 작가구나'라는 사실을 떠올렸던 거지요. 이 무정하고 광포한 세태가 나를 더 이상 황폐화시키지 못하도록 보다 근본적인 것에 대한 천착을 해야겠다는 마음을 먹었죠."

창작 배경을 말하는 작가의 말은 나직하지만 단호했다. 이 책을 출간하기 바로 1년 전에는 대선이 있었다. 작가는 말은 하지 않았지만 '2012년'이 그녀에게 환기하는 의미는 남다를 듯도 싶었다. '도대체 왜?'라는 반문을 하지 않으면 안 될 만큼 고통스러웠을 거라는 사실을 미루어 짐작할 수 있다.

공 작가는 2012년 대선 때 문재인 후보 멘토단에 참여했다. 물론 그 이전에도 이런저런 일로 사회활동에 참여하기도 했다. 작가가 현실에 참여하느냐 안 하느냐의 문제는 전적으로 본인이 판단할 몫이다. 그리고 그 근거는 진실과 진리에 부합하느냐, 안 하느냐의 관점에서 취해져야 한다고 본다.

"지난해 영화 〈도가니〉 시사회가 있던 그날 밤 이후 서울시장 선거, 총선, 그리고 쌍용차 르뽀… 나름 힘껏 뛴다고 뛰었네요. …… 그리고 평생 만난 것보다 많은 사람을 만났고 평생 먹은 욕 합친 것보다 많은 욕을 먹었습니다."

그녀는 팔로어 숫자가 50만 명이 넘는 파워 트위터리안이다. 2012년 트윗에 올린 작가의 글은 '도대체 왜?'라는 질문을 하게 되었는지 그 단초를 제공한다. 너무도 첨예한 '정치판'에서 섬세한 감수성을 지닌 문인이 상처 없이 버텨내기는 힘겨웠을 것이다. 무시로 날아드는 '돌팔매질'을 감당하는 건 여간한 맷집이 없이는 불가능하다.

그러나 현실을 견디게 하는 힘은, 작가에게는 역시 소설이 답이다. 글쓰기 외에는 그 어떤 것도 대안이 될 수 없다. 아마 공 작가도 그러했을 것이다. 현실과 맞서는 데서, 정확히 말하면 현실에서 파생되는 부당함과 부조리를 자신의 언어로 서사화하지 않고는, '품위'라고는 눈 씻고는 찾아볼 수 없는 이 황량한 세상을 견디기가 어려웠으리라.

그녀의 소설에 그만의 확고한 아우라가 있는 건 그 때문이다. 현실의 부조리

/ 베스트셀러 작가를 만날 때마다 기대와 설렘, 부러움이 교차한다. 공지영 작가를 만날 때도 예외는 아니었다. 공작가는 오랫동안 근거 없는 비난에 시달렸고 무수히 많은 불면의 밤을 세워야 했다. 그때마다 그녀는 '무소의 뿔처럼' 묵묵히 그 상실의 시간을 견디며 자신만의 소설세계를 열어왔다. 세상에 거저 되는 것은 없는 모양이다. 뭔가 결심을 했다면 먼저 시련을 감내할 각오부터 다지는 게 순서가 아닐까. /

를 어떻게 수용하고 내면화하느냐에 따라 작품은 전혀 다른 무늬를 형성하게 된다. 물론 작가가 고유의 스타일을 갖는다는 것은 말처럼 쉬운 일이 아니다. 무수히 많은 '연단'의 시간을 거쳐야 비로소 체득되는 게 스타일이다. '침잠'이라는 스스로가 설정한 가혹한 체벌을 온전히 견뎌내야 하는데, 흡사 그것은 가마에서 구워낸 그릇을 반복해서 깨부수어야 하는 도공의 아픔과 별반 다르지 않다.

그러므로 자신과 치열하게 싸워본 적이 없거나 스스로를 깨부수는 아픔을 견디지 못한 이들에게 창작의 세계는 가혹한 감옥이 되고 만다. 인간사의 시난고난한 이야기와 복잡다단한 이야기를 글로 형상화하는 작가야 두말할 나위도 없다. 상상력만으로, 감수성만으로, 기법만으로 작품은 결코 완성되지 않는다. 물론 어느 정도의 성취야 기대할 수 있지만 타인을 감동시키는 울림이 있는 작품을 생산해내는 건 기대하기 어렵다. 울림이 없으니 자연히 생명력 또한 담보될 수 없는 건 자명한 이치다.

가장 좋아했던 소설은 박경리의 『토지』

그렇다면 공 작가는 언제부터 글을 썼을까.

그녀는 타고난 글쟁이가 아닌가 싶을 정도로 글을 잘 쓴다. 그것도 잘 팔리는 소설을, 아니 많은 이들의 공감을 이끌어내는 소설을 말이다. 매우 열정적이며 영리하게 그리고 강렬하면서도 섬세하게.

몇몇 평론가들이나 일부 사람들이 그녀의 소설을 이런저런 이유로 혹평하지만 그녀는 국내 최고 권위의 이상문학상을 받았으며, 누적 판매부수가 1천여 만 권에 달하는 베스트셀러 작가다. 어떤 이유와 식견을 들이대든, 문단을 쥐락펴락하는 일군의 평론가들이 현학적인 언어로 재단을 하든, 분명한 것은 독자가 부여하는 권위와 독자가 부여하는 권력을 이길 수 없다는 것이다. 공 작가의 가장 많은 독자를 차지하는 30대 여성과 다수의 여성들은 그녀가 그려내는 소설 속 주인공을 통해 위로를 받는다. 강연장에서든 북 콘서트장에

공지영 소설가의 대표 작품들

서든 많은 이들이 "공 작가의 소설을 읽고 새 인생을 살아갈 용기를 얻게 되었노라"고 말한다.

"소설은 대학교 4학년 때부터 썼습니다. 처음 쓴 소설로 연세문학상을 받았고 이전에는 시로 같은 상을 받았구요. 어린 시절부터 늘 문학을 좋아했던 것 같아요. 초등학교 3학년 때 MBC가 주최한 '어머니'를 주제로 한 글쓰기 대회에서 상을 받았는데, 이때 글에 재능이 있다는 사실을 알게 되었죠. 어른이 되면 어렴풋이 작가가 되지 않을까 하는 생각이 들었습니다."

그녀는 대학(연세대 영문과 81)에 진학한 뒤 사회의 현실에 눈을 뜨게 된다. 유복한 집안의 막내딸이었던 그녀에게 대학생활은 이전까지의 생각을 바꾸는 전환점이 되었다. 그녀에 따르면 당시 주변의 대학생들은 학생식당에서 밥 먹을 돈도 없을 정도로 가난했다고 한다. 그에 비해 부유한 집안에서 태어나 누릴 만큼 누렸던 자신의 지난 삶이 일말의 부채감으로 다가왔다. 공 작가가 민주화운동에 참여한 이후, 대학생들이 지향했던 신념을 소설에 투영했던 건 그러한 연유와 무관치 않다.

"대학 시절에는 꽤 많은 책을 읽었던 것 같아요. 삼중당문고와 세계 문학전집 등을 닥치는 대로 읽었어요. 가장 좋아했던 소설은 박경리 선생의 『토지』였는데 모두 다섯 번이나 읽었어요. 수많은 사람들의 인생이 그토록 드라마틱하게 그려질 수 있다는 사실에 감탄을 했죠. 정말 문학이라는 게 대단한 거구나, 절대자처럼 하나의 세계를 창조할 수 있다면 한 번쯤 도전해보는 것도 나쁘지 않을 것 같다는 생각이 들었습니다."

고 조영래 변호사의 『전태일 평전』도 감명깊게 읽은 책 가운데 하나다. 노동운동을 꽃피웠던 전태일 열사의 불굴의 정신은 시대가 흐른 뒤에도 여전한 울림으로 남는다.

전공인 영문학 관련 소설도 틈틈이 즐겨 읽었는데 샬럿 브론테의 『제인 에

어』는 지금도 생생하다. 부조리한 세상과 맨몸으로 맞선 주인공 제인의 삶은 소신의 중요성을 일깨운다.

"영미작가 중에서는 어니스트 헤밍웨이를 가장 좋아해요. 그의 역동적 삶과 하드보일드로 명명되는 특유의 문체가 맘에 들었어요. 군더더기 없는 신속하고 거친 문체가 주는 맛에 흠뻑 빠졌습니다. 헤밍웨이의 작품을 읽는 것 자체가 제게는 매우 의미 있는 소설 공부였던 셈이죠."

빛이 있으면 어둠이 있는 것은 당연한 법!

공 작가의 문단 데뷔는 1988년으로 거슬러 올라간다. 계간 『창작과 비평』에 중편 「동트는 새벽」이 당선돼 등단했다. 1987년 대선 구로구청 부정 개표 반대 시위에 참여해 일주일간 구치소에 수감된 적이 있는데, 이때의 경험이 소설의 모티프가 되었다.

이후 공 작가는 많은 이들에게 회자되는 베스트셀러를 쓰게 된다. 『더 이상 아름다운 방황은 없다』, 『고등어』, 『봉순이 언니』 등 펴내는 책마다 적잖은 반향을 일으키며 문단에 공지영이라는 이름을 확실하게 각인시킨다.

그러나 빛이 있으면 어둠도 있는 법. 그 사이 공 작가는 시련과 맞닥뜨리게 된다. 보통의 사람으로서는 상상할 수 없는, 감당할 수 없는 아픔의 시간을 보내야 했다. 세 번의 이혼과 성이 다른 세 아이의 어머니. 가부장적인 문화가 지배하는 한국 사회에서 그것은 작가의 가슴에 씻을 수 없는 '주홍글씨'로 새겨졌다.

"7년이 넘는 시간 동안 슬럼프에 빠져 있었습니다. 가혹하다 싶을 만큼 인생의 무게가 무거웠어요. 너무 힘들다 보니 글을 쓸 수 없었어요. 왜 있잖아요? 전쟁 중에는 전쟁소설이 나오지 않는 것과 같은 이치였던 것 같아요."

공 작가는 "돌아보니 모든 상처는 글쓰기를 위해 온 것 같았다. 그리고 그 상처는 하나의 운명처럼 나를 성장시키고 단련시키는 계기가 되었다"며 "단순히 두려움이 없는 것이 용기가 아니라 우리 삶에는 이보다 귀하고 아름다운 가치가 있다는 사실을 직시하는 것이 진정한 용기"라고 강조한다.

미루어 짐작해보면 작가가 2012년에 되뇌었던 "도대체 왜"라는 질문은, 사실은 그보다 훨씬 이전부터 그녀의 내면 한가운데에 드리워져 있던 응어리였는지 모른다. 그러나 아이러니하게도 이런저런 상처가 있었기에 오늘의 공지영이 있지 않을까 싶다. 뼈저린 상처를 극복하기 위해 죽을 각오로 자신과 싸웠기에 오늘의 빛나는 글을 쓸 수 있었고 오늘의 작가 공지영을 만들었을 것이다.

"오랫동안 나는 고독했고 고통스러웠다. 하지만 그러한 시간들은 내게 눈물이 결코 하찮은 것이 아니라는 것을 가르쳐주었다. 고통은 나를 고립시키기 위해서가 아니라 세상의 모든 상처들과 내가 하나라는 것을 깨닫게 해주는 축복이라는 것도 알게 되었다. '말'은 치유와 창조만을 위해 쓰도록 만들어진 것이라는 사실도 받아들였다. 나는 이제 어리석은 사람들을 미워하지 않는다. 그건 내가 어리석은 나를 더 이상 미워하지 않게 되었기 때문이다." (『괜찮다, 다 괜찮다』 중에서)

높고 푸른 사다리

『높고 푸른 사다리』는 공지영이 『도가니』 이후 5
년 만에 펴낸 장편소설로 2013년 3월부터 9월까지
일간지에 연재했던 작품을 책으로 묶어낸 것이다.
소설은 작가가 10년 전 읽었던 책 속 몇 줄의 묘사
가 모티프가 되었다. 한국전쟁 중 흥남 철수 때 목숨을 걸고 피난민을 구조한
선장 아리너스의 실제 이야기, 한국을 위해 일생을 바친 이방인 성직자들의
삶에 관한 이야기에서 힌트를 얻었다. 경북 칠곡군 성 베네딕도 왜관 수도원
이 소설의 주 무대다. 소설은 다양한 인물들의 삶을 '사랑'이라는 주제로 그
려낸다. 그 기저에는 사랑할 수 없는 상황에서도 사랑을 내주는 이의 품위의
아름다움이 드리워져 있다. 소설 제목 '높고 푸른 사다리'의 상징성이 맞물리
는 지점이다.

공지영 소설가는...

1988년 『창작과 비평』 가을호에 구치소 수감 경험을 형상화한 「동트는 새벽」을 발표하며 작품활동을 시
작했다. 1994년에는 『고등어』, 『인간에 대한 예의』, 『무소의 뿔처럼 혼자서 가라』가 베스트셀러에 오르
며 일약 스타 작가로 발돋움했다. 예리한 통찰력과 속도감 있는 문장으로 현실의 부조리를 파헤치며 불합
리와 모순에 맞서는 작품들을 발표해왔다.
공지영 작가의 대표작으로는 장편소설 『무소의 뿔처럼 혼자서 가라』, 『고등어』, 『봉순이 언니』, 『우리들
의 행복한 시간』, 『사랑 후에 오는 것들』, 『즐거운 나의 집』이 있고, 소설집 『인간에 대한 예의』, 『별들의 들
판』, 산문집 『빗방울처럼 나는 혼자였다』 등이 있다.

그는 소설의 첫 문장을 쓸 때마다 파지만 30여 장을 버린다. 그렇게 해서 닻을 올리지만 목적지에 도달하기까지는 기나긴 여정이 남아 있다. 시작이 반이라고 하지만 원고지 한 장은 불과 1만 5000분의 1에 지나지 않는다. 나머지 1만 4999를 가기 위해서는 철저하게 글 감옥에 갇혀야 한다. 세상과의 완벽한 고립 없이는 도저한 문학의 강을 건널 수 없다.

소설가

조정래

_02

"중국 관련 기사를 스크랩한 수첩이 90권, 현지 취재에서 얻은 정보를 기록한 수첩이 20권, 여기에 중국 관련 책을 80권 읽었습니다. 그동안 여덟 차례나 현지를 오가며 취재를 했고, 갈 때마다 두 달씩 머무르며 현지 분위기를 파악했지요."

소설가 조정래

나는 죽을 만큼 노력한다

'인간다움'보다 우선되는 어떤 것도 있을 수 없다

프랑스에 빅토르 위고가 있다면 한국에는 조정래가 있다. 서로 다른 문화권과 활동한 시대는 다르지만 두 문인에게는 문학이라는 공통분모가 있다. 인간과 세계를 향한 탐색이 문학의 고유 본령이라면, 두 작가만큼 이를 치열하고 진정성 있게 추구한 이는 드물다. 적어도 필자의 생각에는 그렇다.

『레미제라블』을 쓴 빅토르 위고(Victor-Marie Hugo, 1802~1885)는 프랑스 국민이 가장 존경하는 작가다. 그의 작품을 흐르는 일관된 사상은 인간에 대한 사랑과 이상적 사회에 대한 갈망이다. 『레미제라블』이 사회성과 역사성, 예술성을 고루 갖춘 수작으로 꼽히는 이유는 작품이 지닌 휴머니즘 때문이다.

익히 아는 대로 『레미제라블』은 빵 한 덩어리 때문에 19년이라는 세월을 감옥에서 보낸 장발장의 이야기다. 그는 출감한 이후 거지소년의 동전 한 개를 훔쳤다는 이유로 또다시 도망자의 신세가 된다. 훔친 게 아니라 발밑으로 굴러들어온 동전을 실수로 밟았을 뿐인데 말이다.

당시 19세기 프랑스 사회는 내부 모순이 극에 달한 시대였다. 프랑스 혁명의 전리품인 자유와 평등은 지배계층이 향유하는 전유물이었지 민중들에게는 번지르르한 구호에 지나지 않았다. 빈부격차와 신분제는 기약 없는 삶을 살아야 하는 이들에겐 가혹한 족쇄일 뿐이었다.

그 부조리한 사회는 경범죄를 저지른 재범에게 종신형을 선고하는 만행을 저질렀다. 빅토르 위고는 묻는다. 과연 인간의 존엄은 무엇인가. 배가 고파 빵 한 조각 훔쳐 먹은 게 장기수로 복역할 만큼 큰 죄가 되는가. 그는 법의 불합리성과 비정함을 통렬히 비판한다.

장발장과 같은 사례는 프랑스에만 있는 건 아니다. 이 시대의 장발장들은 지구촌 곳곳에 존재한다. 문학의 보편성은 시대와 공간을 넘어 이를 방증한다. 그것은 꼭 빵의 문제에만 국한되지 않는다. 지난 20세기, 한반도에서는 동족이 서로 갈려 총부리를 겨누는 비극이 벌어졌었다. 단지 이념이 다르다는 이유로 즉결처분, 마녀사냥과 같은 만행이 무시로 자행되었다.

이념이 인간의 존엄보다 앞서는가. 인간보다 우선시되는 그 어떤 것도 있을 수 없다. 조정래 작가는 근현대사 질곡의 이면에 드리워진 참상의 부당성을 끊임없이 묻고 작품에 투영해왔다. 그의 문학은 어쩌면 이 한마디로 요약될 듯하다. "인간의 인간다운 삶을 위하여 인간에게 기여해야 한다." 벌교 태백산맥 문학관에 걸린 이 글귀는 그가 온몸으로 밀고 나간 문학정신이다. 필생을 원고지 감옥에 갇혀 극한의 '형벌'을 감내하며 소설을 써온 작가의 혼이기도 하다.

작가 조정래. 수식어가 필요 없는, 어쩌면 수식어가 거추장스러운 작가인지 모른다. 그에게 여타의 수식어는 의미가 없다. 그저 작가 조정래일 뿐이다. '집을 짓는다'는 작가(作家) 본연의 의미에 가장 합당한 이가 바로 조정래다.

그는 20세기 한국의 근현대사를 『태백산맥』(10권), 『아리랑』(12권), 『한강』(10권)이라는 굵직한 대하소설 3부작으로 형상화했다. 작품에는 지난 세기 우리 민족의 비극적 삶과 통한의 역사가 응축되어 있다. 작가는 40대부터 60대에 걸쳐 스스로가 만든 글 감옥에 갇혀, 오로지 소설만 썼다. 신은 인간을 창조했고 작가는 인물을 창조한다는 말은, 그의 작품을 읽고 나면 새삼 실감하게 된다. 그만큼 그가 창조한 인물들은 생생하고 역동적이다.

서울로 향하는 버스에서 마저 읽지 못한 『정글만리』를 읽느라 신경이 곤두섰다. 시험을 치러 가는 수험생의 심정이랄까, 그 옛날 과거를 보러 한양에 가는 나그네의 심사가 온전히 전해져왔다. 그나마 다행인 것은 『정글만리』가 무라카미 하루키의 『색채가 없는 다자키 쓰쿠루와 그가 순례를 떠난 해』(민음사)를 밀어내고 베스트셀러 1위를 꿰찬 직후라, 나름 의미 있는 인터뷰가 될 거라는 생각이 들었다.

고희를 넘겼지만, 그럼에도 작가에게선 여전히 문학청년의 기개가 넘쳤다. 흐르는 세월에 머리숱은 줄었지만 문학에 대한 열정은 청년의 그것과는 비교되지 않았다. 그는 진지했고, 철저했으며, 진취적이었다. 세상을 보는 안목은 정치인 못지않게 날카로웠고, 작가로서의 정체성도 깊고 단단했다.

철두철미한 취재와 자료 조사, "작가는 발로 쓴다"

"90년대 『아리랑』 취재차 중국에 갔을 때 작품을 구상했어요. 80년대와는 사뭇 달라져버린 중국의 모습이 예사롭지 않게 다가왔습니다. 당시 중국은 우리나라가 라면 하나씩만 팔아도 10억 개인 80년대의 중국이 아니었으니까요."

그는 변화의 가능성을 현지에서 직접 확인했다. 소련이 몰락했는데도 왜 중국은 건재하는지를. 그때까지만 해도 한국인의 눈에 중국은 짝퉁의 나라, 지저분하고 게으른 나라로 비쳤다. 그러나 그것은 이편의 편견에 지나지 않았다. 그들은 한국의 기술을 금방 따라 할 만큼 손재주가 정교했다. 장인정신만큼은 어느 나라에도 뒤지지 않았다.

언급했다시피 당시 작가는 『아리랑』을 쓰기 위해 만주와 연해주를 취재 중이었다. 그는 중국을 무대로 새 소설을 쓰리라 생각을 했는데, 이미 머릿속에서는 20년 후 쓰게 될 작품의 얼개가 그려지고 있었다. 더구나 다른 소설을 취재 중이고 다음 작품인 10권짜리 『한강』을 쓰기도 훨씬 전인데, 상상력은 벌써 미래로 줄달음치고 있었다.

제목이 암시하듯 '정글만리'는 양육강식이 지배하는 '정글'과 만리장성의 '만리'가 결합된 말이다. 강자와 가진 자만이 살아남는 중국의 모습을 상징하면서도, 세계 경제의 중심(G2)으로 발돋움한 저력을 함축적으로 담고 있다. 유수의 경제학자들이 중국이 G2가 되려면 40년이 걸린다고 했지만, 그들은 예상을 깨고 수년 만에 당당히 세계무대 전면에 등장했다.

"중국 관련 기사를 스크랩한 수첩이 90권, 현지 취재에서 얻은 정보를 기록한 수첩이 20권, 여기에 중국 관련 책을 80권 읽었습니다. 그동안 여덟 차례나 현지를 오가며 취재를 했고, 갈 때마다 두 달씩 머무르며 현지 분위기를 파악했지요."

한마디로 철두철미하게 준비했다. 『정글만리』에 기술된 중국 관련 정보는 역사를 전공한 학자가 아닌가 착각이 들 정도다. 방대하고 치밀하다. 빠르게 전개되는 스토리를 축으로 중국의 역사와 문화가 씨줄 날줄 엮이듯 자연스럽게 스며들었다. '관시(關係)'로 대변되는 중국인 특유의 비즈니스 관행 묘사는 흔히 말하는 "작가는 발로 쓴다"는 명제를 뒷받침하고도 남았다. 이렇듯 빛나는 서사성 이면에는 철저한 자료 조사와 현장 취재가 자리했다.

'완벽한 고립' 속에서 건너는 도저한 문학의 강

그가 대하소설 3부작 5만여 장에 이르는 원고지를 쌓아놓고 손자와 찍은 사진이 있다. 많은 독자들은 그 사진에 대해 기억하고 또 이야기한다. 그의 작가로서의 성실성과 치열함을. 어쩌면 조정래 작가 하면 가장 먼저 강렬하게 떠오르는 장면일지 모르겠다. 그의 키를 넘는 원고지의 높이는 살아있는 생명처

사진 출처_ 태백산맥문학관

"마흔에『태백산맥』을 시작했는데『아리랑』을 거쳐『한강』을 끝내고 나니 예순이 되었다. 그 20년 세월은 초등학교 4학년이었던 아들을 장가들였고, 나를 할아버지로 만들었다. 장년의 세월을 작품에 송두리째 빼앗겨버린 것 같은 상실감을 채워주는 것이 영특한 손자 재민이가 아닌가 싶다. 15개월짜리 재민이는 앞으로 15년쯤 후에 이 작품들을 읽게 되리라."

럼 느껴진다. 더러는 숨을 쉬고 있는 것처럼 보인다. 압도당할 것 같은 그 원고의 높이는 우리 민족이 건너왔던 파란과 고통을 상징하는지도 모른다.

"마흔에 『태백산맥』을 시작했는데 『아리랑』을 거쳐 『한강』을 끝내고 나니 예순이 되었다. 그 20년 세월은 초등학교 4학년이었던 아들을 장가들였고, 나를 할아버지로 만들었다. 장년의 세월을 작품에 송두리째 빼앗겨버린 것 같은 상실감을 채워주는 것이 영특한 손자 재민이가 아닌가 싶다. 15개월짜리 재민이는 앞으로 15년쯤 후에 이 작품들을 읽게 되리라."(『조정래, 그의 문학 속으로』)

그 손자가 중학생이 되었다. 손자는 할아버지를 자랑스럽게 생각한단다. 아들에게 존경받는 작가, 손자에게 존경받는 작가는 위대하다. 피붙이가 감동하지 않는 소설, 피붙이로부터 인정받지 못한 소설은 의미가 없다. 적어도 문학을 전공한 필자 생각에는 그렇다.

작가는 "원고를 쌓아놓고 그 사이에서 얼굴은 웃고 있지만 속으로는 왜 그렇게 눈물이 나려 했는지 모른다"는 말로 당시의 감회를 기억한다. 가장 잊을 수 없는 것은 첫 문장을 쓸 때의 고통과 마지막 점을 찍기 직전의 벅차오르는 환희가 아닐까.

그는 소설의 첫 문장을 쓸 때마다 파지만 30여 장을 버린다. 그렇게 해서 닻을 올리지만 목적지에 도달하기까지는 기나긴 여정이 남아 있다. 시작이 반이라고 하지만 원고지 한 장은 불과 1만 5000분의 1에 지나지 않는다. 나머지 1만 4999를 가기 위해서는 철저하게 글 감옥에 갇혀야 한다. 세상과의 완벽한 고립 없이는 도저한 문학의 강을 건널 수 없다. 가혹한 절연만이 스스로를 구원할 수 있는 유일한 길이다.

그 절연의 소설쓰기 가운데, 그는 단 한시도 '민중'을 잊어본 적이 없다. 지금껏 역사는 집권층과 전쟁이라는 테마 위주로 기술되었다. 민중의 존귀함, 위대함 따위는 안중에도 없었다. 동시대를 사는 작가로 그 점이 늘 안타까웠다. 과연 정치는 백성을 위해 무엇을 했으며, 집권층은 무엇을 희생했는가?

조정래 소설가의 대표 작품들

중국 관련 기사를 스크랩한 수첩이 90권, 현지 취재에서 얻은 정보를 기록한 수첩이 20권, 여기에 중국 관련 책을 80권 읽었습니다. 그동안 여덟 차례나 현지를 오가며 취재를 했고, 갈 때마다 두 달씩 머무르며 현지 분위기를 파악했지요.

"어느 드라마에선가 봤던 것 같아요. 병자호란이 발발하자, 인조가 백성을 버리고 도망가는 장면이 있어요. 백성들은 손가락질하며 욕을 합니다. 도대체 임금은 뭘 했는가. 후궁들의 뱃속에 씨나 뿌렸지."

그의 대하소설 3부작에 흐르는 일관된 주제는 '역사의식'이다. 문학적 상상력과 소설적 진실이 작가 의식과 맞물려 빚어낸 웅숭깊은 성과다. 또한 그것은 태백산맥을 넘고, 한강을 건너, 아리랑을 부르며, 21세기까지 달려온 우리들의 힘이기도 하다.

"우리세대는 한글 1세대입니다. 작가가 어느 세대보다 많이 나왔고, 창작활동도 활발히 했지요. 이 땅의 모든 문학은 모국어의 자식입니다. 모국어에 대한 은혜를 갚는 것은 작가의 사명이자, 존재 이유니까요."

소설을 쓰는 또 다른 힘은 모국어에 대한 사랑 때문이다. 특히 남도 사투리에 대한 그의 애정은 각별하다. 사투리는 남도의 정신으로, 무한한 에너지가 그 안에 내재돼 있다고 믿는다. 그는 전라도 사투리를 온전히 작품에 투영했고 매번 특유의 감칠맛을 살려냈다. 『태백산맥』을 연극으로 만들 때면, 깡패로 나왔던 염상구 역이 가장 인기가 많다는 것이다. 고유의 말맛 때문이다.

소설가 조정래. 그는 항상 자신이 감동해야 타인도 감동할 수 있다는 전제를 되새긴다. 사선을 넘는다는 각오 없이는 삶에 지치고 억압받는 이들의 영혼을 위로할 수 없다. 그의 소설이 많은 이들에게 읽히는 이유다. 그는 남도 예향이 배출한 가장 전라도적인 작가다. 한국적인 작가인 동시에 세계에 자랑할 만한 작가다. 그의 순교자적 글쓰기는 오늘도 계속된다.

정글만리

『정글만리』는 포털 사이트 네이버에 연재한 내용을 책으로 묶어낸 작품이다. 미국, 중국 등 외국 독자들까지 조회수가 1,200만 회를 기록할 정도로 인기를 끌었다.

  소설에는 이전의 작품들과 마찬가지로 다중의 화자가 등장한다. 이야기는 10년 넘게 중국 주재 상사원으로 근무하는 전대광, 그의 '관시(關係)'로 뒤를 봐주는 관료 샹신원, 한국에서 의료사고로 중국에 온 성형외과 의사 서하원, 철강 수주로 일본에 밀려 좌천된 포스코 부장 김현곤 등이 치르는 비즈니스 전쟁이 중심축을 이룬다. 베이징대에서 유학 중인 전대광의 조카 송재형과 그의 연인 리옌링의 로맨스는 또 다른 흥미를 배가한다. 여기에 건설업이 호황을 이루고 있는 가운데, 골드 그룹이 상하이에 진출하면서 미모의 여회장 왕링링이 관심의 대상으로 부상한다.

조정래 소설가는...

1970년 『현대문학』으로 등단하면서 작품활동을 시작했다. 그의 대표작 『태백산맥』은 좌익운동의 실상을 객관적으로 파헤치며 우리 민족 내부에 도사리고 있는 모순을 비판적 시각으로 다뤘다. 그 대하소설 3부작은 전 32권 원고지 5만 3천여 장에 높이가 5m 50cm에 이르며, 지금까지 1천만 부 가까이 팔려나갔다.

조정래 작가의 작품은 영어 · 프랑스어 · 독일어 · 일본어 등으로 세계 곳곳에서 번역 출간되었고(중국어 · 스웨덴어 번역 중), TV 드라마와 뮤지컬로도 제작되고 있다.

지은 책으로는 대하소설 『태백산맥』, 『아리랑』, 『한강』, 장편소설 『대장경』, 『불놀이』, 『인간 연습』, 『사람의 탈』, 중편 『유형의 땅』, 산문집 『누구나 홀로 선 나무』, 단편집 『어떤 전설』, 『20년을 비가 내리는 땅』, 『황토』, 『한, 그 그늘의 자리』, 청소년을 위한 위인전 『신채호』, 『안중근』, 『한용운』, 『김구』, 『박태준』, 『세종대왕』, 『이순신』, 자전 에세이 『황홀한 글감옥』 등이 있다.

그녀의 소설에 드리워진 '냉소'의 진원은 고독이다. 고독한 인물을 위로하는 일반적인 방식은 감정 이입을 통해 소설을 쓰는 것이다. 그러나 그 같은 작품들은 앞선 선배들에 의해 숱하게 다루어져 왔다. 그녀만이 다룰 수 있는 방식이 필요했고, 이것이 바로 '냉소'라는 태도였다. 물로 따지면 미지근한 물이 아니라, 찬물과 뜨거운 물이 섞이지 않는 상태다.

소설가

은희경 _03

"소설은 쓰는 것도 힘들지만 인정받기는 더 힘들지요. 물론 팔리는 소설을 쓰는 것은 더더욱 힘들구요. 그럼에도 누군가 내 말을 들어주고 글을 읽어준다는 것은 굉장한 성취감을 줍니다. 사실 나를 표현할 수 있는 기회는 아무에게나 주어지지는 않잖아요. 특권에 가깝다고 할 수 있지요."

소설가 은희경

너무 가깝지도, 멀지도 않은
공감의 거리 만들기

작가는 고정화된 인습에 맞서는 존재

"소설은 쓰는 것도 힘들지만 인정받기는 더 힘들지요. 물론 팔리는 소설을 쓰는 것은 더더욱 힘들구요. 그럼에도 누군가 내 말을 들어주고 글을 읽어준다는 것은 굉장한 성취감을 줍니다. 사실 나를 표현할 수 있는 기회는 아무에게나 주어지지는 않잖아요. 특권에 가깝다고 할 수 있지요."

은희경 작가는 소설가라는 직업에 대한 자부심이 남달랐다. 누군가가 자신이 쓴 책을 돈을 주고 사서 읽는다는 것은 굉장히 흥분되는 일이다. 베스트셀러 작가가 아니고서는 그런 호사를 누리기가 쉽지 않다. 아마도 모든 작가는 그 '맛'에 소설을 쓰는 것인지 모른다. 은희경 작가 또한 다르지 않을 터이다. 20년이 넘는 시간 동안 쉬지 않고 소설을 써왔던 이유 중의 하나가 바로 그 특권과 성취감 때문이다.

초여름의 길목, 서울 홍대 부근 북카페에서 작가를 만났다. 일산에 거주한다는 그녀는 인터뷰 당일 다른 방송 스케줄이 잡혀 있다고 했다. 2014년 『다른 눈송이와 아주 비슷하게 생긴 단 하나의 눈송이』라는 다소 긴 제목의 작품집을 펴내고 난 뒤 이런저런 인터뷰가 있는 모양이다.

이번 소설집 제목에 대해 작가는 잠시 생각하는 눈빛으로 이렇게 말했다.

"여러 의미가 있지만 눈이 현실 공간에서 어떻게 희망과 상실이라는 상반된 기제로 드러나는지를 쓰고자 했어요. 사실 우리 생은 비밀스럽게 연결된 서로 다른 인연으로 만들어지고 그 운명의 틈바구니에서 나름의 질서를 획득하려는 과정이 아닐까 싶어요."

일본 시인 사이토 마리코의 「눈보라」라는 시에서 차용한 제목의 울림은 그리 간단치 않다. 한 겨울 어두운 하늘에서 내리는 눈송이는 모두 비슷하지만 사실은 저마다 다른 고유한 존재들이라는 뜻이다. 우리들 각자의 인생이 그렇다는 얘기다.

작가의 고향이 전북 고창인 터라 전라도 억양이 남아 있을 것 같은데, 예상과 달랐다. 말씨나 어투에서 조금의 '촌스러움'도 묻어나지 않았다. 오히려 그녀는 필자 일행의 남도 억양에 친근함을 표했다. 고창과 전주에 관한 이야기로 초면의 서먹함이 눈 녹듯 사라졌다.

그보다 은 작가의 작품을 적잖이 읽었던 터라 그다지 낯설다는 느낌이 들지 않았다. 아마도 작가의 작품 가운데 어느 특정한 주인공은 현재 그녀의 모습을 상당부분 투영하고 있을지 몰랐다. 대부분의 소설은 작가를 닮기 마련이며, 어느 경우에는 작품이 작가의 분신인 경우도 없지 않을 터였다. 문인을 만날 때 자연스레 그들의 작품과 연계되는 불편을 감수해야 하는 게 어쩔 수 없는 문학 기자의 운명이었다.

"소설을 쓰는 작가들은 늙지 않습니다. 왜 그럴까요? 특정한 틀 속에 자신을 가두지 않고 자유롭게 놓아두기 때문이죠. 인간에 대해 알고자 하는 이들은 세상이라는 틀과 자신이 만든 틀에 얽매여서는 안 됩니다. 한 작품을 쓰고 나면 또 다른 세상에 대한 호기심을 가져야 합니다. 동시대인들과 호흡을 하면서도 현재적 가치, 현재적 시각에 대한 성찰이 필요합니다. 그러기 위해서는 늘 깨어 있어야 하며 긴장의 끈을 놓지 않아야 합니다. 작가는 고정화된 인습에 맞서는 새로운 관점, 새로운 세계를 구현해야 하는 존재이니까요."

나이에 비해 젊어 보인다는 말에 돌아온 답이었다. 단발머리와 작은 키, 단아한 외모는 일반적인 소설가의 이미지와는 거리가 멀었다. 그러나 작가의 젊음은 외면보다 내면에서 연유한 듯했다. 은 작가는 예술에 대한 열정과 세계를 바라보는 시각이 탄력적이고 유연했다.

녹록지 않은 세상 건너기 위한 방편 '고독의 연대'

그녀는 1995년 동아일보 신춘문예에 중편 「이중주」로 등단한 이후, 20년 넘게 소설을 써오고 있다. 중견 작가라는 타이틀이 말해주듯 지금까지 12권의 소설을 낼 만큼 숨 가쁘게 달려왔다. 『새의 선물』, 『타인에게 말걸기』, 『마지막 춤은 나와 함께』, 『아내의 상자』, 『마이너리그』, 『비밀과 거짓말』, 『태연한 인생』…. 이들 작품은 출간될 때마다 '역시 은희경!'이라는 찬사가 잇따를 만큼 문학성과 대중성을 갖춘 소설로 평가받았다.

'제2의 김현'이라고 불리는 평론가 신형철(조선대 문창과 교수)은 '은희경은 하나의 장르'라고 표현한 바 있다. 신 교수는 문학이 지닌 힘을 발견하려 하고 작가에 대해 남다른 애정을 지닌 평론가다. 그가 '장르'라고 상찬을 했다면, 은희경 작품이 점하는 자리가 어떠한지를 미루어 짐작할 수 있다.

은 작가는 비교적 등단이 늦었지만 아주 빠르게 문단 중심부로 진입했다. 95년 등단하던 해, 『새의 선물』로 문학동네 소설상을 수상했고, 97년 『타인에게 말걸기』로 동서문학상, 98년에는 「아내의 상자」로 최고 권위의 이상문학상을 수상했다. 시작은 미약하였으나 나중은 창대해진 케이스가 바로 은 작가를 두고 하는 말이다.

그만큼 그녀의 소설이 지니는 아우라, 고유의 특질이 남달랐다는 의미다.

'하나의 장르'라는 수사가 말해주듯 은 작가의 작품은 이전 세대 선배들과는 다른 경향을 보인다. 정확히 말하면 이전 작가들의 작품에서는 거의 다뤄지지 않았던 '냉소'에 대한 서사화가 이루어졌다는 것이다.

"냉소적 태도, 냉소적 시선으로 세상을 봤어요. 우리가 사는 세상은 그렇게 공평하거나 낙관적이지 않거든요. 그렇다면 어떻게 살아야 하는가. 제가 제시하는 위로의 방식은 고독을 인정하라는 거였습니다. '고독의 연대'라는 표현도 쓴 것 같은데, 마치 이런 거죠. 나도 고독하고, 너도 고독한 사람이다. 이 사실을 인정하면 자연스레 고독의 연대가 싹트는 거예요."

그녀의 소설에 드리워진 '냉소'의 진원은 고독이다. 고독한 인물을 위로하는 일반적인 방식은 감정 이입을 통해 소설을 쓰는 것이다. 그러나 그 같은 작품들은 앞선 선배들에 의해 숱하게 다루어져 왔다. 그녀만이 다룰 수 있는 방식이 필요했고, 이것이 바로 '냉소'라는 태도였다. 물로 따지면 미지근한 물이 아니라, 찬물과 뜨거운 물이 섞이지 않는 상태다.

"작품을 쓰고 나서 고칠 때, 가장 많이 신경을 쓰는 부분이 '거리'입니다. 글을 쓰다 보면 특정한 사람의 편을 들어주고 싶을 때가 있거든요. 그러나 작가에게 절실하다고 해서 독자들이 그 사람의 입장이나 관점을 온전히 수용하기는 힘들거든요. 객관적인 거리를 유지하려는 이유가 그 때문이죠. 아마도 이 과정에서 냉소적 시각이 발현되지 않나 싶어요."

은 작가의 소설 주인공에 남성이나, 할머니, 어린이가 많은 이유다. 동년배의 여성 위주로 소설을 쓰다 보면 인물에 대한 객관화가 이루어지기 힘들다는 의미다. 그녀의 초기 작품에 유독 남자 주인공이 많았던 건 그 때문이다.

권희철 평론가는 은 작가가 취하는 '거리'에 대해 이렇게 평한다.

"너무 가까워지면 '관계'가 개인을 삼키고, 너무 멀어지면 '거리'가 고립을 낳는다. 그 둘 사이의 곡예술을 포착하는 데 은희경보다 뛰어난 작가를 찾는 일은 쉽지 않다."

아마도 은 작가에게 '거리'는 또 다른 의미를 상정하는 것일 수도 있겠다. 대학을 졸업하고 신춘문예에 데뷔하기까지 물리적인 시간이 꽤 길었다. 긴 만큼 그녀는 삶을 관조하고 객관화할 수 있는 나름의 방식을 터득하지 않았나 싶다.

"어느 한 해에 정말 일이 안 풀렸어요. 직장도 그만두었고, 뭔가 인생을 바꿔보고 싶었습니다. 더 이상 늦으면 안 될 것 같다는 절박함이 목까지 차올랐으니까요. 당시에 아버지의 소개로 무주에 있는 한적한 곳으로 들어갔습니다. 그곳에서 한 달여 만에 중편 1편과 단편 5편을 쏟아내듯 썼지요. 그 여섯 편을 신춘문예에 응모했는데, 그 가운데 중편이 동아일보에 당선되었어요. 제 안에 할 이야기가 그렇게 많이 남아 있었는지 저 자신도 놀랐어요."

밑줄을 그어가며 읽는 독서는 다양한 해석이라는 텍스트의 확장을 선물했을 것이다. 일찍이 프랑스 작가이자 철학자인 장 그르니에는 "저자의 지혜가 끝나는 곳에서 우리의 깨달음이 시작되는 것이 독서"라고 정의했다.

책 속에 빠져 살았던 똑똑하고 도도한 숙녀

은희경 작가는 전북 고창이 고향이다. 1남 2녀의 맏딸이었던 그녀는 똑똑하고 도도한 숙녀였다. 건설업을 하는 아버지의 영향으로 집안 환경은 비교적 유복했다. 그 당시 그녀는 세상에 있는 모든 책을 다 읽는 것이 꿈이었을 만큼 책 읽기를 좋아했다. 『새소년』이나 『새농민』 같은 잡지와 신문을 즐겨 읽었고 아버지 앞으로 배달되던 『건설회보』도 빼놓지 않고 탐독했다. 특히 『새농민』에 실렸던 연재소설을 읽고 친구들에게 자랑 삼아 이야기를 해주던 추억은 여전히 새롭다.

오스카 와일드의 『행복한 왕자』에 수록된 단편집을 읽은 감회는 지금도 생생하다. 셰익스피어 다음으로 가장 많이 읽힌다는 오스카 와일드의 대표작 『행복한 왕자』는 도움을 필요로 하는 이들에게 귀한 것을 나눠주는 동상에 관한 이야기다. 조숙하고 냉소적인 그녀의 눈에 다소 평범한 이야기로 비쳤지만, 배려의 중요성은 귀한 깨달음으로 남아 있다.

그 무렵 읽은 『강소천 전집』도 빼놓을 수 없는 명작이다. 시적인 분상과 감각적인 문체가 빚어내는 동심은 문학적 감수성에 기름을 부었다. 강소천 동화는 가보지 못한 세상에 대한 기대와 낭만을 갖게 했다.

"계몽사에서 나온 어린이 전집을 비롯해 금성출판사 전집도 읽었습니다. 마치 흡입하듯 독서를 했습니다. 그러다 보니 아이들이나 주위 사람들로부터 모범적이고 똑똑하다는 말을 들었지 않나 싶어요. 그러나 이미지 관리하느라(소설에서 말하는 거리를 유지하느라) 정작 제 자신은 늘 피곤했어요."

은 작가는 중고교 시절에도 여전히 책을 놓지 않은 모범생이었다. 글자 중독에 가까울 정도로 책에 필이 꽂혔던 터라 그녀는 비밀이 많은 아이로 통했다. 『쌍둥이 여대생』, 『말괄량이 길들이기』와 같은 작품을 재미있게 읽었다. 얼마 후 아버지의 사업 부도로 어려운 시기와 맞닥뜨렸지만, 그녀는 그다지 심각하게 받아들이지 않았다. 그 정도의 고통과 고난은 그동안 읽어온 소설을 통해 수십 번 체험을 한 뒤였다. "우리 집에도 예외 없이 그런 일이 벌어질 수 있다"

은희경 소설가의 대표 작품들

"작품을 쓰고 나서 고칠 때, 가장 많이 신경을 쓰는 부분이 '거리'입니다. 글을 쓰다 보면 특정한 사람의 편을 들어주고 싶을 때가 있거든요. 그러나 작가에게 절실하다고 해서 독자들이 그 사람의 입장이나 관점을 온전히 수용하기는 힘들거든요. 객관적인 거리를 유지하려는 이유가 그 때문이 죠. 아마도 이 과정에서 냉소적 시각이 발현되지 않나 싶어요."

는, 삶의 우연성에 대해 수긍을 하고 나니 도리어 인생은 별것 아니라는 생각
마저 들었다.

"저자의 지혜가 끝나는 곳에서 우리의 깨달음이 시작되는 것이 독서"

그녀는 일찌감치 국문과(숙명여대 77학번)로 진로를 정한다. 대학에서의 독서
는 시대의 코드가 적잖은 영향을 미치는 법이었다. 당시 금서였던 루카치의
책들과 아놀드 하우저의 『문학과 예술의 사회사』 등을 통독했다. 그녀는 붉은
펜으로 밑줄을 그어가며 독서를 할 만큼 심취했다고 한다.

밑줄을 그어가며 읽는 독서는 다양한 해석이라는 텍스트의 확장을 선물했
을 것이다. 일찍이 프랑스의 작가이자 철학자인 장 그르니에는 "저자의 지혜
가 끝나는 곳에서 우리의 깨달음이 시작되는 것이 독서"라고 정의한다. 알베
르 카뮈의 스승이기도 한 장 그르니에의 말은 책 읽기는 저자와 녹자의 역동
적인 대화라는 사실을 전제한다. 작가의 지혜가 온전히 깨달음으로 전이되기
위해서는 독자 나름의 고유한 책 읽기가 선행되어야 한다.

이처럼 은 작가에게 책 읽기는 깨달음과 창작을 견인하는 매개다. 그녀가 소
설을 쓰기로 마음먹었을 때 떠올렸던 책이 밀란 쿤데라의 『느림』과 아고타 크
리스토프의 『존재의 거짓말』이다. 전자가 삶의 속도에 대한 철학적 의미를 숙
고하게 했다면, 후자는 주관적인 편견과 객관적인 일반화 사이에서의 균형을
묵상하게 했다.

특정 작가의 소설을 좋아하는 데는 여러 이유가 있다. 소재, 문체, 구성 같은
고전적인 서사 방식을 좋아할 수도, 그 작가만의 고유한 스타일을 좋아할 수
도 있다. 작가의 세계관이나 미의식에 반해서일 수도 있다. 그것이 무엇이든
장 그르니에의 지적처럼 "저자의 지혜가 끝나는 곳에서 깨달음이 시작되는
게 독서"라면, 그것은 다층적이며 다면적인 삶을 사는 것과 진배없다.

은 작가의 소설이 빛나는 지점은 바로 다양한 스펙트럼에서 연유하는 생에 대한 성찰이다. 정확히 독서의 양과 질에 비례하는 이 같은 관점은 그녀의 소설이 하나의 '장르'로 인식되는 결과를 낳는다.

"흔히들 소설은 아름답다거나 진실은 있다, 라고 말을 합니다. 그러나 저의 관점에서는 진실은 발견하는 것이라고 생각해요. 소설을 잘 쓰기 위해서는 잘 아는 것과 쓰고 싶은 분야를 써야 합니다. 잘 안다는 것은 진실에 근접해 있다는 의미죠. 그러나 어떤 틀에 갇혀 있으면 결단코 좋은 소설을 쓸 수 없어요. 소설은 기존의 틀과 낡은 인식을 깨뜨리는 작업이니까요. 그래야 인간을 폭넓게 이해할 수 있거든요. 그리고 인간을 이해한다는 것은 궁극적으로 자신을 이해하는 것일 테니까요."

다른 모든 눈송이와 아주 비슷하게 생긴 단 하나의 눈송이

이 작품집은 은희경의 다섯 번째 소설집이자, 열
두 번째 작품집으로 모두 여섯 편의 소설이 수록돼
있다. 각각의 단편은 제각기 독립적으로 존재하지만 전체적인 관점에서 보면
하나로 연결돼 있다. 소설은 유사한 인물들과 동일한 공간들이 서로 겹치고,
에피소드와 모티프도 교차한다.

「금성녀」는 여섯 편의 소설 전체를 아우르고 있는 마지막 작품으로, 희미한
유사성에 그치지 않는다는 사실을 은유적으로 드러낸다. 마치 우리네 삶이
예상치 않은 곳으로 떠나는 여행과 유사한 것처럼. 그로 인해 '눈송이 연작'
은 그 시간의 흔적들의 총합으로 읽힌다.

은희경 소설가는...

30대 중반의 어느 날, 노트북 컴퓨터 하나 챙겨 들고 지방에 내려가 글을 쓰기 시작한 것이 그녀의 인생을
바꿨다고 말한다. 1995년 동아일보 신춘문예에 중편「이중주」가 당선되어 등단했다. 등단한 다음 해부
터 2년 동안 엄청난 양의 작품을 써냈다. 은작가의 소설은 인간의 본성을 날카롭게 그려내면서도 냉소적
인 시각을 견지한다는 데 특징이 있다.
1996년 문학동네 소설상, 1997년 동서문학상, 1998년 이상문학상, 2000년 한국소설문학상, 2006
년 이산문학상, 2007년 동인문학상 등을 수상했다.
지은 책으로는『타인에게 말걸기』,『새의 선물』,『행복한 사람은 시계를 보지 않는다』,『그것은 꿈이었을
까』,『내가 살았던 집』,『비밀과 거짓말』,『마지막 춤은 나와 함께』,『소년을 위로해줘』,『다른 모든 눈송이
와 아주 비슷하게 생긴 단 하나의 눈송이』등이 있다.

어쩌면 성석제에게 소설은 고래를 찾는 과정이었는지 모른다. 혹여 그에겐 이중적 페르소나가 잠재되어 있는 것은 아닐까. 고래를 쫓는 포경선원의 이미지와 그 자신 고래로 표상되는 양가적인 이미지가….
필경 모비딕 같은 음울하면서도 광기어린 고래가 오랫동안 그의 기억 속에 잠재되어 있었던 것 같다.

소설가

성석제

_04

"그러니까 복학을 앞두고 있던 스물다섯 즈음에 『백경』을 읽었어요. 장쾌한 스케일 이면에 드리워진 인간의 무모한 광기와 도전 그리고 추적. 정말 스펙터클한 장관에 완전히 압도당했던 것 같아요…. 그런데 지금의 관점에서 보면 다른 면이 보이더라구요. 작가가 절제 없이 문장을 쏟아냈다는 생각도 들고, 도전과 개발이라는 근대적 가치, 근대적 의지가 지나치게 부각된 것도 같구요."

누구나 마음속에
고래 한 마리씩 키워라

『백경』에 빠져들었던 문학청년

성석제는 고래를 닮았다. 이게 무슨 말인가? 점잖은 신사의 이미지를 갖고 있는 작가 성석제가 고래를 닮았다니.

군대를 제대하던 스물다섯 어느 겨울 날, 성석제는 허먼 멜빌의 『백경』을 읽었다. 복학을 앞두고 있던 이십 대의 청년은 범접할 수 없는 스케일과 문체에 압도되었다. 그는 단숨에 『백경』 속으로 빨려 들어갔다. 마치 성경 속의 인물 요나처럼.

사실 남자에게 있어 스물다섯은 어정쩡한 나이다. 서투름과 모호함 그리고 성급함이 생을 지배하는 시간이다. 앞으로 달리고 싶은 열망과 이탈의 욕망이 아슬아슬한 경계를 이루는 시기다. 그 시기를 지나온 사람들은 스물다섯이라는 나이의 의미를 모르지 않는다.

그즈음 그는 고전을 탐독했다. 세계문학과 한국문학의 경계를 가리지 않고 독서에 빠져들었다. 문학은 세계를 보는 창이자 내면의 DNA를 살찌우는 자양분이었다. 그는 헤밍웨이의 『노인과 바다』에서 운명에 맞서는 노인의 순수한 집념을 보았다. 김유정의 『봄봄』, 『동백꽃』을 읽으며 풍자와 해학이 주는 카타르시스를 만끽했다.

박지원의 『호질』이나 『허생전』은 그의 내면에 잠재된 이야기꾼의 유전자를 건드렸다. 웃음과 역설, 호탕과 페이소스를 넘나드는 연암의 글은 사유를 풀어내는 방식을 일깨웠다.

그러나 그 어떤 소설도 『백경』이 주는 감동만큼은 아니었다. 두꺼운 부피가 주는 장서의 중량감과 흰 고래 '모비딕'의 끈질긴 생명력은 이질적인 울림으로 그를 사로잡았다. 소설은 먼바다로 떠나고 싶은 화자의 내밀한 열망을 그리는 것으로 시작된다.

"입 언저리가 일그러질 때, 겨울비 내리는 11월처럼 내 영혼이 을씨년스러워질 때… 그러면 나는 빨리 바다로 나가야 할 때가 되었구나 하고 생각한다."

어쩌면 성석제에게 소설은 고래를 찾는 과정이었는지 모른다. 혹여 그에겐 이중적 페르소나가 잠재되어 있는 것은 아닐까. 고래를 쫓는 포경선원의 이미지와 그 자신 고래로 표상되는 양가적인 이미지가….

그리고 30년이 흘러 그는 고래를 소재로 한 사랑이야기 『단 한 번의 사랑』을 출간했다. 필경 모비딕 같은 음울하면서도 광기 어린 고래가 오랫동안 그의 기억 속에 잠재되어 있었던 것은 아닌지.

해맑은 미소가 인상적인 해학의 작가

그를 만나기 전까지 필자는 그를 말쑥한 모범생의 이미지로 생각했다. 소설집 표지의 프로필 사진이나 간혹 TV에 나와 인터뷰하는 장면은 영락없는 반듯한 중년 남자의 모습이었다. 그와 고래를 연결 짓는 것은 무모한 발상이 아닌가 싶었다.

홍대 앞 카페에 나타난 그는 해맑은 미소가 '인상적'이었다. 그러나 안경 너머의 시선은 깊었다. 해학의 작가 특유의 유머러스한 이미지일거라는 이편의 기대가 무너졌다.

그를 따라 인근의 카페로 들어갔다. 실내엔 겨울비처럼 잔잔한 음악이 흐르고 있었다. 차분하고 부드러운 선율이 빗소리에 묻혀 아늑하게 잦아들었다.

"작년 12월에 발간한 신간『단 한 번의 연애』는 표면상 남녀의 연애 이야기이지만 내용상으론 고래에 관한 이야기인 것 같던데요."

자리에 앉자마자 고래 이야기부터 꺼냈다. 사실『단 한 번의 연애』에서 묘사된 고래의 이미지가 너무도 강렬해 좀체 뇌리를 떠나지 않던 차였다. 해학의 이야기꾼과 고래. 동일한 카테고리로 묶기에는 다소 무리일 것 같지만, 허구라는 커다란 그릇 안에서는 충분히 용해되고도 남을 거였다.

"그러니까 복학을 앞두고 있던 스물다섯 즈음에『백경』을 읽었어요. 장쾌한 스케일 이면에 드리워진 인간의 무모한 광기와 도전 그리고 추적. 정말 스펙터클한 장관에 완전히 압도당했던 것 같아요…. 그런데 지금의 관점에서 보면 다른 면이 보이더라구요. 작가가 절제 없이 문장을 쏟아냈다는 생각도 들고, 도전과 개발이라는 근대적 가치, 근대적 의지가 지나치게 부각된 것도 같구요."

의외의 답변이었다. 아니 찬찬히 곱씹어보면 맞는 말인 것도 같았다. 정확히 그의 정서와 일치하는 언술일 터였다(그는 고향이 경북 상주로, 어린 시절을 시골에서 보낸 '촌놈'이었다). 아닌 게 아니라『백경』의 에이허브 선장은 무모한 야심가였다. 그는 자신의 다리를 앗아간 고래 모비딕에 대한 복수심에 모든 것을 던진다. 그로 인해 결국 파멸로 치닫게 된다. 무모한 집착은 죽음을 부르는 덫이었던 셈이다.

"현대인은 자연을 이용 대상으로만 삼고 있어요. 착취와 파괴뿐인 야만을 일삼고 있지요. 그러다 보니 자연에 대한 외경심이니 생명 존중이니 하는 말들은 울림이 없는 공허한 메아리에 지나지 않아요."

성 작가는 고래를 자연과 동일시했다. 그리고 고래잡이를 자연에 대한 파괴로 규정했다. 오십대에 이른 지금과 『백경』을 읽었던 스물다섯은 본질적으로 세상을 보는 눈이 다를 거였다. 소설을 읽을 때와 소설을 창작할 때의 차이라고나 할까. 문장을 보는 눈, 세계를 보는 눈, 인생을 보는 눈은 세월과 비례해 변모하기 마련이다.

그러나 정확히 말하면 '고래'를 보는 눈이 달라졌다고 보는 게 맞겠다. 보는 눈이 다르면 수용하고 해석하는 눈 또한 영향을 받기 마련이다. 작가에게 있어 그 차이는 창조적 변화로 이어지고, 독자는 그 차이가 주는 창조적 오독(誤讀)을 즐기면 된다.

그러고 보면 장편소설『단 한 번의 연애』에서는 고래가 다양한 이미지로 표상된다. 자연으로 치환되는 고전적인 외경심부터 바다의 로또, 고향에 대한 그리움, 거대자본의 결속에 이르기까지 스펙트럼은 다양하고 역동적이다.

소설은 초등학교 때 고래잡이 딸에게 반해 버린 소년이 중년남성이 되기까지 오랜 시간에 걸쳐 지순한 사랑을 추구한다는 이야기다. 어찌 보면 단순한 연애서사다. 요즘에도 그런 남자가 있을까 의문을 갖게 하는 주인공이다. 지극한 남자의 순정은 작가가 이전까지 써왔던 재담 넘치는 해학과는 거리가 먼 이야기다.

남자 주인공 세길의 모습이 성 작가와 비슷한 면이 있을 것 같지만, 굳이 묻지 않았다. 그는 줄곧 해학의 작가, 이야기꾼으로 살아오지 않았는가. 작가는 자신의 사랑이야기도 그럴듯하게 윤색하는 '거짓말쟁이'가 아닌가.

정확히 말하면 '고래'를 보는 눈이 달라졌다고 보는 게 맞겠다.
보는 눈이 다르면 수용하고 해석하는 눈 또한 영향을 받기 마련이다.
작가에게 있어 그 차이는 창조적 변화로 이어지고,
독자는 그 차이가 주는 창조적 오독(誤讀)을 즐기면 된다.

그에게 '윤색'과 '썰을 푸는 행위'는 궁극적으로 해학이라는 지점에 닿아 있다. 그렇다면 그의 소설이 지닌 이야기성은 어디에서 발현될까. 그는 연암 박지원의 이야기를 꺼냈다. 『열하일기』, 『호질』, 『양반전』에 드러나 있는 박지원만의 유쾌한 스타일에 적잖은 영향을 받았다는 것이다.

"『열하일기』에는 웃음과 역설이 섞여 있지요. 삶을 바라보는 디테일한 시선과 공정한 목소리엔 특유의 울림이 깃들어 있습니다. 바늘 끝으로 살짝 찌르는 느낌이랄까. 그의 페이소스 미학은 시대를 넘어 여전한 생명력을 지니고 있거든요."

웃음, 역설, 페이소스. 박지원의 글을 관통하는 코드다. 그는 "연암에게는 웃음을 바이러스처럼 전파하고픈 욕망이 내재되어 있다"며 "연암의 글은 고전적인 문장과 품격 있는 유머를 지녔으며 낙천성과 끝없는 호기심은 늘 소년 같은 두근거림을 갖게 한다"고 풀이했다.

그 동일한 코드를 그의 소설에서 발견할 수 있다. 박지원이 문체반정이라는 시대의 사건에 휘말렸다면, 성석제는 풍자의 이야기꾼 출현이라는 센세이션을 일으켰다.

성석제는 답습이 아닌 시대적인 감각으로 풍자를 한다고 했다. 처음 그가 『그곳에는 어처구니들이 산다』라는 짧은 콩트집을 냈을 때 문학계에는 잔잔한 반향이 일었다. 그는 짧은 시를 쓰면서 생긴 부대효과라고 했다. 압축과 상징을 쓰다 보니 자신도 모르게 텍스트가 가고자 하는 방향으로 글이 써지더라는 것이다.

"늘 문학 뒷전에 있었다. 내 스타일은 무엇인가.

서정적인가, 서사적인가, 질펀한가, 고아한가. 지금도 고민이다."

성석제 소설가의 대표 작품들

명문대 법대생 출신에 시로 신인상을 받았던 소설가

그러고 보니 성석제는 처음엔 시를 썼다. 1986년 문학사상에 「유리 닦는 사람」 등 5편으로 신인상을 수상하며 문단에 나왔다. 시를 쓰기 전에는 직장생활을 했다. 그 이전에는 명문대 법대생이었다. 그는 한마디로 소설을 쓰기 위한 인생을 살아왔던 것 같다.

아마 앞으로는 소설 때문에 삶의 역동성이 실현되는 소설 같은 인생을 살 것 같은 예감이 든다.

"늘 문학 뒷전에 있었다. 내 스타일은 무엇인가. 서정적인가, 서사적인가, 질펀한가, 고아한가. 지금도 고민이다."

그의 고심은 소설적 에너지를 어떻게 풀어낼 것인지로 집약된다. 문장과 형식에 밀도와 진정이 투영되었는지, 말의 연쇄가 이뤄내는 울림이 객관적인지…. 만약 충분히 에너지가 응결되지 않으면 오랜 시간을 참고 기다린다. 어차피 소설은 허구를 바탕으로 인간을 탐구하는 창이다. 창 너머로 실체가 보이지 않는다 해도 기다림은 배반하지 않는다.

성석제는 단순히 작가가 아니라 예술가의 심성과 감각 그리고 세계관을 가진 휴머니스트다. 책을 통해 세상을 보지만 그 세상은 다시 책으로 환원된다. 작가는 책을 쓰고 책은 작가를 만든다. 성석제를 만든 건 팔 할이 책이다.

단 한 번의 연애

　성석제 작가가 장편소설로는 처음으로 쓴 연애소설이다. 초등학교 입학식에서 고래잡이의 딸에게 매혹 당한 어린 소년이 중년의 남성이 되기까지의 사랑과 치유, 구원의 서사를 그린 작품이다.

성석제의 소설 속 주인공들은 지극히 평범하다. 주변에서 한 번은 봤음직한 전형적인 인물이다. 가난하고 못 배웠으며 세상의 주류와는 동떨어져 있다. 요즘으로 치면 전형적인 '루저'다. 그럼에도 저마다 나름의 철학이 있다.

　그런데 왜 작가는 평범하기 이를 데 없는 인물들을 풍자의 대상으로 삼았을까. 아마도 연민 때문이 아닐까 싶다. 가난하고 힘없는 사람들과 공감하고 싶은 욕망, 나아가 세상 낮은 곳을 향한 시선은 그의 소설이 지향하는 근원적 힘이다. 그의 풍자는 점점 진화한다. 세련되고 모던하게.

성석제 소설가는...

1994년 소설집 『그곳에는 어처구니들이 산다』를 내면서 소설을 쓰기 시작했다. 미묘한 경계선을 거닐면서 재미난 입담으로 이야기를 펼치는 작가다. 평론가 우찬제는 "거짓과 참, 상상과 실제, 농담과 진담, 과거와 현재 사이의 경계선을 미묘하게 넘나드는 개성적인 이야기꾼"이라 평했다.

1997년 한국일보문학상, 2000년 동서문학상, 2001년 이효석문학상, 2002년 동인문학상, 2003년 현대문학상 등을 수상했다. 지은 책으로는 장편소설 『투명인간』, 『왕을 찾아서』, 『아름다운 날들』, 『도망자 이치도』, 『인간의 힘』, 『위풍당당』, 『단 한 번의 연애』, 중단편 소설집 『내 인생의 마지막 4.5초』, 『조동관 약전』, 『호랑이를 봤다』, 『홀림』, 『황만근은 이렇게 말했다』, 『어머님이 들려주시던 노래』, 『참말로 좋은 날』, 『지금 행복해』, 『이 인간이 정말』, 단편 소설집 『재미나는 인생』, 『번쩍하는 황홀한 순간』 등이 있다.

여기 한 작가가 있다. 평생 소설을 써왔고 자신만의 관점으로 세상을 향해 말 걸기를 시도해왔던 중견 작가다. 그의 작품 가운데는 사람들의 기억 속에 남을 만한 소설도 있다. 문학사에 남을 작품이 있다는 것은 단정적으로 얘기해 문학 인생이 나름 의미 있는 여정이었다고 볼 수 있다.

소설가

복거일

_05

"치료받기엔 좀 늦은 것 같다. 남은 날이 얼마나 될진 모르지만, 글 쓰는 데 쓸란다. 한번 입원 하면, 다시 책을 쓰긴 어려울 거다. 암 치료받기 시작한 작가들 결국 소설다운 소설 못 쓰고 서… 작가가 작품을 쓰지 못한다면, 사는 게 얼마나 가치가 있겠나. 그리고 꼭 써야 할 작품이 있다."

작가는 작품으로 말해야 한다

항암치료 대신 소설 창작에 몰입

생의 시간표가 얼마 남지 않았다면 사람들은 무슨 생각을 하게 될까? 지나온 시간에 대한 회한에 젖어 있거나 앞날에 대한 두려움에 사로잡혀 있을지 모른다. 아니면 사후 세계에 대한 막막한 기대를 하면서도 조용히 생을 정리하고 있을 수도 있다.

일반적으로 사람들은 여생의 기간에 대해 알지 못한다(물론 예외적으로 치료가 불가능한 시기에 접어든 암환자의 경우 어느 정도 생존기간을 가늠할 수는 있다). '인명은 재천'이라는 말이 있듯이 남은 생을 예상한다는 것은 무모한 일이다. 그것은 전적으로 인간의 손을 떠난 하늘의 영역이기 때문이다. 죽음은 사람이 좌지우지할 수 없는 절대자의 주권이기에, 누구든 그 앞에 서면 겸허해지기 마련인가 보다.

여기 한 작가가 있다. 평생 소설을 써왔고 자신만의 관점으로 세상을 향해 말 걸기를 시도해왔던 중견 작가다. 그의 작품 가운데는 사람들의 기억 속에 남을 만한 소설도 있다. 문학사에 남을 작품이 있다는 것은 단정적으로 얘기해 문학 인생이 나름 의미 있는 여정이었다고 볼 수 있다.

작가 복거일. 그가 '불치병'에 걸렸다. 3년 전 간암 진단을 받은 그다. 그러나 웬일인지 치료를 거부했다. 왜일까? 아니 왜 그랬을까? 그는 오로지 글쓰기에만 매달린다. 마치 소설쓰기를 여생에 부여된 가장 소중한 복무라고 생각하는 것 같다.

그럼에도 여전히 의문이 남는다. 그는 왜 항암치료를 거부했을까? 병원에서 치료를 권유했다면 최소한 손을 못 쓸 정도로 절망적인 상황은 아니지 않았을까. 그러나 작가 복거일은 암치료를 받지 않았다. 그는 마지막 생을 자신의 의지대로 마무리하고 싶었는지 모른다. 치료를 거부했다면 아마도 남은 여생은 그에게 전혀 다른 의미로 다가왔을 것이며, 일반적인 암환자의 생의 궤적과는 다른 경로로 흘러갈 거라는 예측이 가능하다.

"치료받기엔 좀 늦은 것 같다. 남은 날이 얼마나 될진 모르지만, 글 쓰는 데 쓸란다. 한번 입원하면, 다시 책을 쓰긴 어려울 거다. 암 치료받기 시작한 작가들 결국 소설다운 소설 못 쓰고서…. 작가가 작품을 쓰지 못한다면, 사는 게 얼마나 가치가 있겠나. 그리고 꼭 써야 할 작품이 있다."

위의 말은 작가 복거일의 말이 아니다. 무슨 말인가, 작가의 말이 아니라니. 정확히 말하면 작가가 쓴 소설 속 주인공의 말이다. 부연하자면 복거일이 펴낸 『한가로운 걱정들을 직업적으로 하는 사내의 하루』라는 장편소설에 나오는 현이립이라는 주인공이 한 말이다.

역시나 그는 작가였다. 자신이 암에 걸렸고, 치료를 거부한 채 글쓰기에 매진하고 있다는 사실을 '문학적'으로 표현하고 있으니 말이다. 얼핏 작품 속 화자의 말은 액면 그대로 소설 이야기로만 치부할 수도 있겠다. 그렇게 봐도 무방하지만, 그러나 그의 작품 성향을 아는 이들이라면 현이립이 작가의 분신이라는 사실을 어렵지 않게 짐작할 수 있었을 게다. 소설 속의 인물이 작가의 분신이라는 고전적인 정의를 떠올리지 않아도, 복거일의 경우는 작중의 인물이 작가의 분신인 경우가 적지 않은 편이다.

"마지막 시간까지 글을 쓰는 작가로 남고 싶어"

"내가 작가가 아니었다면 항암치료를 선택했을 겁니다. 그러나 나는 작가로 살아왔고 여전히 작가로 존재하기 때문에 치료 또한 작가의 입장에서 결정해야 합니다. 물론 치료를 받지 않는다고 했을 때, 가족들의 반대가 만만치 않았습니다. 왜 안 그러겠어요? 그러나 치료보다는 창작에 매진하겠노라며 가족들을 설득했습니다. 나중에는 저의 진심을 알고는 결국 이해를 하더라구요."

담담하게 말하는 그의 표정이 오히려 편해 보인다면 과장일까. 그는 하나의 세계를 새롭게 만들어내는 창조자임에 분명했다. 작가는 스스로가 상정한 하나의 세계를 완성하기까지는 결코 자신만의 작업을 멈출 수 없는 존재다. 상황이 안 좋다고, 여건이 여의치 않다고 '상상의 노동'을 중단할 수는 없었다. 적어도 그의 경우에는. 아마도 그의 결정은 단순한 생명의 연장이 아닌 인생의 마지막 시간을 어떻게 보낼 것인가에 대한 성찰로 다가왔을 것이다.

첫인상의 그는 다소 지쳐 보였다. 건강한 모습은 아니었지만 그렇다고 병색이 완연한 모습도 아니었다. 항암치료를 거부할 정도인 걸 보면 대단한 인내심의 소유자이거나 중병에 초탈한 범상치 않은 사람일 것 같았다.

10월 하순, 가을볕이 좋은 날 서울 광화문 인근 카페에서 작가를 만났다. 저만치 달아나는 가을을 시샘이라도 하듯 하오의 해가 급격히 이우는 날이었다. 빼곡한 빌딩 숲 사이로 불어오는 바람을 따라 가을이 저만치 꼬리를 감추며 달아나고 있었다.

하얗게 센 백발 탓인지 그에게선 중후한 중년의 이미지가 묻어나왔다. 병색으로 하얗게 센 게 아니라 창작의 고투에서 비롯된 자연스러운 변화의 과정인 듯했다. 지나온 삶의 그림자가 얼굴에 남아 있다는 것은 복 작가의 경우에도 예외는 아니었다. 창작의 길을 오롯이 걸어온 이의 은은한 문향(文香), 이런저런 세상과의 불화로 형성되었을 쓸쓸한 분위기, 그럼에도 온전하지 못했던 인생에 대한 회오의 그림자가 얼굴에 드리워져 있었다.

다행히 복 작가를 만나는 날 반가운 뉴스가 전해졌다. 그의 장편『한가로운 걱정들을 직업적으로 하는 사내의 하루』가 제17회 동리문학상에 선정됐다는 소식이었다. 소설은 이전에 출간되었던 『높은 땅 낮은 이야기』(1988년), 『보이지 않는 손』(2006)에 이어지는 자전적 소설의 완결작으로, 그의 문학세계를 가늠하는 이정표가 되는 작품이다.

동리문학상 심사위원회는 "'모든 사람은 죽음이 끝이나 작가는 죽음이 끝이 아니다'라는 명제를 복거일은 이 작품을 통해 힘차게 선언한다"며 "몇 차례의 봄을 맞을 수 있을지 기약하기 어려운 사내가 이 우주의 나이인 137억 년의 100억 곱절의 세월 뒤에 나올 일을 걱정하고 있다"고 평했다.

축하한다는 말에 그는 담담하게 속내를 드러냈다. 사실 그는 진즉 유수의 문학상을 받아도 되는 그 나름의 문학적 성취를 일궈온 작가였다.

"생각지도 못한 상을 받게 돼 기쁘네요. 지금까지 문학 앞에 수식어를 붙여서는 안 된다고 생각을 했던 탓에 이렇다 할 상을 받은 게 없어요. 저는 다만 문학은 어떤 도구적인 예술이 아니라 문학 고유의 영역이 있다고 생각을 해왔지요."

사실 복거일 하면 지식인 작가라는 이미지가 떠오른다. 그가 써온 소

/ "생각지도 못한 상을 받게 돼 기쁘네요. 지금까지 문학 앞에 수식어를 붙여서는 안 된다고 생각을 했던 탓에 이렇다 할 상을 받은 게 없어요.
저는 다만 문학은 어떤 도구적인 예술이 아니라 문학 고유의 영역이 있다고 생각을 해왔지요." /

설이 지식인 범주의 소설이고, 세상을 향해 발언했던 내용들이 지적인 욕망을 견인하는 과정에서 비롯된 측면이 없지 않다. 그뿐만이 아니다. 자유주의 사상가, 칼럼니스트, 작가, 시인에 이르는 다양한 직함은 그를 한곳에 정주시키기보다 지적인 편력을 하도록 강제했을 터이다. 그 유목적 횡단 속에서 12편의 소설과 20여 권이 넘는 문학 및 사회 비평서가 태동했다.

그러나 복거일 하면 가장 먼저 연상되는 '주장'이 하나 있다. 다름 아닌 '영어공용화론'. 복거일을 일반 대중에게 각인시킨 대표적인 신념으로, 그는 이로 인해 적잖이 세상과의 불화를 겪어야 했다.

"언젠가 길을 가다 골목 한쪽에서 작은 수레를 놓고 호떡을 굽는 늙은 할머니를 본 적이 있습니다. 그 곁에는 코흘리개 작은 꼬마가 서 있었지요. 아마도 그 할머니의 손자였던 것 같아요. 문득 저 작은 아이는 어떻게 영어를 배우지, 라는 생각이 들었습니다. 돈이 많은 사람이나 지식인들은 알아서 영어를 배우고 그 자식들은 외국 유학까지 보내는데, 과연 저 아이와 같은 애들은 어디서 영어를 배울까 생각하니 답답해지더라구요… 당시나 지금이나 변함없는 건 영어공용화론은 우리 국어를 없애자는 주장이 아닙니다. 영어를 접하기 어려운 이들도 영어를 잘할 수 있도록 적합한 환경을 만들어주자는 의미거든요."

그는 경제학을 전공한 몇 안 되는 작가 가운데 한 사람이다. 일반의 인문학이나 사회학을 전공한 작가와는 시각이 다를 수밖에 없다. 경제학을 전공했다는 것은 기본적으로 우리나라의 발전을 시장경제라는 렌즈를 통해 바라본다는 것이다. 복 작가는 "보통의 작가들은 발전 이면에 드리워진 어두운 면, 일테면 빈부 격차, 환경 폐해 같은 부정적인 측면을 다루지만 나는 자유주의 시장 경제가 이룩한 긍정적인 면을 형상화하는 데 중점을 둔다"고 말한다.

이제 보니 그의 문학이 민족문학이나 노동문학 또는 모더니즘 계열, 또는 순수계열의 문학과 어떻게 변별이 되는지 이해가 간다. 문단 내 '이단적 지식인'이라는 비판의 목소리가 있는 것도 그런 연유와 무관치 않았을 터이다.

"많은 이들이 박정희 정권을 비판합니다. 물론 타당한 이유들이 있지요. 그러나 저는 박정희 정권의 경제발전을 목격한 마지막 세대입니다. 저는 당시에 이룩했던 경제적 성과의 긍정적인 측면을 작품의 모티프로 삼고 싶었어요. 때문에 저의 10년 후 세대들이 문학의 주요 테제로 삼았던 '민주화'의 문학적 형상화와는 자연스레 변별이 될 수밖에 없었구요."

문학인생을 견인했던 김소월과 예이츠

그는 1946년 충남 아산에서 태어났다. 부친은 해방공간에서 당시 여느 젊은 이들처럼 진보적인 학문에 심취할 만큼 지적인 욕망이 강한 분이었다. 거일(鉅一)이라는 이름에는 지적인 분야에서 크게 되라는 부친의 소망이 투영돼 있다. 아버지의 바람 때문이었을까. 그의 소설은 다분히 시대와 불화하는 지식인의 여정을 형상화한 것들이 많다(시대와 불화하는 것이 반드시 지식인의 모습이라고 할 수 없지만 손해를 감수하면서까지 진정성을 지킨다면 그것 또한 지식인의 자세일 것이다).

"어린 시절을 돌아보면 늘 무언가 읽는 것에 목말라 있었던 것 같아요. 풍족한 시절이 아니었던 터라 독서가 활발하지 않았던 거지요. 아마 제가 문학에 눈을 뜬 것은 중학교 때 읽은 『김소월 시집』때문이 아니었나 싶습니다. 소월의 민요조의 시들을 읽고 나면 아늑한 기운과 함께 애상의 느낌을 받곤 했지요. 소월의 시에서 정서적, 심미적 영향을 받았다고 보는 게 맞습니다."

예상 밖이었다. 그의 문학적 궤적의 밑바닥에 소월의 시가 자리하고 있을 줄은 예상하지 못했다. 또 하나 놀라운 것은 복 작가가 영향을 받은 문인으로 아일랜드 낭만주의 시인 예이츠를 들었다는 사실이다. 상고를 나와 서울대 상대를 진학해 경제학을 배운 이의 독서 이력과는 다소 미스 매치되는 부분이었다. 그러나 그는 탐미주의자이면서 민족적 색채가 강한 예이츠의 시가 맘에 들었다고 한다. 아마도 예술적 기질 면에서 동화되는 부분이 있었던 듯싶다.

복거일 소설가의 대표 작품들

"언젠가 길을 가다 골목 한쪽에서 작은 수레를 놓고 호떡을 굽는 늙은 할머니를 본 적이 있습니다. 그 곁에는 코흘리개 작은 꼬마가 서 있었지요. 아마도 그 할머니의 손자였던 것 같아요. 문득 저 작은 아이는 어떻게 영어를 배우지, 라는 생각이 들었습니다. 돈이 많은 사람이나 지식인들은 알아서 영어를 배우고 그 자식들은 외국 유학까지 보내는데, 과연 저 아이와 같은 애들은 어디서 영어를 배울까 생각하니 답답해지더라구요…."

삶과 죽음에 차가운 시선을 던지고 말 탄 자 지나가다

"소설가로는 제임스 조이스를 좋아합니다. 그 또한 예이츠처럼 아일랜드 출신으로, 영문학사에서 빼놓을 수 없는 위대한 소설가이지요. 대학 때『더블린 사람들』을 영어 사전을 찾아가며 탐독했던 기억이 있습니다. 또한 20세기 모더니즘 문학의 정수인『젊은 예술가의 초상』도 빼놓을 수 없는 명작 가운데 하나입니다. 창의성을 억압하는 사회 분위기를 매우 정치하게 표현한 작품이지요."

복 작가는 문학 서적 외에 한창 공부할 시기에 들춰보았던『포켓 옥스퍼드 영영사전』도 잊을 수 없는 한 권의 책이라고 덧붙인다. 그 사전 덕에 영어공부를 열심히 했다는 것이다. 단순히 영어를 잘하는 데 만족하지 않고 서양 문명을 받아들일 수 있는 수준으로 영어를 공부했다. 그 덕에 동년배에 비해 조금은 인생을 편하게 살았다는 것이다. 들어보니 그가 영어공용화론을 주장했던 것은 그 나름의 근거가 있었다.

"경제학 고전으로 일컫는 폴 새뮤엘슨의『새뮤엘슨의 경제학』, 인류학자 로렌 아이슬리의『광대한 여행』도 일독을 권하고 싶습니다.

전자는 경제학 가운데 영향력이 큰 경제 교과서이고 후자는 생물학을 쉬우면서도 흥미롭게 풀어준 책이죠."

지식인의 길을 향해 그 나름의 푯대를 상정하고 달려왔던 그의 생도 이제 만년에 접어들었다. 그는 슬하에 딸 하나가 있다. 공교롭게도 딸도 아버지처럼 예술의 길을 걷고 있다. 동아일보 〈세상의 발견〉 코너에 삽화를 그리는 조이스 진(본명 복은조)이 그의 딸이다. 복 작가가 이번에 펴낸 에세이집『삶을 견딜 만하게 만드는 것들』에 수록된 그림도 직접 딸이 그렸다. 그는 "아내의 성씨가 진 씨인데 딸을 낳고 기르는 데 적잖이 힘들었다. 그 공을 생각해 딸이 예명을 짓는다고 했을 때 '진'자를 넣도록 했다"며 빙긋이 웃는다.

"현 시점에서 너의 작품이 뛰어나지 않는다는 세간의 평가가 나와도 그것을 견딜 만한 내공이 있는지 돌아보거라. 그때도 흔들리지 않고 그 길을 간다는 확고한 생각이 든다면 과감히 그 길을 가라."

그가 딸에게 건넨 말이다. 예상했던 대로 조이스 진도 '자신의 길'을 간다고 한단다. 그 고단하면서도 막막한 예술의 길을 말이다. 역시 부전여전이다.

작가 복거일이 좋아하는 예이츠의 묘비에는 이런 글귀가 적혀 있다고 한다. '삶과 죽음에 차가운 시선을 던지고 말 탄 자 지나가다.' 복 작가의 묘비에는 과연 어떤 글귀가 쓰이게 될까. 아니, 그의 문학이라는 '묘비'에는 어떤 평이 뒤따를까. 필자는 성급하게도 그의 후속작, 그리고 그 다음 후속작이 기다려진다.

한가로운 걱정들을
직업적으로 하는
사내의 하루

　복거일의 장편소설『한가로운 걱정들을 직업적

으로 하는 사내의 하루』는 작가의 자전적 소설이

다. '현이립 3부작'의 세 번째 작품으로 작가 복거일 모습으로 보이는 60대

후반의 지식인 현이립이 주인공이다. 현이립은 간암 판정을 받았지만 글을

쓰기 위해 항암 치료를 거부한다. 혹여 글을 쓰지 못한 채 생을 마감할지 모

른다는 불안감 때문이다. 그는 단순한 생명 연장보다 삶의 가치를 좇기로 결

심하고 창작에 매진한다. 평소와 다르지 않은 삶을 살고 있는 현이립을 통해

작가는 어느 한 지식인의 길을 묻는다.

복거일 소설가는...

소설가이자, 시인이자, 사회평론가다. 1987년 장편소설『비명(碑銘)을 찾아서』를 발표하며 문단에 데뷔
했다. 문학 창작 활동뿐 아니라 우리 시대 문제들에 주목하여 '우리 시대의 논객'으로 불리기도 한다. 여러
저서를 통해 독자들로 하여금 사회 문제에 대해 고민하고 성찰할 수 있는 계기를 제공했다.
지은 책으로는 장편소설『높은 땅 낮은 이야기』,『역사 속의 나그네』,『한가로운 걱정들을 직업적으로 하
는 사내의 하루』, 시집『오장원(伍丈原)의 가을』,『나이 들어가는 아내를 위한 자장가』, 문학평론집『세계
환상소설 사전』, 사회평론집『현실과 지향』,『진단과 처방』,『소수를 위한 변명』, 과학평론집『쓸모없는 지
식을 찾아서』, 산문집『아무것도 바라지 않은 죽음 앞에서』,『현명하게 세속적인 삶』등이 있다.

그의 문학 기저에 흐르는 일관된 주제는 초월의 영역에 대한 탐색이다. 인간을 깊이 이해하기 위해, 그는 늘 초월의 세계를 소설 속으로 끌어들였다. 수상작인 『지상의 노래』도 초월의 세계와 함께 사랑, 권력이라는 모티프가 자리한다. 절대자의 세계가 결국은 인간을 이해하기 위한 장치로 형상화되었다는 의미다.

소설가

이승우

_06

"초등학교 때 가족이 뿔뿔이 흩어졌다. 어머니와도 헤어져야 했던 시기였다. 1학년 때 누군가의 영정사진을 들고 장례를 치렀다. 그 주인공이 아버지였다는 사실을 그날 처음 알게 되었다. 비극적인 가족사는 나를 자꾸만 안으로 숨어들게 만들었다. 가난은 차라리 사치에 지나지 않았다."

내 안의 것들을 온전히 드러내자
내밀한 상처들이 치유되었다

묵직한 주제의식을 형상화해온 스타일리스트

"철학적이다. 진지하다. 실존적이다. 무겁다. 지적이다. 초월적이다…"
그의 소설에 대한 일반적인 평가다. 그는 깊고 심오한 주제를 자신만의 언어
와 기법으로 그려내는 작가다. 한마디로 색깔이 분명하다. 색으로 치면 진회
색쯤 되겠다. 우울함 속에 깃든 신비한 정제미. 그의 소설을 좋아하는 독자라
면, 작품만 읽고도 이승우가 저자라는 사실을 어렵지 않게 알아낸다.

　작가 이승우. 그는 묵직한 주제의식을 형상화해온 소설가다. 그만큼 진지하
게 초월의 세계를 다루어온 작가도 드물다. 사유와 종교를 기반으로 하기 때
문에 그의 작품은 다분히 형이상학적이고 분석적이다. 문장과 문장 사이의 길
이와 간극에 비해, 사유의 폭과 깊이는 만만치 않다.

　그는 스타일리스트다. 자신만의 스타일을 극단으로 밀고가는 예술가다. 아
티스트에게 스타일이란 '특허권'과도 같은 거다. 동종 업계에서 누구도 흉내
낼 수 없는 자신만의 특질을 보유하고 있다는 의미다. 문학적으로 표현하면
자기 나름의 고유한 세계를 구축해, 다른 작가와 구분되는 특질을 확보했다는

말이다. 창작의 세계에서 일말의 모방이야 가능하겠지만 '원조'를 능가하는 텍스트를 생산하기는 어렵다. 예술은 가장 자기다운 것을 자기다운 색깔로 드러낼 때 온전히 빛을 발한다.

작가는 말한다. "『생의 이면』을 쓰고 나서 비로소 살 수 있었다. 내 안의 것들을 온전히 드러내자 내밀한 상처들이 치유되었다"라고. 그는 소설을 쓰는 것조차도 힘들었던 시절이 있었다고 말한다. 환경의 불편함 때문에 삶이 고통스러웠다는 것이다(어쩌면 그것은 타자와의 불우한 관계도 포함될 수 있겠다). 혹여 그것이 글을 쓸 수밖에 없는 동인이었다고 할지라도, 감내하기는 쉽지 않았을 터이다.

"독서로, 글쓰기로 그 시간을 보내지 않았다면 어떠했을까. 결과적으로 책 속으로 들어가고, 나만의 침잠의 세계로 들어갔다는 게 중요했다. 내 안에서 나만의 세계를 만들어나갈 때, 비로소 불우했던 내가 치유될 수 있었다."

유년 시절의 그는 부적응자, 자폐적 인간이었단다. 곧잘 '환경이 주는 불편함'이라는 말로 에둘러 표현하지만, 본질적으로 타자와의 갈등이 어떠했으리라는 것을 짐작케 한다.

『지상의 노래』로 뒤늦은 동인문학상

장흥 출신 이승우 작가는 2013년 동인문학상(상금 5000만 원)에 선정됐다. 수상작은 『지상의 노래』. 그는 조선대학교 문창과에서 13년째 소설을 가르치고 있다. 그동안 문학에 관심 있는 독자들은 이승우 작가가 언제쯤 동인문학상을 받을 것인지 내심 기대를 했었다. 그의 작품집이 발간되면 반드시 구매를 하는 마니아들이 적지 않을 만큼, 그는 고정 독자층을 확보하고 있는 작가다.

늦가을의 어느 날, 시월의 어느 멋진 날, 사유와 실존의 분위기가 감도는 날에, 이 작가를 만나러 연구실로 향했다. 늦가을의 정취가 완연한 캠퍼스는 어수선한 학내 분위기와 묘한 대조를 이룬다. 본관으로 향하는 가파른 계단을 올라가면서 지상에서 천상으로 올라가고 있지 않나 착각이 들었다. '지상의 노래'가 불린다면 아마 이곳 어디쯤이 적당하지 않을까, 다소 생뚱한 생각도 없지 않았다.

동인문학상 개편 첫해인 2000년의 수상자는 작고한 이문구(당시 59세)였다. 그 이후로 이승우는 동인문학상 최고령 수상자다. 동인문학상이 작가와는 별개로 오로지 작품을 대상으로 한다는 점에서 이 작가의 수상은 의미가 남달랐다. 5전 6기. 다섯 번 후보에 올랐다가 여섯 번째에 선정되었기에 감회가 남다를 듯 싶었다.

"나는 도전한 적이 없다. 그보다 해년마다 최종 후보에 올랐는데 그때마다 안 됐다는 게 더 대단하다.(웃음)"

그는 자신의 문학에 대한 자존감을 그렇게 돌려 말했다. 말인즉슨 상을 보고 소설을 쓰지 않았다는 얘기다. 꾸준히 쓰다 보니 인정을 받게 되었다고 에둘러 말했다.

그는 "주로 커피를 마시는데 하필 바닥이 났다. 대신에 라오스에서 가져온 차가 있다"며 포트에 물을 올렸다. 그러면서 "차구(茶具)가 없어서"라고, 서너 번 반복해서 말했다. 형식과 예의보다는 내용과 본질이 더 중요한 터라 이편은 오히려 편했다. "차구(茶具)가 없어서"라는 말은, 좀 더 손님을 정성스레 대하고자 하는 그만의 겸양이 담긴 수사였다.

그러나, 언제 보아도 그에게선 현실에서 한발 비켜선 수도사나 목사 같은 분위기가 난다. 작품은 작가를 닮는다는 말은 이승우를 두고 하는 말인지 모른다. 자식이 부모를 닮는 것과 동일한 이치다. 그를 수식하는, 평하는 말들은 대부분 본질에 대한 탐색과 실존적 구원을 추구하는 작가로 수렴된다. 이번 동인문학상심사위원회의 선정 이유를 들어보자.

"이승우 씨의 『지상의 노래』는 책이기 전에 하나의 거대한 거울이다. 이 거울은 삶의 뜻을 가리키는 암시들로 은은하건만, 역설적이게도 여기에 비쳐 보이는 것은 무지와 맹목에 사로잡힌 인간의 가련한 행태다. 저 은약(隱約)을 제멋대로 해석해 제 욕망을 채우는 일로 골몰하는 탓이다. 그래서 그 명분은 그럴 듯하나 실태는 추악한 일들이 인간사를 뒤덮는다. 그러나 그 일로 심히 고통하고 섬뜩 깨닫는 사람이 또한 있어, 죄악의 덩굴 속에서 참회의 여린 실을 자아 지상의 노래를 울게 하니, 비로소 사람이 사람으로 보이기 시작한다. 저 노래가 세상에 삼투하는 과정은 한결같은 고통으로 참혹하지만 거듭되는 각성으로 독자를 전율케 한다…."

이 작가는 1981년 『에리직톤의 초상』으로 문단에 나온 이후, 32년간 소설이라는 한 우물을 파왔다. 그동안 17권의 장편소설과 소설집을 발간했다. 여타 산문집과 동화집까지 합하면 족히 30권이 넘는다. 한 해도, 한 계절도 쉬지 않고 글을 썼지만 밀도가 낮거나 작품성이 저하된 경우는 없었다. 발표하는 작품마다 '진지하고 지적인 문학'이라는 평가와 함께 "과연 이승우"라는 찬사가 이어졌다. 상복도 많아 대산문학상(1993년), 동서문학상(2002년), 현대문학상(2007년), 황순원문학상(2010년) 등 유수의 문학상을 수상했다.

그의 문학 기저에 흐르는 일관된 주제는 초월의 영역에 대한 탐색이다. 인간을 깊이 이해하기 위해, 그는 늘 초월의 세계를 소설 속으로 끌어들였다. 수상작인 『지상의 노래』도 초월의 세계와 함께 사랑, 권력이

이 작가는 1981년 『에리직톤의 초상』으로 문단에 나온 이후, 32년간 소설이라는 한 우물을 파왔다. 그동안 17권의 장편소설과 소설집을 발간했다. 여타 산문집과 동화집까지 합하면 족히 30권이 넘는다. 한 해도, 한 계절도 쉬지 않고 글을 썼지만 밀도가 낮거나 작품성이 저하된 경우는 없었다. 발표하는 작품마다 '진지하고 지적인 문학'이라는 평가와 함께 "과연 이승우"라는 찬사가 이어졌다. 상복도 많아 대산문학상(1993), 동서문학상(2002), 현대문학상(2007), 황순원문학상(2010) 등 유수의 문학상을 수상했다.

라는 모티프가 자리한다. 절대자의 세계가 결국은 인간을 이해하기 위한 장치로 형상화되었다는 의미다.

"신학공부를 했기 때문에 작품에 기독교적 세계관이 자리하고 있지 않나 싶다. 당연히 신학적 메시지가 담겨 있을 것이다. 그렇다고 기획하는 것은 아니다. 나는 다만 신학을 공부했다는 사실에 감사할 따름이다. 그것을 토대로 소설을 쓰고 있으니까. 교회, 신학, 성서는 내 소설의 자양분이다. 마치 특정 작가의 체험이 그만의 색깔이 담긴 소설을 쓰게 하는 것과 같은 맥락이다."

그럼에도 그는 자신의 문학적 관심은 신이 아니라 인간에 초점이 맞추어져 있다고 강조한다. 이 지점에서, 그가 인간과 신의 교량 역할을 하는 목사가 되었을 수도 있겠다는 생각이 들었다. 혹시 목회자의 길에 대한 미련은 없었느냐고 물었다. 돌아온 그의 말은 천상 작가일 수밖에 없겠다는 생각을 갖게 했다.

"나는 목사는 못했을 것이다. 천성적으로 귀찮아하는 걸 하지 못한다. 그러나 성직자는 위선이 허용되는 직업이 아닌가. 성도들은 위선인 줄 알면서도 위선으로 포장된 모습이라도 보길 원한다. 신학의 실천 현장인 교회가 나와 맞을 수 없는 이유다."

그렇다면 그는 어떤 계기로 신학을 공부하게 되었고, 작가가 되었을까. 그는 고1 때 신학에 관심을 갖기 시작했다고 한다. 우울한 환경과 사춘기의 방황은 그를 신학으로 빠져들게 했다. 그리고 신비한 체험을 하게 된다. 성령과의 인격적인 만남이 이루어졌던 것이다.

고등학교를 졸업하고 서울신학대학에 들어갔다. 도피성 입학이었다. 대학에 진학해서 잠시 연극도 했지만, 그것도 잠시 군대에 가기 위해 휴학을 한다. 불행하게도 그 즈음에 폐결핵에 걸리고 만다. 1년여간의 요양을 하지 않으면 안 되었다. 얼마쯤 시간이 흘렀을까. 그 즈음 그는 작가로 입문하게 되는 하나의 모티프와 만나게 된다.

1981년 바티칸 성 베드로 광장에서 신자들을 만나던 교황 요한 바오로2세가 저격당하는 사건이 일어난다. TV를 통해 그 장면을 보게 된 그는 커다란 충격에 휩싸이고 만다. 인간이 '신'(신의 대리자인 교황)을 폭행하는 사건은 그에게 종교와 인간에 대한 성찰을 하게 한다. 데뷔작『에리직톤의 초상』은 그렇게 세상에 나왔다. 400여 매의 첫 중편으로 그는 문단에 이승우라는 이름 석 자를 확실하게 각인시킨다.

"이청준은 내 소설의 지향이자 인생의 사표"

"작고한 이청준(1939~2008)으로부터 가장 많은 영향을 받았다. 특히 「나무에서 잠자기」를 읽으며 작가로서의 꿈을 키웠다. 동향 선배인 이청준은 내 소설의 지향이자 인생의 사표와도 같은 분이다. 데뷔작 심사도 했기에 나로서는 영원히 잊을 수 없는 문학의 스승이다."

「나무에서 잠자기」는 불행했던 과거의 기억이 현실에까지 영향을 미친다는 주제를 담고 있다. 나무 위에서 잠을 자려고 했지만 실패했던 경험이 현실의 침대 속에서도 잘 수 없도록 의식을 간섭한다는 내용이다.

이청준의 「소문의 벽」도 좋아했던 작품이다. 말의 자유가 차단된 상황에서 드러나는 병리 현상을 상징적으로 형상화한 작품이다. 진실을 말할 권리가 제한된 현실에서 과연 작가의 글쓰기가 어떤 의미가 있는지 집요하게 묻는다.

이승우 작가는 카프카의 「심판」, 「변신」도 잊을 수 없는 소설이라고 말한다. 전자가 보이지 않는 법과 체제에 의해 억압 받는 인간의 나약함을 그리고 있다면, 후자는 벌레로 변해버린 인물을 통해 인간 내면에 드리워진 고독과 실존을 사유한다.

도스토예프스키의 「지하생활자의 수기」도 실존과 소외의 문제와 직결된다. 삶의 불안과 증오에 시달리는 주인공이 철저히 고립된 도피처에서 자신의 존재를 입증하려고 몸부림친다는 내용이다.

습작기 시절에 읽은 책들은 오랜 시간이 흐른 뒤에도 기억에 남아 있다. 대부분 그의 삶에 영향을 미친 소설은 '성찰' '실존'이라는 키워드로 집약된다. 그렇다면 그를 이렇게 원초적인 문제에 천착하게 하는 기제는 신학적인 배경 외에도 무엇이 있을까.

널리 알려진 대로 이 작가의 고향은 장흥이다. 송기숙, 한승원 작가와도 같은 고향이다. 많은 이들은 장흥의 자연 지리적인 배경이 걸출한 문인들을 배출한 중요한 요인이라고 말한다. 일견 타당한 면도 있다. 그러나 그는 그 말에 그다지 동의하지 않는 편이다. "일정 부분 자연적 배경도 있겠지만 문학은 본질적으로 개인적 삶과 직결돼 있다"고 보는 것이다. 만약 지리적인 요인이라면 자신의 뒤를 잇는 30대, 40대 장흥 출신 작가가 왜 없는가. 문학은 본질적으로 삶을 매개로 서사화되는 예술이기 때문이 아닐지….

"초등학교 때 가족이 뿔뿔이 흩어졌다. 어머니와도 헤어져야 했던 시기였다. 아버지는 격리된 삶을 살았다. 1학년 때 누군가의 영정사진을 들고 장례를 치렀다. 그 주인공이 아버지였다는 사실을 그날 처음 알게 되었다. 비극적인 가족사는 나를 자꾸만 안으로 숨어들게 만들었다. 가난은 차라리 사치에 지나지 않았다."

자의식 과잉, 세상과의 불화는 결국 그를 작가로 만들었다. 그의 대표작 『생의 이면』은 자전적인 소설로 알려져 있다. "문학이 나를 필요로 했던 게 아니고, 내가 문학을 필요로 했다"는 말은 그의 지나온 삶을 압축적으로 대변한다.

『생의 이면』, 『미궁에 대한 추측』이 유럽과 미국에 번역된 작가, 노벨상에 근접했다는 평가를 받는 작가, 『식물들의 사생활』이 한국소설로는 최초로 프랑스 갈리마르 출판사의 폴리오 시리즈 목록에 올랐던 작가….

그는 더 오래, 아주 많이 소설을 쓰겠노라고 말한다. 이승우의 이름에 붙여질 다음의 수사들이 궁금해진다.

지상의 노래

이승우 작가가 오래 전부터 구상해온 모티프를 소설로 형상화한 작품이다. 2011년 봄부터 2012년 봄까지 계간 『세계의 문학』에 연재했던 작품이다. 인간 존재와 내면세계에 대한 사유와 욕망을 다층적으로 파헤친 문제작이다. 천산 수도원 72개의 지하방에서 발견된 엄청난 벽서로부터 소설은 시작된다.

소설은 모두 세 개의 축을 경계로 전개된다. 과거를 쫓는 강상호의 오늘, 후의 30년 전, 그리고 수도원 몰락의 원인이 된 한정효의 이전의 과거가 이어진다. 외형상 미스터리 구조지만 소설은 '후'라는 주인공을 통해 욕망과 구원에 관한 문제를 집요하게 탐색한다.

이승우 소설가는...

이승우 소설가는 1981년 『한국문학』 신인상에 『에리직톤의 초상』이 당선되어 등단하였다. 현재 조선대학교 문예창작학과 교수로 재직 중이다. 『생의 이면』, 『미궁에 대한 추측』 등이 유럽과 미국에 번역, 소개된 바 있다. 2009년에는 장편 『식물들의 사생활』이 한국 소설로는 최초로 프랑스 갈리마르 출판사의 폴리오 시리즈 목록에 오르기도 했다. 폴리오 시리즈는 프랑스를 대표하는 문고본으로 세계 유명 작가들의 작품들을 엄격한 기준으로 선정해 펴내고 있다.

1991년 이상문학상, 1993년 대산문학상, 2002년 동서문학상을 수상했다. 이후 2003년 이효석문학상, 2007년 현대문학상, 2010년 황순원문학상을 수상했다. 지은 책으로는 소설집 『구평목 씨의 바퀴벌레』, 『일식에 대하여』, 『미궁에 대한 추측』, 『목련공원』, 『나는 아주 오래 살 것이다』 등이 있고, 장편소설 『에리직톤의 초상』, 『내 안에 또 누가 있다』, 『생의 이면』, 『식물들의 사생활』 등이 있다.

PART 2

<u>시는 시인을 만들고, 시인은 영원한 시간 속에 시를 노래한다</u>

그의 시에 담긴 빛나는 서정성, 삶에 대한 관조의 시선은 한 구절의 잠언을 읽는 것 같은 감동을 불러일으킨다. 순천의 선암사 해우소에서도 그의 잠언 같은 시구를 접할 수 있다. 어쩌면 탈속(脫俗)의 경계인 승선교보다 해우소는 속인인 우리들에게 더 많은 깨달음을 주는 것인지 모른다.

시인

정호승
_01

"돌아보면 저는 한 번도 특정한 시대에 앞장서 본 적이 없어요. 흑백논리가 횡행하던 시대에도 저는 그저 시를 쓰는 것이 제 나름의 행동이자 시대에 대한 복무라고 생각했습니다. 또한 시란 일상의 언어로 현실의 이야기를 담아내야 한다고 생각했지요."

나는 모든 인간에게서
시를 본다

"사람이니까 외로울 수밖에 없다"

정호승 시인의 첫마디였다. 필자가 그의 시 「수선화에게」(『외로우니까 사람이다』에 수록)를 좋아한다고 말하자 건넨 말이었다. 시인은 원초적으로 외로울 수밖에 없는 우리의 삶을 아름답고 서정적으로 그려낸다. 아련히 펼쳐진 동양화를 보는 듯하다. 곡조를 붙이면 하나의 서정적인 노래가 된다.

"어떤 경우에 시가 되었다 또는 시가 되지 않았다는 표현을 하는데요, 시가 이루어지는 순간은 부지불식간에 찾아옵니다. 그러나 그 순간은 오랜 성찰과 고통의 통과라는 전제가 있어야 가능합니다. 제 시 중에 「이슬의 꿈」이라는 작품이 있어요. 일반적으로 이슬은 햇볕에 말라 흔적 없이 사라진다고 생각하지만, 사실은 햇살과 한몸이 되었다고 볼 수 있어요. 시인이 자신만의 관점으로 대상을 형상화할 때 비로소 시가 이루어집니다."

그는 시든 소설이든 문학의 본질을 잃지 않는 게 중요하다고 덧붙인다. 사실 예술만큼 본질이 강조되는 분야도 없다. 본질은 장르 자체뿐 아니라 그 길을 걸어가는 예술가의 존재 이유와도 직결되기 때문일 터이다. 정 시인에게 '본질'은 무엇과도 바꿀 수 없는 그만의 시 정신이 아닐까 싶다.

"「수선화에게」라는 시처럼 외로움은 인간의 가장 원초적인 감정입니다. 본질이라고도 할 수 있지요. 사람은 누구나 외로운 존재지요. 여기에 별다른 이유는 필요치 않습니다. 비바람이 불면 비바람이 부는 대로, 파도가 치면 파도가 치는 대로 자신만의 인생길을 걸어갈 수밖에 없습니다. 살아가는 동안 부딪치는 외로움에 넘어지지 말고 '사람은 누구나 외로운 존재구나'라는 생각으로 살아야 하지요."

깊은 울림, 전통가락 그리고 맑은 서정

시인과의 만남은 바쁜 일정 탓에 생각만큼 쉽지 않았다. 강연과 창작 등 스케줄이 잡혀 있어 인터뷰 날짜를 조정하기가 어려웠다. 그러나 시가 이루어지는 순간이 있듯이, 인터뷰가 이루어지는 순간이 있나 보다. 정확히 그것이 무엇인지는 특정할 수 없지만, 아마도 시인이나 기자나 글을 업으로 삼는 이라는 공감대 때문인지 몰랐다.

인터뷰 당일, 시인은 20여 분이나 빨리 약속 장소인 서울의 어느 커피숍에 나타났다. 천성적으로 부지런하고 준비성이 남다르다는 느낌이 들었다. 사실 그 연배들(참고로 그는 1950년생이다)은 오늘날 한국사회의 근대화, 산업화, 민주화를 이뤄낸 중추세대였다. 책임감, 열정, 준비성 같은 삶의 자세는 오랜 시간이 지나도 여전한 습관으로 남아 있을 터였다. 필경 오늘의 시인은 그와 같은 습관이 쌓이고 쌓인 삶의 결과일 거였다.

그럼에도 그의 표정은 여유가 넘쳤고 편안해보였다. 서글서글한 미소와 다정다감한 어투는 고전적인 시인의 모습과는 거리가 멀었다. 60대 중반의 나이에도 짧은 머리가 잘 어울릴 만큼 자연스러웠고 유해보였다. 중후함보다는 천진함이, 반듯함보다는 겸허함이 배어 나왔다. 시는 시인을 닮는다는 말이 예에서도 통용되었다. 맑고 투명한 시처럼 시인의 모습도 별반 다르지 않은 듯했다.

"저는 늘 시에 감사하며 독자에게 감사합니다. 지금까지 시가 있었기에 나라는 사람이 존재하며 또한 앞으로도 살아갈 수 있을 겁니다. 1973년에 대한일보 신춘문예로 등단했으니 올해로 시를 쓴 지 만 41년이 되었어요. 오랫동안 시업(詩業)을 이어올 수 있었던 것은 늘 감사하는 마음과 시란 무엇인가에 대한 본질적인 물음을 스스로에게 던져왔기 때문이 아닌가 싶습니다."

시인의 중심에는 늘 시가 자리했다. 그리고 시의 중심에는 본질과 서정이라는 두 개의 축이 드리워져 있었다. 그의 작품이 평이하면서도 깊은 울림을 주는 것은 삶에 대한 성찰, 고통과 아픔까지도 감사히 받아들이는 낮은 자세와 무관치 않았다.

몇 해 전 필자는 정호승이라는 시인의 시를 실체적으로 느꼈던 적이 두어 차례 있다. 지금으로부터 10여 년 전쯤 강진 다산초당에 들렀을 때다. 산 아랫마을 귤동에서 다산초당으로 오르다, 언덕길에 드리워진 수십 갈래의 뿌리를 보게 되었다. 무수히 많은 뿌리가 지상으로 뻗어 나와 얽히고설킨 '뿌리의 길'은 아름답고도 웅장했다. 아니 슬프기까지 했다.

"그 길의 나무들은 수많은 사람들이 밟고 올라갔어도 살아남았습니다. 그것은 뿌리들이 개별적으로 존재하지 않고 한몸을 이뤄 공동으로 존재했기 때문입니다. 아무리 고통스럽고 힘들더라도 함께 견디면 이겨낼 수 있습니다. 그 합일의 정신을 '뿌리의 길'이라는 시로 표현했던 거지요. 아마도 유배를 당했던 다산의 고해와 학문추구의 이상 또한 그 뿌리의 정신과 별반 다르지 않았을 것입니다."

그의 시에 담긴 빛나는 서정성, 삶에 대한 관조의 시선은 한 구절의 잠언을 읽는 것 같은 감동을 불러일으킨다. 순천의 선암사 해우소에서도 그의 잠언 같은 시구를 접할 수 있다. 어쩌면 탈속(脫俗)의 경계인 승선교보다 해우소(화장실)는 속인인 우리들에게 더 많은 깨달음을 주는 것인지 모른다.

시인은 눈물이 나는 날에는 열차를 타고 선암사에 가보라고 권한다. 그곳 해우소에서 마음껏 울다 보면 나름의 깨달음을 얻을 수 있다는 것이다. 선암사의 해우소가 명소가 되어버린 건 전적으로 그의 시 「선암사」 때문이다.

그러나 어떤 이들은 그의 시가 다소 쉽다고 폄하하기도 한다. 80년대의 진영 논리는 서정시를 경시한 측면이 없지 않다. 그렇다면 오늘날의 시는 어떤가. 자의식이 과잉되어 시인 혼자나 이해할 수 있는 시가 넘쳐난다. 더러는 현학적이며 폐쇄적이기까지 한 나머지 독자로부터 외면을 받기도 한다.

"돌아보면 저는 한 번도 특정한 시대에 앞장서 본 적이 없어요. 흑백논리가 횡행하던 시대에도 저는 그저 시를 쓰는 것이 제 나름의 행동이자 시대에 대한 복무라고 생각했습니다. 또한 시란 일상의 언어로 현실의 이야기를 담아내야 한다고 생각했지요."

그는 1976년에 김명인, 김승희 시인 등과 함께 '반시'(反詩)를 결성, 쉬운 시를 쓰기로 작정한다. 그 때문이었을까. 이후 그의 시는 여러 가수들의 노래로 재탄생된다. 서정적이면서도 아름다운 가사가 주는 확장성은 장르를 초월한다. 시는 언어로 존재하지만 거기에 노래라는 옷을 입히면 감동의 결이 달라진다. 가수 안치환은 〈풍경달다〉, 〈인생은 나에게 술 한잔 사주지 않았다〉를 불렀고 이동원은 〈이별노래〉를 히트시켰다. 양희은은 〈수선화에게〉를 불러 시가 내재하는 위안과 치유의 힘을 보여주었다. 그의 시가 서정성과 전통적 가락에 기반하고 있다는 방증이다.

그렇다면 그는 어떤 시들을 읽어왔으며 어떤 시들로부터 영향을 받았을까. 경남 하동 출신인 그는 유년 시절을 대구에서 보냈다. 중학교 때 아버지의 사업 실패로 경제적인 어려움을 겪었지만, 내면에는 늘 문학의 길을 가고자 하는 열정이 가득했다. 그는 고등학교 때 전국고교문예 현상모집에서 「고교문

/ 돌아보면 저는 한 번도 특정한 시대에 앞장서 본 적이 없어요. 흑백논리가 횡행하던 시대에도 저는 그저 시를 쓰는 것이 제 나름의 행동이자 시대에 대한 복무라고 생각했습니다. 또한 시란 일상의 언어로 현실의 이야기를 담아내야 한다고 생각했지요. /

"시인은 시를 써야 시인입니다. 저는 죽을 때까지 시를 쓸 작정입니다. 시란 자기 자신과 한 시대를 이루는 인간을 이해하고 알아가는 과정이니까요. 마더 테레사 수녀는 모든 인간에게서 신을 본다고 했습니다. 저의 경우는 모든 인간에게서 시(詩)를 본다고 말하고 싶네요. 우리는 이제 영혼의 양식이 필요한 시대에 살고 있습니다. 저의 시작(詩作)이 영혼의 양식을 소중하게 여기는 작업이 되었으면 하는 바람입니다."

정호승 시인의 대표 작품들

예의 성찰」이라는 평론으로 당선돼 경희대 국문과에 문예장학생으로 입학한다. 당시 경희대에는 조태일, 이성부 시인과 조세희, 조해일 작가와 같은 쟁쟁한 선배들이 있었다.

"김소월, 윤동주, 서정주 시인의 시집을 많이 읽었어요. 한국 현대시사를 두고 볼 때 김소월을 통과하지 않는 시인은 없을 겁니다. 모든 시인들은 그의 영향을 직·간접적으로 받았으니까요. 윤동주는 한국인들이 애송하는「서시」를 썼으며, 삶의 순수성을 견지했던 위대한 시인이죠. 서정주 시인의 시에는 전통적 정서와 가락이 응축돼 있어 한국인의 감성과 부합되는 면이 있습니다."

김소월, 김현승, 서정주, 신석정, 한용운, 김수영

예상했던 대로다. 그는 특히 군에 있을 때 서정주 시인을 깊이 있게 배울 수 있었다. 절친한 친구가 『서정주 시선』을 보내줬는데 표지부터 뒷부분 판권이 인쇄된 면까지 하나도 빼지 않고 필사를 했다. 아직도 그 필사본을 보관하고 있을 정도로 아낀다. 이렇듯 그는 시 옮겨 쓰기를 통해 자연스럽게 율격과 가락을 체득했다.

"다형 김현승 시인도 제게는 스승이나 다름없습니다. 역시 군에 있을 때 습작시를 타자기로 쳐서 보냈는데 뜻밖에 답을 주셨어요. 열심히 시를 쓰고 휴가 나오면 들르라는. 그래서 휴가 때 숭실대로 선생님을 뵈러 갔어요. 그날의 기억은 지금도 잊히질 않습니다. 오래된 도서관 같은 연구실, 문학 서적 틈으로 흘러나오던 진한 커피 향, 그리고 한 권의 소중한 책처럼 온화한 모습으로 앉아 계시던 선생님의 모습. 이후 저는 다형 선생님의 『절대고독』, 『견고한 고독』과 같은 작품을 읽으며 시 쓰기에 정진을 했습니다."

그는 문학을 공부하며 헌책방도 자주 드나들었다. 목가적 시인 신석정의 『촛

불』, 『그 먼나라를 아십니까』 등의 시집도 탐독했다. 한용운의 『님의 침묵』은 반복해서 외울 정도로 좋아했다. '풀의 시인' 김수영의 작품도 그에게는 문학 공부를 하는 데 더없이 좋은 교과서였다. 김수영 시가 추구하는 가치와 그 가치를 견고하게 지지하는 서정성에 빠져들기도 했다.

필사와 암송을 통한 시 공부는 가장 원초적인 자양분이 되었다. 그와 같은 노력은 그에게 신춘문예 3관왕이라는 남다른 이력을 선물한다. 경력이 화려한 게 아니라 정진과 노력이 남다를 터였다. 1972년 한국일보에 동시, 1973년 대한일보에 시, 그리고 1982년 조선일보에 소설이 당선됨으로써 문청들이면 누구나 부러워할 '자격증'을 확실하게 거머쥐었던 것이다.

그러나 그 '자격증'은 그에게 인간을 폭넓게 이해하게 하는 계기 그 이상도 이하도 아니다.

"시인은 시를 써야 시인입니다. 저는 죽을 때까지 시를 쓸 작정입니다. 시란 자기 자신과 한 시대를 이루는 인간을 이해하고 알아가는 과정이니까요. 마더 테레사 수녀는 모든 인간에게서 신을 본다고 했습니다. 저의 경우는 모든 인간에게서 시(詩)를 본다고 말하고 싶네요. 우리는 이제 영혼의 양식이 필요한 시대에 살고 있습니다. 저의 시작(詩作)이 영혼의 양식을 소중하게 여기는 작업이 되었으면 하는 바람입니다."

여행

『여행』은 등단 40년을 기념해 발간한 자축 시집이다. 지금까지 시인으로서의 삶을 살아온 지난날과 그 길에서 만났던 여러 인연과 죽음, 그럼에도 내일을 향해 나아갈 수밖에 없는 삶을 노래한다. 제목이 암시하듯 우리의 삶은 모두 '여행'이라는 두 글자에 수렴된다. 생과 사, 만남과 이별 모두 '여행'이라는 통과의례를 통해야 완성된다.

모두 79편이 담긴 시집은 기존의 것과 마찬가지로 서정적인 울림이 가득하다. 표제작 「여행」은 인생과 죽음을 의미하는 상징적인 표현이다. 시인은 투명한 시어로 우리 삶에 드리워진 각양각색의 '여행'을 정감어린 어조로 들려준다.

정호승 시인은...

1972년 한국일보 신춘문예에 동시 「석굴암을 오르는 영희」가, 1973년 대한일보 신춘문예에 시 「첨성대」가, 1982년 조선일보 신춘문예에 단편소설 「위령제」가 당선되어 문단에 나왔다. 정호승 시인의 시는 언제나 부드러운 언어의 무늬와 심미적인 상상력 속에서 생성되고 펼쳐진다. 오랜 시간 바래지 않은 온기로 많은 이들의 마음을 치유하는 그의 따스한 언어에는 사랑, 외로움, 그리움, 슬픔의 감정이 가득 차 있다.

1989년 소월시문학상, 2000년 정지용문학상, 2009년 지리산문학상, 2011년 공초문학상 등을 수상했다. 지은 책으로 시집 『슬픔이 기쁨에게』, 『서울의 예수』, 『새벽편지』 등이, 시선집으로 『내가 사랑하는 사람』, 『흔들리지 않는 갈대』 등이, 어른이 읽는 동화로 『항아리』, 『모닥불』, 『기차 이야기』 등이, 산문집 『소년부처』 등이 있다.

얼마 지나지 않아 해직의 고통이 이어졌다. 그는 "투쟁의 시간이었지만 내게는 배움의 시간이었다"며 자신을 낮춘다. 글쟁이에게 해직과 재직은 의미가 없다. 성공과 실패의 경계도 존재하지 않는다. 모든 것을 던져 글이라는 외줄에 서면 세상은 한낱 한 줄의 시에 지나지 않는다는 것을 알게 된다. 더욱이 시인은 시공을 초월하고 유무를 구별하지 않으며 귀천에 얽매이지이 않는 이들이 아닌가.

시인

안도현

_02

"이전에는 사람이 기댈 언덕이거나 따뜻한 국물이라고 했지만 지금은 거둬들이고 싶어요. 위안, 치유도 좋지만 나라는 사람의 정체성과 같이 가면 좋겠습니다. 삶의 방법으로서의 시가 아닌 목적으로서의 시가 됐으면 싶어요."

너는 누구에게 한 번이라도
뜨거운 사람이었느냐

낙동강, 만경강 그리고 겨울강

시인 안도현에게는 세 강의 이미지가 있다. 좀 더 정확하게 표현하면 그의 문학인생에는 세 개의 강이 흐른다고 말하는 편이 옳을 듯하다. 어쩌면 그의 스테디셀러인 동화 『연어』도 시인의 삶이 강을 근거로 했기 때문에 탄생했는지 모른다.

시인의 표현대로 하면 "이십대 이전까지는 낙동강에 기대 살았고 이후에는 만경강에 기대 산다"고 한다. 그리고 "마지막 강은 시인의 내면에 드리워진 '겨울강'을 빠뜨릴 수 없다"는 것이다. 참고로 겨울강은 물리적인 강이 아니라 시로 존재하는 참 아름답고 맑은 강이다.

그의 고향은 경북 예천이다. 낙동강이 휘돌아가는 지류에서 태어나 어린 시절을 보냈다. 탯자리가 강가 언저리인 이들은 안다. 더욱이 시인에게 강이란 한 편의 시 그 이상이다. 기억 한켠에 자리한 맑은 물줄기와 노란 모래밭은 친근한 벗이자 궁벽한 시골이 주는 외로움을 달래주는 낭만의 세계였다.

스무 살, 그는 대학을 익산(이리) 원광대로 진학했다. 만경강 인근이다. 동아일보 신춘문예 당선작 「서울로 가는 전봉준」에 눈 내리는 만경(萬頃)이 나온다. 시 속의 만경은 동학의 녹두장군이 압송되는 모습을 지켜본다. 비장하며 애달프다. '지금은 손발 묶인 저 얼음장 강줄기'를 대면하는 화자의 비감은 무엇에 비할 데 없다.

그리고 마지막 겨울강은, '겨울강가에서'의 모티프가 된 강이다. 시인이 자신의 시 중 제일 좋아한다는 작품이다. 철없이 내리는 눈발이 닿기 전에 저녁내 가장자리부터 살얼음을 까는 겨울 강. 눈발이 강물에 닿아 녹아 없어지기 전 그것을 위해 자신의 몸을 던져 가장자리부터 어는 강심(江心)은, 다름 아닌 안도현의 시심인지 모른다.

이렇듯 시인 안도현에겐 세 강의 이미지가 겹친다. 물리적인 강, 시적인 강, 마음의 강이 서로 이웃하고 맞물리며 오늘의 그를 만들었다. 오늘의 그를 키우고 다듬었다. 나아가 내일의 그를 있게 하고 문학사의 한 페이지로 남게 할 것이다.

그러나 그 어떠한 강도 수수하고 맑은 강의 이미지로 귀결된다. 그의 시가 태동한 지점이다. 어느 평론가는 이를 "농경 사회적 정서에 탯줄을 대고 있는 시인"이라고 표현한다.

시와 현실 사이에서 고민했던 문학청년

장마가 잠시 주춤하는 칠월의 어느 날 그를 만나러 완주로 향했다. 안도현 시인은 우석대 문예창작과 교수로 재직 중이다. 호남고속도로를 타고 전주에서 완주 부근을 가다보면 들판 한가운데 우뚝 솟은 건물을 보게 된다. 우석대 본관이다. 직사각형 건물은 견고하고 이채롭다.

방학이라 교정은 한산했다. 예술관은 메타세콰이어 가로수길 언덕 위에 자리한다. 어디선가 벌레 울음소리가 제법 앙칼지게 들려온다. 매미 울음소리일까. 정적이 감도는 교정에 다소의 생기가 흐른다. 고속도로를 달려오느라 피곤했던 심신이 깬다. 여름 한철 그 울음은 짝을 향한 구애로 들린다. '불현듯

스스로에게 묻는다. 단 한 번이라도 누군가를 열렬히, 아무런 대가 없이 사랑한 적이 있던가.'

"연탄재 함부로 발로 차지 마라/ 너는 누구에게 한번이라도 뜨거운 사람이었느냐"(시「너에게 묻는다」)

안도현 시인의 「너에게 묻는다」가 떠오른다. 그의 대표작으로 많은 이들이 애송을 하는 시다. 연구실은 생각보다 넓었다. 창으로 하오의 햇살이 부드럽게 스며들었다. 사방은 온통 책으로 둘러싸여 있었다. 그에게선 서점의 인심 좋은 아저씨 분위기가 났다. 연구실 출입문에 간판만 하나 고쳐 달면 헌책방 주인이 되고도 남을 듯했다.

"80년 5·18 즈음에 송수권 시인을 만나러 광주에 처음 갔었다"며 그는 빛고을과의 인연을 이야기했다. 문학청년 시절 그는 시와 현실의 문제를 고민했다. 당시 광주에서 교사를 하고 있던 송수권은 어둠의 현실을 남도의 정서로 형상화하던 시인이었다. 안도현은 선배 문인을 만나 문학이 좋은 세상을 만드는 데 어떻게 기여해야 하는가를 듣고 싶었다. 그러면서 그는 "시인이 현실에 관심을 가지지 않아도 되는 시대가 바람직한 사회"라고 말한다.

필자가 처음 안도현 시인의 시를 접한 건 80년대 중후반 무렵이다. 「이리중학교」라는, 실제 안 시인이 재직하고 있는 학교를 배경으로 쓴 시가 있다. 그때 읽었던 시에 대한 강렬한 인상은 지금도 선명하다.

"어느 때묻지 않은 손이 닦아 놓았나/ 유리창을 열면/ 군산선 화물열차가/ 바다에서 돌아오는 곳… 이리중학교에서/ 누가 나를 선생님이라고 부르나/ 일주일에 스물네 시간 국정 국어교과서를 가르치는/ 한 달에 스무 시간 보충수업을 하는/ 조회 종례 때마다 지시사항을 전달하는…"(시「이리중학교」중에서)

그 시를 발표하고 나서 문단의 호평을 받았다. 당시의 교육현장을 실감있게 그렸다는 평이었다. 그러나 호사다마라고 할까. 뒤이어 원치 않는 방향으로 일이 전개되었다.

　"교장실에 불려갔는데, 큰일났다는 겁니다. 그 시가 학교 현실을 부정적으로 묘사했다며 곧 특별 감사가 있을 예정이라는 거예요. 저로서는 이해할 수 없었습니다.

　교과부(당시 문교부)에서 시를 쓰게 된 경위서를 제출하고 다시는 『세계의 문학』에 시를 발표하지 않겠다는 약속을 하라는 거예요. 일종의 시말서였죠. 저는 말이 안 된다, 그런 시말서는 결코 작성하지 않겠다고 단호히 버텼습니다.

　교감선생님이 일주일간 도교육청에 불려갔고, 일주일간 밀고 당기기가 시작되었습니다. 그러던 어느 날 교감선생님이 제게 와서는 손을 꼭 붙잡고는 '없던 일로 합시다'라고 말을 하는 거예요."

　그 날이 6월 29일이었다. 6월 항쟁이 가져다준 혜택이었다. 그때부터 그는 시인과 교사라는 직업이 숙명으로 느껴졌다. 자연스레 교육운동에 관심을 갖기 시작했다. 이후의 전교조 활동은 그 같은 연유에서 이루어졌다.

　그리고 얼마 지나지 않아 해직의 고통이 이어졌다. 그는 "투쟁의 시간이었지만 내게는 배움의 시간이었다"며 자신을 낮춘다. 글쟁이에게 해직과 재직은 의미가 없다. 성공과 실패의 경계도 존재하지 않는다.

　모든 것을 던져 글이라는 외줄에 서면 세상은 한낱 한 줄의 시에 지나지 않는다는 것을 알게 된다. 더욱이 시인은 시공을 초월하고 유무를 구별하지 않으며 귀천에 얽매이지 않는 이들이 아닌가. 내적 삶의 지향만으로도 무참하고 가혹한 시절을 견뎌낼 수 있다.

/ 교장실에 불려갔는데, 큰일났다는 겁니다. 그 시가 학교 현실을 부정적으로 묘사했다며 곧 특별 감사가 있을 예정이라는 거예요. 저로서는 이해할 수 없었습니다. 교과부(당시 문교부)에서 시를 쓰게 된 경위서를 제출하고 다시는 『세계의 문학』에 시를 발표하지 않겠다는 약속을 하라는 거예요. 일종의 시말서였죠. 저는 말이 안 된다, 그런 시말서는 결코 작성하지 않겠다고 단호히 버텼습니다. /

연탄재 함부로 발로 차지 마라

너는 누구에게 한번이라도 뜨거운 사람이었느냐

「너에게 묻는다」

어느 때묻지 않은 손이 닦아놓았나

유리창을 열면

군산선 화물열차가

바다에서 돌아오는 곳… 이리중학교에서

누가 나를 선생님이라고 부르나

일주일에 스물네 시간 국정 국어교과서를 가르치는

한 달에 스무 시간 보충수업을 하는

조회 종례 때마다 지시사항을 전달하는…

「이리중학교」 중에서

아아 나는 아버지가 모랫벌에 찍어놓은

발자국이었다. 홀로 서서 생각했을 때

내 눈물 웅얼웅얼 모두 모여 흐르는

낙동강…

「낙동강」 중에서

또 다른 말도 많고 많지만

삶이란 나 아닌 그 누구에게

기꺼이 연탄 한 장 되는 것 (…)

생각하면 삶이란 나를 산산히 으깨는 일

눈 내려 세상에 미끄러운 어느 이른 아침에

나 아닌 그 누가 마음 놓고 걸어갈

그 길을 만들 줄도 몰랐었네, 나는

「연탄 한 장」 중에서

안도현 시인의 대표 작품들

"아버지가 스무 살에 돌아가시자 제 어깨에는 4형제 중 맏이라는 의무가 놓여졌어요. 결핍, 미로와 같은 현실이 노도처럼 밀려들었습니다. 그러나 한편으론 맹랑한 생각도 들었어요. 시인의 길을 제대로 가게 하려는 신의 계시가 아닌가 하는."

신경림, 오규원, 김종삼, 김춘수, 고은

그 시절 그는 온전히 문학의 길로 자신을 내던진다. 부족하나마 원고 청탁으로 밥벌이를 충당했다. 문학을 하기 위해 읽었던 책들을 다시 들춰보았다. 글을 쓰고 책을 읽는 일은 스스로를 구원하는 가장 본질적인 행위였다.

그의 문학에 큰 영향을 끼친 시는 신경림 시인의 「농무」다. 오랜 세월이 흘러도 여전히 문청들의 교과서가 될 만큼 서사성과 서정성이 뛰어난 시집이다. 안도현은 "우리는 가난하나 외롭지 않고, 우리는 무력하나 약하지 않다"는 주제의식에 붙들렸다. 비루고 쓸쓸한 풍경을 맛깔스런 언어로 그려내는 선배 시인의 감각에 전율을 느꼈다.

사실 그는 고등학교 문예반 시절부터 『창작과 비평』과 『문학과 지성』을 구해 읽을 만큼 문학에 심취했다. 문학적 감수성이 예민할 때라 주옥같은 시들이 스펀지처럼 스며들었다. 오규원의 『사랑의 기교』, 김종삼의 『북치는 소년』도 그의 문학인생에 빼놓을 수 없는 명작이다. 전자가 언어에 대한 고도의 자의식과 다양한 실험을 추구했다면, 후자는 맑고 순수한 눈으로 세계를 형상화했다.

김춘수, 고은, 황동규의 시도 좋아한다. 그들의 시를 읽다 보면 보잘 것 없는 사물이나 이야기도 한 편의 빛나는 시가 될 수 있다는 사실을 배우게 된다.

"고은의 허무주의가 짙게 밴 초기의 시들도 좋아합니다. 특히 「화살」이라는 시는 내 청춘의 과녁에 단단히 꽂힌 시 가운데 하나입니다. "우리 모두 화살이 되어 온몸으로 가자 허공 뚫고 온몸으로 가자"고 노래했던, 기꺼이 현실과 맞장을 뜨는 시인의 의지가 맘에 들었어요."

시집 외에도 안도현은 다양한 인문학 서적을 탐독했다. 에른스트 프리드리히 슈마허의 『작은 것이 아름답다』와 포리스트 카터의 『내 영혼이 따뜻했던 날들』을 읽을 때의 감동을 잊지 못한다. 과학기술에 대한 반성적 성찰, 인디언의 삶에 대한 이야기는 오늘을 사는 현대인들이 한 번쯤 꼭 되돌아봐야 할 화두다.

시인은 만들어지는 게 아니라 태어난다는 말이 있다. 그러나 안도현은 만들어진 시인이다. 적어도 필자가 보기에는 그렇다. 가난했던 유년, 아버지의 부재, 장남으로서의 책무, 영·호남을 넘나드는 '통섭적' 삶은 부단한 노력과 맞물려 시인이 될 수밖에 없는 삶을 강제했던 것 같다.

"아버지가 스무 살에 돌아가시자 제 어깨에는 4형제 중 맏이라는 의무가 놓여졌어요. 결핍, 미로와 같은 현실이 노도처럼 밀려들었습니다. 그러나 한편으론 맹랑한 생각도 들었어요. 시인의 길을 제대로 가게 하려는 신의 계시가 아닌가 하는."

1981년 대구매일신문 신춘문예에 당선된 시 제목이 「낙동강」이었다. "아아 나는 아버지가 모랫벌에 찍어놓은/ 발자국이었다. 홀로 서서 생각했을 때/ 내 눈물 웅얼웅얼 모두 모여 흐르는/ 낙동강…" 당시 그는 원광대 국문과에 재학 중이었다. 연고가 없던 익산(이리)에 문예장학생으로 진학한 거였다.

그는 참 시를 잘 쓰는 시인이다. 어떻게 하면 시를 잘 쓸 수 있을까. 그는 학생들에게 곧잘 이렇게 말한다. "연애를 많이 하라. 사람, 사물, 대상을 바라볼 때 연애를 하는 마음으로 바라보면 좋은 감정이 생기고 좋은 감정이 곧 좋은 시로 연계된다."

그렇다면 정작 안도현 시인에게 시란 무엇일까. 매번 바뀌어왔다. "이전에는 사람이 기댈 언덕이거나 따뜻한 국물이라고 했지만 지금은 거둬들이고 싶어요. 위안 치유도 좋지만 나라는 사람의 정체성과 같이 가면 좋겠습니다. 삶의 방법으로서의 시가 아닌 목적으로서의 시 말이에요."

그는 연탄 한 장 같은 시와 삶을 꿈꾸고 있었다. 시행(詩行)이 일치하는 삶 말이다.

"또 다른 말도 많고 많지만/ 삶이란 나 아닌 그 누구에게/ 기꺼이 연탄 한장 되는 것… 생각하면 삶이란 나를 산산히 으깨는 일/ 눈 내려 세상에 미끄러운 어느 이른 아침에/ 나 아닌 그 누가 마음 놓고 걸어갈/ 그 길을 만들 줄도 몰랐었네, 나는." (시 「연탄 한 장」 중에서)

북항

문학동네시인선 020 **안도현** 시집 **북항**

『북항』은 안도현의 열 번째 시집이다. 모두 63편의 시들로 구성된 시집에는 그동안의 시작과 다소 변별되는 특징이 드러나 있다.

이전의 시가 서정성과 대중성을 아우르는 양상이었다면 이번 시집에서는 과감한 변신을 시도한다. 북항은 인천과 목포에 있는 실제 항구다. 그러나 여기에는 다양한 의미가 함축돼 있다. 일반적으로 북(北)은 북쪽을 뜻하지만 '패한다. 배신한다. 돌이키다'의 의미도 담겨 있다. 문학평론가 황현산은 이 시집을 '은유의 울타리'라고 규정한다. 그러나 '그 은유는 잠시 의지하는 울타리일 뿐 영원히 가두지는 않는다'고 덧붙인다. 시집에는 저자의 성찰이 담긴 「그 집 뒤뜰의 사과나무」, 「원추리여관」, 「찔레꽃」, 「송찬호 형네 풀밭에서」, 「다시 쓰는 창간사」 등의 시편이 수록돼 있다.

안도현 시인은...

안도현은 개인적 체험을 기반으로 하면서도 사회의 현실까지 섬세한 감수성으로 그려내는 시인으로 평가받는다. 1981년 대구매일신문 신춘문예에 시 「낙동강」이, 1984년 동아일보 신춘문예에 「서울로 가는 전봉준」이 당선되어 작품활동을 시작했다. 전북 이리중학교에 국어교사로 부임했지만 전교조 활동으로 해직되기도 했다.

1998년 소월시문학상 대상, 2002년 노작문학상, 2005년 이수문학상, 2007년 윤동주문학상 문학부문, 2009년 백석문학상 등을 수상했다. 지은 책으로는 시집 『서울로 가는 전봉준』, 『모닥불』, 『그대에게 가고 싶다』, 『외롭고 높고 쓸쓸한』, 『아무것도 아닌 것에 대하여』, 『너에게 가려고 강을 만들었다』, 『북항』 등이 있다. 동시집 『나무 잎사귀 뒤쪽 마을』, 『남냠』과 어른들을 위한 동화 『연어』, 『관계』, 『짜장면』, 『증기기관차 미카』, 『연어 이야기』 등을 펴냈다. 시작법 『가슴으로 쓰고 손끝으로도 써라』와 평론집 『백석 평전』 등이 있다.

누구에게나 잊을 수 없는 잔치가 있기 마련이다. 한 사람의 인생에서 잔치란 의미 있는 매듭과도 같다. 대개의 잔치는 왁자지껄하며 즐겁기 마련이다. 그 뿐인가. 누군가는 잔치에 초대받고 누군가는 문전박대를 당한다. 갈 수도 있고, 가지 않을 수도 있는 게 잔치다. 최영미 시인에게 잔치는 그 자체가 아니라, 그것과 연계된 다양한 풍경과 그 이후의 허탈함에 닿아 있다.

시인

최영미

_03

시간은 늘 그렇듯 변화를 견인한다. 소멸과 성장을 디자인하기도 한다. 그 엄정한 시간의 법칙 앞에서는 누구도 예외가 없다. 최영미 시인의 작품도 삼십대라는 광야와 같은 시간을 거치면서 작품 세계가 깊어지고 넓어졌다.

피는 건 힘들어도
지는 건 잠깐이다

『서른, 잔치는 끝났다』는 축복이자 아픔

한 시인을 만났다. 시인은 문학의 진정성을 추구했다. 시인은 여고 때 문학
소녀였다고 했다. 그냥 문학이 좋았다고 했다. 아니 시가 좋았다고 했다. 시를
외우며 학교를 오가는 일이 즐거웠다. 걸어서 30분 거리를 매일 걸으며, 소녀
는 그렇게 시를 외웠다. 더러 기억하지 못하는 시도 있지만, 어느 특정한 구절
은 오랜 시간이 흐른 뒤에도 여전히 뇌리에 남아 있다. 그 몇 구절의 힘으로 생
을 산다. 왜 있지 않는가. 삶이 버거울 때, 더는 앞이 보이지 않는 막막한 곳에
이르렀다고 느낄 때, 그때 비로소 우리 삶을 비추는 한 줄기 빛과 같은 시어를
만날 때가.

그 문학소녀는 지금 50대 중년이 되었다. 소녀에서 여성으로 변하는 동안,
문학소녀는 그토록 원했던 시인이 되었다. 그래서 「선운사에서」와 같은 절창
의 시를 썼다. 시집도 몇 권 냈고 소설집도 펴냈다. 그 가운데는 문학에 관심
있는 이라면 누구나 알 만한 베스트셀러도 있다. 시인은 여전히 글쓰기를 업
으로 산다. 요즘처럼 글이 온전한 밥이 되지 않는 시대에, 글쟁이로 산다는 것
은 보통의 용기가 없이는 불가능하다. 그러나 무참하지 않다. 그렇다고 불행

하다고 생각한 적도 없다. 시인은 여전히 문학의 힘을 믿는다. 내면을 울리는 그 진정성을 믿는다. 자신의 언어가 누군가의 가슴에 반짝이는 별이 될 거라는 걸, 오래 전 자신이 그랬던 것처럼 어느 문학소녀나 소년의 등하교 길을 비추는 살아 있는 등불이 될지도 모른다는 꿈을 말이다.

최영미 시인. 94년 첫 시집 『서른, 잔치는 끝났다』가 50만 부 넘게 팔리며 공전의 히트를 기록한 베스트셀러 시인. 회화적 이미지와 냉소적 시각이 담긴 첫 시집으로 그녀는 일약 문단의 '스타'로 떠오른다. 여기에 서울대 서양사학과와 홍익대 대학원 미술사학과를 졸업한, 소위 말하는 '가방끈' 긴 시인이라는 수사가 덧붙여져 대중들의 시선을 한몸에 받게 된다. 어떤 이들은 부러움과 시샘이라는 상반된 감정을 '비평'이라는 날선 언어로 표현하기도 했다. 혹여 그것이 오르지 못한, 가지지 못한 것에 대한 욕망을 타자에게 투영하려는 심리였을 수도 있겠다. 글을 쓰는 글쟁이들도 별반 다르지 않았다. 그 이면에 시인이 이렇게 화려한 학벌을 지녀도 되는 것인가, 그리고 그 '가방끈'이 문학성을 얼마나 담보하고 있는가, 라는 의문이 자리하지 않았다고 부인할 수는 없을 것이다.

그러나, 그녀의 작품은 그러한 의문을 보기 좋게 배반한다. 이제껏 펴낸 6권의 시집, 3권의 산문집, 1권의 소설집, 2권의 번역서는 그녀 특유의 감수성과 지성이 빚어낸 명작들이다. 쉬우면서도 간결하고, 지적이며, 깊이와 통찰이 담긴 작품은 독특한 울림을 낳는다. 적어도, 그녀의 시와 산문이 학벌에 기대거나 미모를 등에 업은 '졸작'은 아니라는 의미다.

"단지 잔치가 끝난 시점의 심상을 노래했을 뿐"

시인은 2013년 문예 계간지 『문학의 오늘』에 장편소설을 연재했다. 등단 20년 만에 80년대를 배경으로 한 소설을 쓴 것이다. 연재물 『토닉 두세르』는 명품 화장품의 화장수에서 차용했다. 80년대와 명품 화장품? 다소 이질적인 조합이라는 느낌도 없지 않다. 다음호 연재로 바쁜 시인을, 서울의 한 제과점에서 만났다. 마른 체형의 큰 키와 도회적인 이미지 때문인지 시인은 멀리서도 눈에 띄는 인상이었다.

"토닉 두세르는 랑콤의 화장수 이름이에요. 80년대 운동권 주위를 맴돌던 여대생 진주가 주인공으로 등장합니다. 토닉 두세르는 운동 현장에서 멀어진 진주가 화장품을 바르면서 갖는 죄의식을 상징하는 거죠. 소설 1회에 '투쟁의 현장에서 멀어진 죄의식을, 혁명의 나라에서 수입한 꽃향기와 방부제가 덮어주었다'라는 구절이 나옵니다."

시인은 이제는 80년대를 좀 더 객관적인 거리에서 들여다볼 수 있을 것 같아서 이 연재를 시작했다고 한다. 첫 시집 『서른, 잔치는 끝났다』가 출간된 후 386세대와 관련된 글을 써달라는 청탁을 많이 받았다. 그러나 단 한 번도 그 주제에 대해 쓴 적은 없다. 아마도 61년생, 80학번인 시인에게 386이라는 용어가 친숙하게 환기되었던 모양이다. 그러나 시인은 말한다.

"나는 386을 대변하지도 않았고 '서른, 잔치는 끝났다'가 '운동은 끝났다'의 의미로 쓴 것도 아니다. 물론 '운동'을 제대로 한 적도 없다. 나는 단지 잔치가 끝난 시점의 심상을 노래했을 뿐이다. 실지로 시에 묘사한 '잔치'는 말 그대로 잔치일 뿐 '운동권'과는 거리가 있다."

시인은 분명 자신의 시에 대해 그렇게 말했다. 그런데 첫 시집이 발간된 후 적잖은 논란이 일었다. 운동권을 폄하했다는 비판에서부터 시대의식이 없다는 일침까지. 일련의 비평가 그룹으로부터도 '뭇매'를 맞기도 했다. 어쩌면 그것은 시를 해석하는 관점 때문이었을 것 같다. 시인은 비유를 썼는데, 독자는 직접적으로 읽고, 역으로 직접적으로 썼는데, 저편은 비유로 읽고, 문학을 업으로 삼고 있는 이들이 감당해야 할 숙명인지 모른다. 독자에게 창조적 오독

/ 왜 잔치가 끝났느냐? 묻는 대부분의 사람들은 자신들을 운동권의 적자라고 생각해요. '잔치'를 '운동'과 같은 의미로 해석하는 거지요. 백번 양보해 그 해석이 맞다 해도 그렇게 애지중지하는 잔치라면 누군가 끝내자고 해서 끝낼 문제는 아니잖아요. 또 그 정도로 시원찮은 잔치라면 진즉 '상'을 치우는 게 낫지 않을까요. /

(誤讀)의 권리가 있으니 그 부분까지 뭐라 할 수 없지만, 저자가 상정하고 있는 뜻마저 전혀 다른 방향으로 해석하면서까지 폄훼를 한다는 것은 '작가에 대한 예의'가 아니지 않을까 싶다.

"왜 잔치가 끝났느냐? 묻는 대부분의 사람들은 자신들을 운동권의 적자라고 생각해요. '잔치'를 '운동'과 같은 의미로 해석하는 거지요. 백번 양보해 그 해석이 맞다 해도 그렇게 애지중지하는 잔치라면 누군가 끝내자고 해서 끝낼 문제는 아니잖아요. 또 그 정도로 시원찮은 잔치라면 진즉 '상'을 치우는 게 낫지 않을까요."

사실, 90년대 한국사회는 이전 80년대와는 전혀 다른 시대였다. 거대담론이 이전 세대를 지배하고 조율했다면 90년대는 욕망과 소비로 대변되는 개인의 미시사가 화두로 떠올랐던 시대다. 물론 지금과는 다른 차원의 욕망이었다. 80년대라는 폭압의 시대를 지나오면서 사람들은 억눌렸던 욕망과 감성을 분출하기 시작했다. 그렇다고 그것이 옳지 않다, 라고 말할 수 있을까. 당대 사람들의 삶을 그려내는 것이 문학이라고 한다면 문학은 옳고 그름의 문제가 아니라 시각의 문제다.

누구에게나 잊을 수 없는 잔치가 있기 마련이다. 한 사람의 인생에서 잔치란 의미 있는 매듭과도 같다. 대개의 잔치는 왁자지껄하며 즐겁기 마련이다. 그뿐인가. 누군가는 잔치에 초대받고 누군가는 문전박대를 당한다. 갈 수도 있고, 가지 않을 수도 있는 게 잔치다. 최영미 시인에게 잔치는 그 자체가 아니라, 그것과 연계된 다양한 풍경과 그 이후의 허탈함에 닿아 있다.

시를 썼을 때의 시인은 정확히 서른 세 살이었다. 서른세 살과 서른 살, 물리적으로 세 살의 차이가 나지만 삼십대 초반이라는 동일한 시간대에 존재한다. 서른이라는 나이는 한마디로 정의하기 어렵다. 십대의 환상적인 감상도, 스무 살의 뜨거운 열정도 사라진 지 오래다. 사십대의 능숙한 감각도, 오십대의 관조적인 시선도 갖고 있지 않다. 육십대의 노회한 안목도 없다. 서른은 이제 세상을 향해 소리칠 수 있는 나이다. 이십대까지의 부모와 학교의 보호 울타리가 아닌 세상으로 나와 자신만의 생을 사는 나이다. 서른은 시집가고 장가가서 아이를 낳는 나이다. 비로소 어른이 된다. 비로소 세상이 보인다. 비로소 '잔치'가 보이기 시작한다. 그러므로 서른은 생을 어느 정도 아는 나이지만, 그러나 '어느 정도' 때문에 삶이 불안해진다. 넘어짐과 일어섬, 경계를 넘고자 하는 열망이 수시로 지배하는 시기이기도 하다.

그처럼 시간은 늘 변화를 견인한다. 소멸과 성장을 디자인하기도 한다. 그 엄정한 시간의 법칙 앞에서는 누구도 예외가 없다. 최영미 시인의 작품도 삼십대라는 광야와 같은 시간을 거치면서 작품 세계가 깊어지고 넓어졌다. 첫 시집으로 혜성처럼 문단에 자신의 이름을 알린 이후 『꿈의 페달을 밟고』, 『돼지들에게』, 『도착하지 않는 삶』 등의 시집과 미술에세이 『화가의 우연한 시선』, 산문집 『길을 잃어야 진짜 여행이다』와 같은 빛나는 산문집을 냈다.

일련의 글에 드리워진 회화적 이미지는 시인의 감수성과 미술사학도의 관찰력이 빚어낸 독특한 아우라다. 한 폭의 그림을 보는 듯한 이미지를 선사한다. 『화가의 우연한 시선』은 고대 이집트부터 현대미술에 이르기까지 그녀가 바라본 21명 화가의 삶과 그림에 대한 단상이다.

"풍경화를 가장 좋아합니다. 세상에 치이고 생각대로 일이 풀리지 않을 때 자연이 주는 넉넉함과 생명력에서 위로를 받곤 하지요. 예전에는 렘브란트의 자화상이나 프랜시스 베이컨의 인물화에 필이 꽂혔지만 지금은 자연의 아늑함, 평화로움이 더 좋아요. 저도 이제 늙어가나 봐요."

그녀는 92년 『창작과 비평』 겨울호에 「속초에서」 외 8편의 시로 데뷔했다. 문단이라는 제도적 틀에 대한 숙고도 하지 못한 채, 덜커덕 시인이 되고 난 후 적잖이 마음고생도 했다. 그저 문학이 좋아 한뜸 한뜸 수를 놓듯 누군가의 시를 옮겨 적었던 사춘기 때의 마음으로 글을 썼을 뿐인데 말이다. 그렇다면 그녀는 언제부터 시를 좋아했을까.

최영미 시인의 대표 작품들

"풍경화를 가장 좋아합니다. 세상이 치이고 생각대로 일이 풀리지 않을 때 자연이 주는 넉넉함과 생명력에서 위로를 받곤 하지요. 예전에는 렘브란트의 자화상이나 프랜시스 베이컨의 인물화에 필이 꽂혔지만 지금은 자연의 아늑함, 평화로움이 더 좋아요. 저도 이제 늙어가나 봐요."

"여고 시절에 김소월의 시를 좋아했어요. 「진달래꽃」, 「산유화」, 「초혼」, 「엄마야 누나야」 등과 같은 시를 외우곤 했죠. 소월의 시는 우리의 전통 서정과도 맞닿아 있구요."

시인은 전통적인 정서와 율격을 지닌 소월의 시에 매료되었다. 특유의 리듬감 때문에 외우기도 쉬웠다. 등하교 길에 소월의 시를 읽으며 무한한 상상의 나래를 펴기도 했다. 한용운의 「님의 침묵」도 그녀가 애송하는 시 가운데 하나다. 만해의 시는 밀도 높은 상징성을 지니고 있어 습작을 하는 데 적잖은 도움이 되었다. 소멸과 생성, 이별과 만남의 변증법적 극복 과정을 '님'으로 형상화한 한용운의 시적 발상은 저마다 '님'의 이미지를 새롭게 변주할 수 있는 가능성을 주었다.

"대학 때는 김수영의 시를 많이 읽었어요. 이십대라 그런지 현실 비판의식을 미적으로 구현한 작품들이 다가오더라구요. 한 시대를 풍미했던 김수영의 시를 접하면서 문학이 지닌 무한한 에너지와 그 에너지가 펼쳐 보일 세상의 모습들에 주목했습니다."

그녀는 최근에는 몽골이라는 나라에 '필이 꽂혀' 있다고 한다. 특히 원나라 때 쓰여진 『몽골비사』는 당대의 신화와 역사가 숨 쉬는 고전으로, 읽을 때마다 새로운 영감을 받는다고 한다. 기회가 되면 몽골에 가서 작품의 영감을 얻고 싶은 바람이 있다.

삼십대를 '가혹하게' 건너왔던 최영미 시인. 그러나 그 가혹한 시절이 있었기에 오늘의 그녀가 있다. 시인의 글에는 그녀 특유의 '진정성'이 녹아 있다. 문학을 대면하고 또 그 문학을 지향하는 결기에는 추호의 흐트러짐이 없다. 아마도 '끝났다고 노래했던 서른 잔치'는 '50대에 다시 시작되는 잔치'로 화려하게, 아니 잔잔하면서도 따스한 울림으로 부상하지 않을까.

화가의 우연한 시선

『화가의 우연한 시선』은 『시대의 우울』에 이은 최영미 시인의 두 번째 에세이집. 저자는 서울대에서 서양사학을, 홍익대 대학원에서 미술사학을 공부한 이 분야의 전문가다. '최영미의 서양미술 감상'이라는 부제가 말해주듯 이 책은 저자에게 각인된 서양 미술사의 거장들에 대한 이야기를 담고 있다. 저자는 고대 이집트의 초상 조각에서 1960년대 미국회화까지 거장들의 삶에 드리워진 작품을 특유의 감성과 사유로 풀어낸다. 21편의 에세이에 깃든 예술과 삶을 인식하는 지적인 문체와 심미안은 잔잔한 울림을 선사한다.

최영미 시인은...

1992년 『창작과비평』 겨울호에 「속초에서」 외 7편의 시를 발표하면서 작품 활동을 시작했다. 1994년 당시로서는 이례적으로 오십만 부 이상이 팔리며 그 해 베스트셀러가 되었다. 이 시집이 가져온 반향은 여러모로 엄청났지만, 시집의 대중적인 성공이 시인 최영미에게 반드시 행복한 경험만은 아니었다.

2002년 미국에서 출간된 3인 시집 『Three Poets of Modern Korea』는 2004년 미국번역문학협회상 최종후보로 지명되었으며, 2005년 일본에서 발간된 시선집 『서른, 잔치는 끝났다』는 일본 문단과 독자들에게 커다란 반향을 일으켰다. 2006년 이수문학상을 수상했다.

지은 책으로는 시선집 『서른, 잔치는 끝났다』, 시집 『도착하지 않은 삶』, 산문 『시대의 우울』, 『화가의 우연한 시선』, 축구에세이 『공은 사람을 기다리지 않는다』 등이 있다.

그의 시는 대상을 직접적으로 그려내지 않는다. 시 전편에 깃든 연민의 정서와 이편에도 저편에도 속할 수 없는 방외자의 시선은 그러한 연유에서 비롯되었다. 그렇다고 내향적 정서만 깃들어 있는 게 아니다. 맑은 서정과 지적인 사유를 껴안는 정제된 언어와 따뜻한 은유도 정치하게 녹아 있다.

시인

나희덕

_04

"아마도 오랫동안 경계의 지점에 있었던 것 같아요. 대학 때도 학생 운동에 완전히 나를 던지지 못했고 그렇다고 무관심할 수도 없었어요. 그 중간에 서서 할 수 있는 게 글쓰기가 아니었나 싶어요. 경계인이라는 게 어느 한 편에 속하지는 못하지만 양쪽을 객관적으로 볼 수 있는 눈을 가질 수 있잖아요."

시인 나희덕

나는 타자의 삶과 고통을 팔아 시를 쓸 수는 없다

'수임번호' 같은 '518'호가 연구실 번호

"처음 조선대에 부임해 연구실 키를 받았는데 번호가 518이었습니다. 타 지역 출신인 저로서는 말로만 듣던 시대적 부채감, 무거움을 직접 눈으로 확인하는 계기였지요. 처음엔 두렵기도 하고 부담감도 있었지만 이제는 '518'이 제 '수임번호' 같다는 생각을 합니다. 숫자라는 기호가 지니는 강력한 힘, 상징적 기능에 대해 숙고할 수 있는 계기도 되었구요."

조선대 인문대 교수연구동 518호. 문창과 교수로 재직 중인 나희덕 시인의 연구실 번호다(옆방 517호는 소설가 이승우 교수의 연구실이다). 노크를 하고 들어서자 시인이 예의 인상 좋은 얼굴로 필자 일행을 맞는다. 연구실 호수가 한번 들으면 잊히지 않을 만큼 강렬하다 했더니, 시인은 "항상 '518'과 지내고 있다"는 말로 간명하게 의미를 압축한다.

연구실은 전체적으로 정리 정돈이 잘 돼 있다. 벽면을 두른 책장마다 책들이 가지런히 꽂혀 있고 실내에선 향긋한 방향제 냄새가 난다. 방금 청소를 했는지 연구실 바닥엔 물기가 남아 있고 블라인드 사이로 밝은 빛이 들이친다. 일반적인 남자 교수 연구실과는 사뭇 분위기가 다르다. 벽면엔 그림 액자가 걸려 있고 책장 난간에는 예쁜 화분과 아기자기한 캐리커쳐도 놓여 있다(동행한 사진기자는 지금껏 봐온 교수 연구실 가운데 가장 깨끗하다고 혼잣말을 한다).

충남 논산이 고향인 시인은 지난 2001년 조선대학교 문창과에 임용되면서 광주로 내려왔다. 빛고을과 연고가 없던 터라 처음엔 적잖이 낯설고 부담이 됐다. 지금은 광주 사람 다 됐다는 말을 들을 만큼 이곳 생활에 적응이 된 상태다. 다른 무엇보다 남도의 음식과 풍광이 좋다. 도심에서 차를 타고 한 시간만 나가면 아름다운 풍경을 만날 수 있고 남도 각 지역의 맛깔난 음식을 맛볼 수 있다.

시인이 말하는 전라도 예찬은 의례적인 수사가 아니라 체험을 통해 획득한 '진실'일 거다. 문인들은 순간적인 영감을 글로 표현하기도 하지만, 더러는 몸으로 직접 익힌 진실을 작품으로 형상화하기도 한다. 전라도에 대한 단상이 후자에서 비롯된 것이라 짐작할 수 있는 것은 그녀가 타고난 남도 사람이 아니라 '만들어진' 남도 사람이기 때문이다. 인터뷰 내내 특유의 전라도 억양이나 어조를 느낄 수 없었던 것이 이를 방증한다.

나 시인은 1989년 중앙일보 신춘문예에 「뿌리에게」가 당선돼 등단했다. 연세대 국문과(84학번)를 졸업하고 사회에 첫발을 내디딘 이듬해 시인의 길로 들어섰다. 첫 시집 『뿌리에게』(창비 · 1991)를 필두로 『보랏빛은 어디에서 오는가』(창비 · 2003) 『그곳이 멀지 않다』(문학동네 · 2011) 등을 펴냈다. 그동안 자기희생, 소멸, 생성 같은 주제에 천착하며 자신만의 독특한 시세계를 구축해왔다.

"「뿌리에게」라는 시는 대학 때 쓴 시예요. 당시 정현종 시인이 은사였는데 시창작 시간에 시를 한 편씩 써서 제출하라고 했습니다. 그 무렵 연대 뒷산에 갔는데, 아마 지금 무렵이었던 걸로 기억이 나네요. 얼음이 풀리고 아지랑이가 피어오르면서 흙과 뿌리가 한데 엉켜 있는 모습을 보았어요. 그 순간 뭔가에 감전되는 듯한 강렬한 느낌을 받았어요. 마치 사물이 내 안에 들어와 말을 하는 것 같은 착각이랄까, 왜 있잖아요. 우연한 무언가에 단단히 필이 꽂힐 때가. 바로 그 순간이 그랬나 봐요. 집에 돌아와 단숨에 그 이미지를 시로 표현했는데, 그게 지금의 저를 만든 '운명의 시'가 되었던 거지요. 물론 그 덕에 당시 학생들 앞에서 낭송을 하게 되는 영광도 누렸답니다."

당선작에 얽힌 에피소드는 세월이 흐른 지금에도 여전히 새롭다. 당시만 해도 직업적인 시인이 되리라고는 예상하지 못했다. 그냥 시가 좋아서 열심히 쓰는 편이었지 투고까지는 생각하지 않았다. 자신이 예술가가 되기에는 지극히 평범하다는 생각을 했었다. 시는 스스로를 성찰하는 매개체로 상정했을 뿐, 등단이라는 제도적 관문을 통과하는 도구로 여기지 않았다.

그녀의 문학을 이야기할 때 빼놓을 수 없는 게 유년의 성장기다. 어머니가 보육원 총무를 했던 연유로 그녀는 부모가 없는 아이들과 함께 지냈다. 어느 편에도 속할 수 없었던 '어정쩡한' 체험은 그를 내면화시켰고 깊고 넓게 성장시켰을 것이다.

언급한 대로 그녀는 충남 논산에서 태어났다. 그곳에서 여섯 살까지 살다 서울로 이주를 했다. 그렇다고 논산이 아버지와 어머니의 고향은 아니다. 아버지는 이북 출신 실향민이고 어머니는 전주 사람이다. 이성적이고 규범적인 어머니와 이상적이고 감성적인 아버지가 부부의 인연을 맺을 수 있었던 것은 아이러니다. 그러나 종교라는 공동체는 인간의 생각과 논리를 뛰어넘는다. 그도 그럴 것이 두 분은 산속에서 공동체 생활을 하다 서로에게 끌렸다. 초기 기독교 부흥이 일어나고 수도 생활을 하는 당시에는 흔한 일이었다.

"사실 저도 청년기에는 어머니 영향으로 공동체 생활을 꿈꾸기도 했었어요. 대학 시절엔 방학 때마다 수녀원, 예수회, 장애인 공동체, 생태 공동체 같은 단체에 들어가 생활했으니까요. 저는 낯선 사람들과 함께 단체 생활하는 게 그다지 힘들다거나 부담스럽지 않거든요. 어릴 때부터 해왔던 공동체 생활이 몸에 밴 탓이겠죠. 지금도 기억 한편엔 보육원 아이들과 함께 생활하던 때의 기억이 아련한 향수로 남아 있기도 해요. 식사를 할 때면 식당 가득 울려 퍼지던 이런저런 소리가 지금도 잊히질 않아요. 숟가락 부딪치는 소리, 웅성거리는 소리, 식판이 바닥에 떨어지는 소리, 그리고 찜밥에서 풍기는 특유의 냄새…. 그 시절의 소리와 냄새 그리고 풍경은 지금의 나를 형성하는 원형질의 일부가 아닐까 싶어요."

그러나, 보육원 생활이 문학에 영향을 미치지는 않는단다. 정확히 말하면 그 시절의 경험과 기억들이 작품을 쓰는 데 그다지 간섭을 하지 않는다는 얘기다. 과연 그게 가능할까. 대개의 문인들은 특정한 기억을 모티프로 문학을 한다. 작가가 그것을 의도적으로 배제한다 해도 부지불식간에 튀어나오는 기억의 편린을 쉽사리 지울 수 없다.
그녀는 그 시절과 관련된 작품이 없는 이유를 이렇게 설명한다.

"인간에 대한 예의적인 측면에서 당시와 관련된 시를 쓸 수 없었어요. 아예 내 삶의 출발이 고아였다면 그런 부분을 형상화할 수 있는데, 타자인 그들의 이야기를 시로 표현한다는 게 게 쉽지 않았어요."

아마 보육원이라는 특수한 공간을 형상화한다는 것이 적잖은 부담이 될 터였다. 더러는 보육원의 기억을 자신의 시작(詩作)과 연계했다는 이유로 곱지 않은 시선도 받았을 테다. 결국 문학은 본질상 사람에 관한 이야기이며 사람의 지난한 생을 기록할 수밖에 없는 장르다. 그런 관점에서 본다면 '보육원'이라는 공간이 함의하는 생의 곡절과 아픔, 상처를 타자의 시선으로 그려내기는 녹록지 않았을 것이다. 그들의 생애 어느 한 자락에 드리워진 극적인 부분을, 단지 보육원에서 함께 지냈다는 이유만으로 문학의 소재로 삼을 만큼 시인은 '영악스럽지' 못하다.
그 때문일까. 그의 시는 대상을 직접적으로 그려내지 않는다. 시 전편에 깃든 연민의 정서와 이편에도 저편에도 속할 수 없는 방외자의 시선은 그러한 연유에서 비롯되었다. 그렇다고 내향적 정서만 깃들어 있는 게 아니다. 맑은 서정과 지적인 사유를 껴안는 정제된 언어와 따뜻한 은유도 정치하게 녹아 있다.

그녀의 시가 스펙트럼이 넓은 이유다.

　어떤 이는 그의 시를 읽는 것만으로도 세상살이를 견딜 수 있는 잔잔한 용기를 얻었다고 말하며, 시의 화자가 속삭이는 나직한 음성에서 시난고난한 삶을 살아낼 힘을 얻었다는 이도 있다. 나희덕의 시가 단순한 기교와 재주로 이룩된 것이 아니라는 방증이다. 시가 단순한 문학작품 이전에 '인간'을 드러내는 장르인 것은 시인의 성정, 기질이 오롯이 투영되기 때문이다.

　"아마도 오랫동안 경계의 지점에 있었던 것 같아요. 보육원도, 일반 가정도 아닌 공동체생활의 영향이겠죠. 대학 때도 학생 운동에 완전히 나를 던지지

/ "인간에 대한 예의적인 측면에서 당시와 관련된 시를 쓸 수 없었어요. 아예 내 삶의 출발이 고아였다면 그런 부분을 형상화할 수 있는데, 타자인 그들의 이야기를 시로 표현한다는 게 게 쉽지 않았어요." /

못했고 그렇다고 무관심할 수도 없었어요. 그 중간에 서서 할 수 있는 게 글쓰기가 아니었나 싶어요. 시를 쓰면서 대학생활을 채워나갔다는 편이 맞을 거예요. 사실 경계인이라는 게 어느 한편에 속하지는 못하지만 양쪽을 객관적으로 볼 수 있는 눈을 가질 수 있잖아요. 일테면 내 얘기를 타인의 얘기처럼 쓸 수 있고, 반대로 타인의 얘기를 내 얘기처럼 풀어낼 수 있다는 거지요."

어느 한쪽으로 치우치지 않는다는 것은, 특정 작가의 스타일에 매몰되지 않는다는 의미다. 그녀의 시가 작품마다 대조적인 경향을 띄는 건 이 때문이다. 어느 편에 소속되거나 안주하지 않고 묵묵히 문학을 향해 나아가는 것은 경계에 놓인 자만이 누릴 수 있는 소소한 기쁨이다.

"사실 문청(문학청년) 시절의 저는 치기나 열정이 없었습니다. 보통의 문인들은 주체할 수 없는 열망 때문에 문학의 길로 들어서는 데 비해 저는 시인이 되고 나서 그런 기질이 발현되었어요. 문인보다는 국어학자가 되거나 자본주의 방식과는 다른 삶의 방식을 추구하고 싶었어요."

릴케와 네루다의 시들이 준 깊은 울림

그녀는 대학을 졸업하고 한때 고등학교 교사로 근무한다. 수원의 창현고, 서울의 진명여고 등에서 국어를 가르쳤다. 그러나 시에 집중하지 못하는 자신을 발견할 때마다 문득문득 외로웠다. 제도화된 규범 속에서 삶을 끌어내리고 자유로워지고 싶었다. "아 내가 시인의 길을 가고 있구나." 그녀는 미련 없이 교사라는 안정적인 울타리를 박차고 나온다. 유하게만 보이는 그녀에게도 강단과 치기와 열정이 있었던 것이다. 어쩌면 외견상 보이는 '경계인의 균형감각'은 그것을 지탱하는 강렬함이 없이는 불가능했을 터였다.

그녀는 시인으로서는 드물게 유수의 문학상을 수상했다. 김수영문학상, 김소월문학상, 현대문학상, 김달진문학상은 그녀의 시적 성취가 어느 정도인지

나희덕 시인의 대표 작품들

를 보여주는 대목이다. 독자들로부터도 90년대 이후를 대표하는 시인으로 각인이 될 만큼 남다른 사랑을 받았다. 그 비결이 뭘까.

"시는 소재나 주제에 따라 그 목소리가 주어져 있다고 봅니다. 그것은 이 시에는 이 형식이, 저 시에는 저 어법이 좋다가 아니라, 저의 경우는 '시적인 것'을 살아낸다는 측면과 부합하지요. 각기 소재에 따라 어법이 달라지는 건 당연하지만 그것이 작위적인 측면에서 비롯된 것이 아닌 '시적인 것'을 경험하는 것에서 획득된다고 볼 수 있습니다."

시인의 길을 걷기까지 가장 많은 영향을 받았던 책은 라이너 마리아 릴케의 전집이다. 그 가운데 '두이노의 비가'는 삶과 죽음, 이성과 감성의 경계를 아우르는 연작시로 모두 10편으로 구성돼 있다. 예언적인 경구와 다양한 수사, 알레고리는 정치한 표현과 맞물려 잔잔한 울림을 준다.

문학은 사는 만큼, 살아온 만큼 쓰게 되는 예술

시인은 네루다의 시전집도 잊을 수 없는 명저라고 말한다. 정치적 성향은 좌파였지만 네루다는 서구적 사유와 기법에 얽매이지 않고 인간과 세계를 바라보았다. 서로 다른 이미지를 바탕으로 초현실주의 기법을 구사하지만 그 이면에는 민중에 대한 무한한 사랑이 배어 있다는 것이다.

폴란드 여류시인 쉼보르스카의 『끝과 시작』, 미국의 여류시인 에이드리언리치의 『문턱 너머 저편』도 여전히 감동을 주는 명작이다. 전자가 진솔한 언어로 인생의 철학을 노래했다면 후자는 가부장적 사회에서 고통 받는 여성의 아픔을 직시한다.

예상했던 대로 나 시인이 좋아하는 시의 스펙트럼은 넓다. 이성, 감성, 논리, 철학, 초현실, 제3세계, 예언, 종교, 민중 등… 무엇을 읽어왔고, 그 읽은 것을 어떻게 사유하고 자신의 것으로 변용시켜왔느냐에 따라 작

"얼음이 풀리고 아지랑이가 피어오르면서 흙과 뿌리가 한데 엉켜 있는 모습을 보았어요. 그 순간 뭔가에 감전되는 듯한 강렬한 느낌을 받았어요. 마치 사물이 내 안에 들어와 말을 하는 것 같은 착각이랄까. 왜 있잖아요. 젊을 때는 우연한 무언가에 단단히 필이 꽂힐 때가. 바로 그 순간이 그랬나 봐요. 집에 돌아와 단숨에 그 이미지를 시로 표현했는데, 그게 지금의 저를 만든 '운명의 시'가 되었던 거지요. 그 덕에 학생들 앞에서 낭송을 하게 되는 영광도 누렸답니다." /

품의 빛깔은 달라진다.

문학 외에도 그녀는 미술에도 일가견이 있다. 그림을 보면서 착상을 얻곤 한다는 것이다. 얼마 전에 펴낸 『말들이 돌아오는 시간』도 월터 크레인이라는 화가의 '넵투누스의 말'이라는 작품에서 모티프를 얻었다. 그림을 보고 나면 이미지의 잔상이 남는데, 이후 어떤 사물을 보게 되는 경우 그전에 봤던 이미지가 겹쳐지면서 자연스럽게 시어로 연결된다.

"나이에 비해 등단을 빨리 했어요. 결혼도 빨랐고 출산도 빨랐고, 뭣도 모르는 상태에서 덜컥 인생이라는 기차에 올라탄 거지요.

남들은 저의 겉모습만 보고 평탄한 삶을 살아왔을 거라 짐작하거든요. 그러나 안 겪어도 될 일도 적잖이 겪었고, 슬프고 고통스러운 일도 많이 감내해야 했습니다. 언젠가 옆방의 이승우 작가가 "나 시인의 삶이 더 소설적이다. 나는 소설만 쓰면 되는데 나 시인은 소설적 상황에 처해 있다"는 말을 하더라구요."

결국 시인은 시로 말하게 되나 보다. 나 시인과 인터뷰를 하면서 모든 예술 중 가장 정직한 장르는 문학이라는 생각이 든다. 문학은 사는 만큼, 살아온 만큼 쓰게 되는 예술이다. 차이가 있다면 '소설적 상황'이나 '시적 상황'을 어떻게 느끼고, 자신만의 독특한 언어로 형상화하느냐의 문제일 뿐이다. 시가 매력적일 수밖에 없는 이유는 바로 그 '시적 상황'을 자신의 언어로 집약할 수 있다는 데 있다.

"삶과 시를 되도록 같이 가려 합니다. 경험과 대상을 그대로 드러내는 게 아니라 시인의 관점에서 어떻게 풀어내야하는지 고민을 하는 거지요. 한권의 시집에도 시마다 조금씩 다른 느낌, 다른 정서가 있지만 그 이면에는 동일하게 시적인 상태라는 긴장감이 깔려 있습니다. 그것을 일정하게 유지해야 어떤 모티프가 주어졌을 때, 바로 창작의 세계로 진입할 수 있으니까요."

말들이 돌아오는 시간

나희덕 시인이 2009년 『야생사과』 이후 5년 만에
펴낸 시집이다. 시인은 상실과 부재의 아픔을 껴안는
사랑의 힘에 주목한다. 수난의 반복 속에서도 회복하
는 언어의 생명력을 노래하며 생을 긍정한다.

표제작 「말들이 돌아오는 시간」에서 시인은 자신이 쓰고자 하는 한 편의 시
를 응시한다. "수만의 말들이 돌아와 한 마리 말이 되어 사라지는 시간"은 어
쩌면 자신의 존재를 건 '시'에 대한 열망으로 읽힌다. 그것은 또한 진실과 사
랑의 힘이자 생명의 언어이기도 하다.

나희덕 시인은...

1989년 중앙일보 신춘문예에 시 「뿌리에게」가 당선되어 작품 활동을 시작했다. 나희덕 시인의 시는 연
약하고 소외된 존재들을 모성적 본능으로 감싸고자 하는 작품이 많다. 한편으로 맑은 서정과 지적인 사유
를 껴안는 시도 있다. 연세대학교 국어국문학과를 졸업하고 동 대학원에서 석사학위와 박사학위를 받았
다. 현재 조선대 문예창작학과 교수로 학생들을 가르치고 있다.

1998년 김수영문학상, 2001년 김달진문학상, 오늘의 젊은 예술가상 문학 부문, 2003년 현대문학상,
2005년 이산문학상, 2007년 소월시문학상, 2014년 임화문학예술상, 미당문학상 등을 수상했다.

시집으로 『뿌리에게』, 『그 말이 잎을 물들였다』, 『그곳이 멀지 않다』, 『어두워진다는 것』, 『사라진 손바닥』,
『야생사과』, 『말들이 돌아오는 시간』, 시론집 『보랏빛은 어디에서 오는가』, 산문집 『반통의 물』 등이 있다.

PART 3

<u>지성은 지식인을 만들고,</u>
<u>지식인은 시대를 살찌운다</u>

꿈대로라면 그는 지금쯤 시인이 됐어야 한다. 그러나 문학적 소양이 풍부했던 소년은 예상과 달리 문과로 진학하지 않았다. 아니 못했다. "당시에 교장선생님이 문 · 이과 편성 방침에 따라 일률적으로 줄을 세웠기" 때문이란다. 삼팔선이 책상에서 줄자 하나로 그어진 것과 같은 방식이다. 그렇게 그의 운명도 갈렸다.

통섭학자

최재천 _01

"공부를 잘하려면 아인슈타인보다 피카소가 되어야 합니다. 연구실 학생들에게 '논문 안 쓰니?'라고 물으면 대개가 '아직'이라고 대답하지요. 홈런을 때리려고 웅크리고 있는 겁니다. 비유적으로 말하면 아인슈타인은 만루 홈런을 때린 케이스입니다. 학생들이 스스로에게 물어보아야 하지요. '내가 아인슈타인인가'라고. 그러면 답은 의외로 간단해집니다."

타자를 진정으로 이해하는 자세가 소통이고 통섭이다

'통섭=최재천'은 하나의 '고유명사'

이화여대 최재천 석좌교수(에코과학연구소 소장)는 자연과학자가 아니다? 맞기도 하고 틀리기도 하다. 아니 맞지도 틀리지도 않다. 지난 몇 년간 그에게는 새로운 호칭이 붙었다. 통섭학자, 통섭인문학자로 불린다.

호칭은 개인의 삶과 존재를 규정하는 준거다. 그는 통섭적으로 사고하고, 말하고, 강의한다. 통섭적으로 글을 쓰고, 연구하고, 예측한다. '통섭=최재천'은 하나의 고유명사 내지 트레이드마크가 되었다.

물론, 통섭학이라는 학문이 있는 건 아니다. 대체로 과마다 칸막이가 높아 자신만의 '성'에 갇혀 한 우물을 파는 게 일반적인 대학의 모습이다. 경계를 넘어 인접 학문을 연구하기가 말처럼 쉽지 않다.

통섭(consilience)은 19세기 영국의 자연철학자 윌리엄 휴얼에 의해 정립되었다고 한다. 우리말로 번역하는 과정에서 새롭게 부각된 개념으로 학문간 소통을 의미한다. 영국에서는 사문화되었지만 우리 학계에서는 2005년 최 교수가 처음 화두를 던진 이후 넘나듦, 융합의 뜻으로 쓰이고 있다.

원래 그는 시인이나 소설가가 되고 싶었다. 그의 내면엔 글에 대한 열망으로 가득했다. 가지 못한 길에 대한 아쉬움 때문일까. 마흔 이후 그는 누에고치가 실을 뽑아내듯 글을 쏟아낸다. 그가 펴낸 책은 30여 권이 넘는다. 공저까지 하면 60여 권쯤 된다. 그는 작가나 시인보다 더 많이 책을 펴냈고, 웬만한 인문학 전공자보다 글을 잘 쓴다. 그의 독서편력은 자연과학자가 맞나 싶을 정도로 텍스트의 폭이 넓다. 그러나 넓다고 해서 깊이가 낮거나 울림이 적은 것은 아니다. 그의 글에는 자연과학의 정밀함, 인문학적 가치, 사회학적 의미, 예술적 향기가 묻어난다.

꿈대로라면 그는 지금쯤 시인이 됐어야 한다. 그러나 문학적 소양이 풍부했던 소년은 예상과 달리 문과로 진학하지 않았다. 아니 못했다. "당시에 교장선생님이 문·이과 편성 방침에 따라 일률적으로 줄을 세웠기 때문"이란다. 삼팔선이 책상에서 줄자 하나로 그어진 것과 같은 방식이다. 그렇게 그의 운명도 갈렸다.

그때의 트라우마 때문인지 그는 "문과 이과의 장벽을 허물어야 한다"고 주장한다. 물론 그 같은 목소리는 예전부터 있어 왔다. 그는 "같은 상황을 두고 문과 전공자와 이과 전공자의 시각은 판이하다. 일례로 '土'란 글자를 놓고 문과생들은 '흙토'라고 읽는 반면 이과생들은 (+)(−)로 답한다. 신앙심이 깊은 이들은 평평한 지면에 서 있는 십자가로 해석한다"며 빙긋 웃는다. 관점의 다양성은 마땅히 존중해야 하지만, 문제는 그 다름을 인정하고 결집하는 방식과 다름에 대한 인정이 선행되어야 한다는 것이다. 바로 학문의 융합과 통섭이 이루어져야 하는 이유다.

마르크스, 프로이트 갔지만 다윈은 여전히 유효

최재천 교수를 만나는 날, 필자는 무딘 방향 감각을 절감했다. 인터뷰 시간은 다가오는데 지하철역에서 가고자 하는 반대 방향으로 환승을 하고 말았다. 서울에 올라올 때마다 매번 지하철 방향이 헷갈린다. 운 좋게 찾았다 해도 개찰구를 나올 때면 꼭 한두 번 제지를 당한다. 카드를 개찰기계에 잘못대거나 접지가 제대로 안 돼, 본의 아니게 민폐를 끼친다.

인간의 방향감각은 하등한 동물에도 미치지 못한다. 지하철역 하나 제대로 못 빠져나오는 게 인간이다. 그에 비하면 다른 생물은 어떤가. 멀고 먼 태평양 연안을 돌아 자신이 태어난 곳으로 회귀하는 연어나, 낯선 곳에서도 집을 찾아오는 개는 방향감각이 탁월하다. 그에 비해 인간은 진화 측면에서는 별로 내세울 게 없다. 적어도 두뇌 외에는.

뛰다시피 해서 겨우 늦지 않게 연구실에 도착했다. 이번에도 헤맸다(이대캠퍼스에서도 최 교수의 연구실이 있는 종합과학관은 A, B, C, D동이 미로처럼 얽혀 있다).

필자의 무딘 방향감각을 화제로 인터뷰가 진행되었다. 그는 이편의 이야기를 흥미롭게 들어주었다. 교수답지 않은 친근한 인상이다. 한마디로 권위적이지 않다는 얘기다. 서울대 출신 최초 하버드 생물학 박사이지만 이웃집 아저씨처럼 편안하다. 방송에서 다윈 진화론 특강을 수개월간 진행했던 이유를 알 것 같다. 그는 달변인 데다 제스처도 자연스러웠다. 권위적이지 않지만, 학문적 권위에서 나오는 내공이 만만치 않았다. 다윈의 진화론에 따르면 그는 적잖은 우성 형질을 물려받은 게 틀림없었다.

"20세기 가장 위대한 사상가로 맑스, 프로이트, 다윈을 꼽습니다. 맑스와 프로이트는 죽었지만, 다윈은 여전히 살아남았습니다. 맑스와 프로이트 이론은 틀린 것으로 판명되고 있지만 다윈의 진화론은 여전히 옳기 때문이죠."

최 교수는 다윈의 진화론은 생물학뿐 아니라 경제학, 사회학, 심리학, 인류학 등 인문사회 분야는 물론 예술 분야에 이르기까지 영향을 미치고 있다고 덧붙였다. 근래에 떠오르고 있는 진화 윤리학, 진화 심리학, 진화 게임 이론 등은 모두 다윈이 뿌린 씨가 발아한 결과물이라는 것이다.

멀리 돌아갈 필요 없이 2008년에 발생한 미국발 경제위기만 봐도 알 수 있단다. 당시 많은 이들은 "인간의 탐욕이 불러온 재앙"이라고 규정했지만 그는 동의할 수 없었다. 최 교수는 "경제학은 기본적으로 인간이 합리적인 결정을

"20세기 가장 위대한 사상가로 맑스, 프로이트, 다윈을 꼽습니다.
맑스와 프로이트는 죽었지만, 다윈은 여전히 살아남았습니다.
맑스와 프로이트 이론은 틀린 것으로 판명되고 있지만
다윈의 진화론은 여전히 옳기 때문이죠."

내린다는 전제로 출발한 학문인데 탐욕의 재앙이라니 말이 되지 않았다"면서 "그보다 경제학이 인간의 탐욕, 개성, 돌출행동 같은 변인을 인정하지 않았다"고 보는 게 타당하다고 말했다.

아인슈타인보다 피카소처럼 공부하라

그렇다면 그는 어떤 계기로 생물학을 공부하게 되었을까. 지금의 그를 있게한 책으로 『우연과 필연』, 『이기적 유전자』를 꼽았다. 전자가 "전공까지 바꾸게 한 책"이라면 후자는 "세상을 보는 기준을 마련해준 책"이다.

첫 전기는 재수할 때 찾아왔다. 서울대 의대에 낙방한 그는 수학 과외를 하며 입시를 준비했다. 그는 족집게 강사로 이름을 날렸다. 일본 수학문제집을 사서 공부한 덕분이었다. 그날도 일본 서적 판매점에 갔다가 우연찮게 책 하나를 발견했다. 빽빽한 책장 속에 꽂힌 허름한 영어책이 『우연과 필연』이었다. "이렇게 건방진 제목이 있다니…."

"분자생물학을 철학이나 종교 등 다른 영역으로 확대해 성찰을 담은 책이었어요. 당시는 생물학을 공부하지 않았기 때문에 절반가량 읽을 때까지도 저자를 몰랐어요. 나중에 분자생물학자 자크 모노가 남긴 과학철학의 고전이라는 사실을 알게 되었습니다."

생물학자가 이런 책을 쓸 수 있다는 사실이 놀라웠다. 원래 철학과에 가고 싶었던 재수생은 그 즉시 생물학으로 진로를 바꾼다. '우연한' 발견으로 진로가 필연적으로 바뀐 거였다. 그의 잠재의식 속에 철학과 생물학을 하나로 융합하려는 통섭적 유전자가 내재되어 있었던 모양이다.

리처드 디킨슨의 『이기적 유전자』는 미국 유학 시절에 읽었다. 지금도 그 책을 읽을 때의 감동을 잊지 못한다. 오후에 붙들었는데 다음날 새벽에야 끝이 났다. 마지막 책장을 덮고, 기숙사 문을 열고 나가자 안개가 걷히고 있었다. 인

/ 피카소처럼 여러 작품을 하다보면 어느 순간 홈런을 때릴 수 있어요. 단타를 많이 때려야 결정 타도 날릴 수 있어요. 세계적 대학들은 별 볼일 없는 것으로 연구를 시작합니다. 꽃이 정원에서 만 핀다는 생각은 편견에 지나지 않아요. 쓰레기더미 속에서도 핀다는 사실을 ○○○ ○○○들이 알 았으면 싶네요. /

식의 안개도 걷히는 순간이었다. 환희 그 자체였다. 그의 내면에 알 수 없는 감동이 흘러넘쳤다. "모든 생명체는 자신의 유전자를 후세에 남기려는 이기적인 행동을 하는 존재"라는 말에 단단히 붙잡히고 말았다. 비로소 세상을 보는 눈이 가지런해지고 단순해 졌다.

　미국 유학생활은 재미와 긴장의 연속이었다. 연구실 복도를 걷다가 노벨수상자를 만났는데 처음엔 꿈인가 생시인가 했다. 펜실베니아주립대에서 석사를 마치고 박사과정은 하버드대로 진학했다. 생물학과에 노벨수상자인 에드워드 윌슨 교수가 있었다. 입학허가를 받기 위해 편지를 썼다. 친구들이 어렵다며 극구 말렸지만 포기할 수 없었다. 처음엔 기가 죽었다. 다행히 언어는 원어민 못지않게 잘했기 때문에 가능할 수도 있겠다는 생각이 들었다. 결국 입학 허가를 받았고 박사공부를 마칠 수 있었다…. 지금도 생생한 건 석사 공부할 때 피나게 영어를 공부했던 기억이다. 국립공원에 들어가, 하루 종일 영어 연습을 했는데 심지어 앞에 사람이 오는 것도 모를 정도였다. 영어가 되니 저절로 자신감이 생겼다. 나중에는 미국학생이 사우스캐롤라이나 출신이 아니냐고 물어오기까지 했다.

　그렇게 하버드에서 박사를 마치고 한동안 미국에서 교수생활을 했다. 정년이 보장된 교수가 되었지만 어느 날 문득, 한국으로 돌아가야겠다고 생각했다. 미국의 다양한 인종의 학생들보다 내 나라 후배들을 가르치고 싶었다. 단순히 가르치는 기계가 아니라 내 나라 아이들과 소통하고 싶었다.

　"아인슈타인보다 피카소가 되어야 합니다." 공부비결에 대해 물었더니 돌아온 대답이다. 연구실 학생들에게 "논문 안 쓰니?"라고 물으면 대개가 "아직"이라는 답을 한단다. 홈런을 때리려고 웅크리고 있는 거다. 비유적으로 말하면 아인슈타인은 만루 홈런을 때린 케이스다. 그는 학생들에게 "스스로 물어보라"고 말한다. "내가 아인슈타인인가"라고. 그러면 답은 의외로 간단해진다고 한다.

"피카소처럼 여러 작품을 하다보면 어느 순간 홈런을 때릴 수 있어요. 단타를 많이 때려야 결정타도 날릴 수 있어요. 세계적 대학들은 별 볼 일 없는 것으로 연구를 시작합니다. 꽃이 정원에서만 핀다는 생각은 편견에 지나지 않아요. 쓰레기더미 속에서도 핀다는 사실을 우리 학생들이 알았으면 싶네요."

이제 섞어야 사는 시대다. 그는 우리나라 사람들처럼 섞는 걸 좋아하는 국민도 드물다고 생각한다. 일례로 수십 가지 나물을 섞어 비빔밥을 만들고, 온갖 술과 음료를 섞어 폭탄주를 제조한다는 것이다. 밥을 먹을 때도 반찬 가짓수와 집는 순서에 따라 수십, 수백 가지 조합이 이루어진다. 물감을 섞으면 다양한 색이 피어나듯 골고루 섞으면 새로운 에너지가 발현되는 것과 같은 이치다.

최재천 교수는 "자신은 비빔밥에 얹힌 고추장 같은 존재"가 되고 싶다고 한다. "다른 재료는 다 있어도 고추장이 없으면 제 맛을 내지 못하듯, 고추장은 모든 재료의 특질을 어우르고 결집해 독특한 맛을 연출해내기 때문"이란다.

그가 주장한 '통섭'은 이제 착근단계를 넘어 서서히 개화를 향해 진화하고 있다. 그런데 뜻밖에 그는 30년 넘게 교회를 다닌 기독교신자란다. 그것도 세례를 받은. 단지 그는 '창조/진화'의 이분법 시각은 소모적이라는 입장이다. 이대 음대교수인 그의 아내도 신실한 신앙인이다 (그는 정중하게 이름을 밝히지 않았다). 아들 또한 독실한 크리스천이다. 앞으로 그의 신앙이 어떤 방향으로 진화해갈지, 자못 궁금해진다.

통섭의 식탁

최재천 교수가 차린 『통섭의 식탁』. 요리 주제는 '통섭'이다. 지식의 진수성찬이 펼쳐진다.

책에는 '통섭'을 지향했던 그의 지적 편력이 오롯이 드러나 있다. 자연과학, 인문학, 철학, 사회학, 심리학, 문학… 그가 읽어온 책의 면면은 화려하다 못해 가히 눈부시다.

『통섭의 식탁』답게 처음에는 셰프 추천 메뉴 3이 나온다. 인간과 동물의 교감을 다룬 '인간의 위대한 스승들', 진화의 개념을 설명하고 있는 '핀치의 부리', 동물적 존재에서 인간적 존재로 도약을 견인한 '요리의 본능'은 최 교수가 자신 있게 추천하는 메뉴다.

최재천 과학자는…

과학의 대중화에 앞장서는 학자다. 에드워드 윌슨의 『통섭』을 번역하여 국내외 학계의 스타가 되었고, '통섭'이라는 학문용어를 학계 및 일반사회에 널리 알리고 있다.

1989년 미국곤충학회 젊은과학자상, 2000년 대한민국과학문화상을 수상했고, 1992~95년까지 Michigan Society of Fellow의 Junior Fellow로 선정되었다. 그 밖에도 '국제환경상', '올해의 여성운동상', '대한민국 과학기술훈장' 등을 수상했다. 지은 책으로는 영국 케임브리지 대학교 출판부에서 출간한 영문서적을 비롯하여 다수의 전문서적들과 『과학자의 서재』, 『생명이 있는 것은 다 아름답다』, 『개미제국의 발견』, 『당신의 인생을 이모작하라』, 『알이 닭을 낳는다』, 『최재천의 인간과 동물』 등이 있다.

"보통 역사 하면 옛날 얘기, 다시 말해 내가 태어나기 이전의 시대를 상정하기 마련이죠. 그러다 보니 관찰자의 입장에 서게 되구요. 그러나 현대사는 우리가 살았던 시대의 역사이므로 누구든 자기 자신이 그 역사의 일부가 되는 것입니다. 그로 인해 냉철한 관찰자의 입장보다는 번민하는 입장에 서게 되는 것이죠…. 누구나 자기 인생이 맘에 안 들면 어떻게 해서 이렇게 됐나, 하고 뒤돌아보기 마련입니다. 마찬가지로 우리 사회 또한 많은 구성원들이 생각하는 모습과 일치하지 않을 때, 뭔가 과거라는 연원 속에 문제를 담고 있을 개연성이 높습니다. 마치 개개인의 인생이 그런 것처럼요."

문필가

유시민 _02

"상처받지 않는 삶은 없다. 상처받지 않고 살아야 행복한 것도 아니다. 누구나 다치면서 살아간다. 우리가 할 수 있고 해야 하는 일은 세상의 그 어떤 날카로운 모서리에 부딪쳐도 치명상을 입지 않을 내면의 힘, 상처받아도 스스로 치유할 수 있는 정신적 정서적 능력을 기르는 것이다."

책은 그 사람을 대변한다

정치인에서 문필가로 돌아온 자유주의자

"프티부르주아 계층의 대구 · 경북 출신 지식 엘리트로서 젊은 나이에 이름을 알리고 출세를 했지만 결국 정치에 실패한 후 문필업으로 돌아온 자유주의자."

스스로를 이렇게 규정한 이가 있다. 다소 긴 수사지만 주인공이 누구인지 알고 나면 일면 고개가 끄덕여진다. 기술된 정의에서 키워드만 한번 뽑아보면 이렇다. 프티부르주아, 대구 · 경북, 지식 엘리트, 출세, 정치, 문필업, 자유주의자…. 키워드가 많다는 것은 어느 한 가지로 설명하기에는 미흡하다는 의미일 것이다. 현재의 자신은 과거의 여러 정치적 · 사회적 · 개인적 자아가 겹쳐 형성된 복합적 존재이기 때문이다. 또 하나, 키워드가 많다는 것은 어느 한 가지로 규정했을 때 파생될지 모르는 논쟁적인 측면을 최소화하려는 의도에서 비롯된 것일 수도 있다. 그리고 마지막으로 지나온 삶이 역동적이고 '리버럴한' 경향이 있었으며 그로 인해 적잖은 곡절을 겪었으리라는 추정이 가능하다.

눈치 빠른 독자라면 그가 누구인지 짐작했을 터이다. 그렇다. 유시민 전 보건복지부장관. 앞서 기술한 대로 그가 규정하는 자신은 여러 의미를 함의하고 있다. 거기에는 출신, 학벌, 정치적 지향, 개인적 성향, 과거의 직업, 현재의 직업, 향후 진로 등이 내밀하게 드러나 있다.

그는 한때 거센 논쟁의 중심에 서 있었다. 본인이 의도했든 의도하지 않았든, 그의 이름이 내재하는 자장이 만만치 않았다는 방증이다. 잠시 그가 걸어온 길을 되짚어보자. 1978년 서울대학교 경제학과 입학, 그러나 불의한 시대에 맞서 싸우느라 학업보다는 '투쟁'에 진력한다. 야학에서 노동자들을 가르쳤고 한때 수감의 고통을 겪는다. 두 차례의 제적과 복학을 거듭한 끝에 1991년 뒤늦게 졸업을 한다. 30대 중반 독일로 유학을 떠나 경제학을 공부했고, 귀국해서는 저널리스트로 활동한다. 이후 정계에 입문 2002년 개혁국민당 대표를 거쳐 16·17대 국회의원과 보건복지부장관을 역임한다. 2013년 진보정의당 소속으로 활동하던 중 정계은퇴를 선언한다.

이력이 말해주듯 그는 매우 다양하면서도 역동적인 삶을 살아왔다. 민주화운동가, 칼럼니스트, 방송인, 정당인, 국회의원, 장관…. 그가 했던 일들은 우리 사회의 변화를 견인했던 것과 무관치 않다. 하지만 다양한 일을 하는 동안에도 변함없이 그는 일관되게 자신만의 영역을 일구어왔다. 그것은 끊임없이 글을 쓰고, 읽고, 이를 토대로 지적 결과물을 완성해내는 일이었다. 사실 그에게는 정치인 이미지가 여전히 남아 있지만, 원래의 그는 대중과 소통하는 인문교양 작가 이미지가 더 어울린다. 20대 중반 이후 글 쓰는 일로 밥벌이를 해왔으며, 발간된 책들이 상위권에 진입할 만큼 탄탄한 독자층을 확보하고 있다.

그 때문인지, 그는 스스로를 '지식 소매상' 또는 '문필가'라고 말한다. 과연 유시민다운 표현이다. 실용적이면서도 문화적인 표현이 말해주듯 그는 오랫동안 "유용한 정보를 흥미롭게 조리해 평범한 독자들에게 전달하는" 역할을 해왔다. 『거꾸로 읽는 세계사』, 『기억하는 자의 광주』, 『부자의 경제학 빈민의 경제학』, 『유시민의 경제학 카페』, 『청춘의 독서』, 『어떻게 살 것인가』 등 그동안 펴낸 다수의 책들은 많은 이들에게 회자될 만큼 강렬하면서도 의미 있는 울림을 주었다.

때마침 그가 광주의 독자들 그리고 시민들과 의미 있는 '지식'을 공유하기 위해 남도를 찾았다. 시민광장 주최로 조선대학교 서석홀에서 개최된 청소년을 위한 논술 특강에 초청된 것이다. 강연에 앞서-정치 일선에 있다-본업인 문필가로 돌아온 유시민을 잠시 만났다(이 인터뷰는 '정치인' 유시민이 아닌 베스트셀러 작가 겸 인문사회학자인 유시민의 '책과 삶'에 초점이 맞춰져 있다).

사실 그를 만나기에 앞서 필자는 적잖은 고민을 했다. 지금까지 이 인터뷰 시리즈는 작가나 미술가, 인문학자 등 다양한 분야의 문화 예술가를 만나 그들의 삶과 예술적 성취를 독자들에게 전달하는 데 초점을 두었다. 당연히 문화예술인이나 학자 등이 인터뷰 대상이 되었고 '정치인'은 배제되었다. 그렇다면 현재의 유시민은 정치인인가? 문화예술인인가? 정치인이라면 현재 의미 있는 영향력을 발휘하고 있는가? 문화예술인이라면 작금에 일반 대중의 시선을 끌어들일 결과물을 산출했는가? 필자는 전자보다는 후자에 포커스를 맞추기로 했다. 그쪽으로 답이 기울어지는 것으로 보아 현재의 그는 인문교양서를 펴낸 베스트셀러 작가인 것만은 확실했다.

그도 그럴 것이 유시민은 근래에 역사를 주제로 한 『나의 한국현대사』를 펴냈다. 이 책은 저자가 출생한 1959년부터 올해까지의 역사적 사건을 대중의 '욕망'이라는 키워드로 들여다본 현대사다. 혹여 지나치게 정치적인 시선이 개입되어 있지 않을까 의구심을 가졌지만, 책을 읽어본 소감은 그다지 '정치적'이지는 않았다. 그보다 유시민 특유의 '글발'과 주관적 향기가 배어 있어 읽는 즐거움이 쏠쏠했다. 여기에 수치, 도표, 주요 사진, 인용서적 리스트와 국회의원과 보건복지부 장관 시절의 경험이 응축돼 있어, 상당히 심혈을 기울여 책을 썼다는 느낌을 갖게 했다. 그뿐인가. 그의 정치한 논리와 지적인 감수성이 정밀하게 교직돼 있어 전작들에서 맛보았던 쏠쏠한 재미를 고스란히 느낄 수 있다.

정치인보다 자기 세계 천착하는 학자의 이미지

"논리적 사고에 기반한 소통의 방법과 상황에 맞는 글쓰기 전략 등을 함께 고민하고 공유하는 자리에요. 청소년들이 건강한 시민으로 성장하는 데 도움이 되는 방향에 초점을 맞춰 강의할 예정입니다. 물론 정치를 떠났다고 공헌했기 때문에 정치적인 의미가 있는 행사는 아니구요."

논술특강을 하게 된 연유를 물었더니 돌아온 대답이다. 물론 그는 정치 얘기를 하는 자리는 아니라며 재차 선을 그었다.(그럼에도 '안테나'는 그쪽으로만 향하려고 했다.)

광주시 남구 노대동에 위치한 북카페에서 만난 그는 다소 마른 체형에 큰 키, 까무잡잡한 피부와 커다란 두 눈이 인상적이었다. 전체적으로 풍겨 나오는 이미지는 얼핏 강직해 보이는 선비의 모습이었다. 정치인이라기보다는 자기 세계를 천착해가는 학자의 모습으로 다가왔다. 인터뷰가 시작되자 그는 예의 논리적인 달변가로 돌아왔다. 무엇보다 화법이 시원시원했다. 그럼에도 말한마디 토씨 하나까지 신경을 쓸 만큼 신중을 기했다. 혹여 중의적 의미를 전달할 수 있는 어휘는 '순화'를 할 만큼 신중했고 세밀했다. 아무래도 현대 역사에 관한 얘기이니 그럴 수밖에 없었을 것이다.

"사실 이 책은 직업정치인의 옷을 벗고 작가의 길을 가겠노라 선언한 이후 펴낸 두 번째 저서예요. 그런데 왜 55년인가라고 궁금할 독자들이 있을 겁니다. 그것은 제가 태어난 해가 1959년이고 올해가 2014년이어서, (유시민이) 보고 느끼고 겪은 주요 사건들을 들여다보고 제 나름대로 정리한 것이라고 할 수 있지요. 물론 역사 가운데서도 현대사는 가장 격렬한 논쟁을 촉발시킬 가능성을 내포하고 있죠. 왜냐하면 현대사는 고대사, 중세사, 근대사와 달리 직간접적으로 연관된 피해자 내지는 수혜자가 있을 수 있으니까요."

한마디로 책은 현대사의 역사적 사건을 큰 줄기 삼아 그의 체험을 잔가지로 엮어 구체화했다. 그는 "현대사라기보다 '현재사' 내지 '당대사'로 보는 편이

/ 역사 가운데서도 현대사는 가장 격렬한 논쟁을 촉발시킬 가능성을 내포하고 있죠. 왜냐하면 현대사는 고대사, 중세사, 근대사와 달리 직간접적으로 연관된 피해자 내지는 수혜자가 있을 수 있으니까요. /

타당하다"고 말한다. 사실 역사에 관한 주제는 늘 우리 사회의 '뜨거운 감자'였다. 그것을 바라보는 시각에 따라 보는 이의 세계관, 가치관이 규정되고 타자의 역사인식, 정치적 지향도 동일하게 묶여지기 때문이다.

"보통 역사 하면 옛날 얘기, 다시 말해 내가 태어나기 이전의 시대를 상정하기 마련이죠. 그러다 보니 관찰자의 입장에 서게 되구요. 그러나 현대사는 우리가 살았던 시대의 역사이므로 누구든 자기 자신이 그 역사의 일부가 되는 것입니다. 그로 인해 냉철한 관찰자의 입장보다는 번민하는 입장에 서게 되는 것이죠…. 누구나 자기 인생이 맘에 안 들면 어떻게 해서 이렇게 됐나, 하고 뒤돌아보기 마련입니다. 마찬가지로 우리 사회 또한 많은 구성원들이 생각하는 모습과 일치하지 않을 때, 뭔가 과거라는 연원 속에 문제를 담고 있을 개연성이 높습니다. 마치 개개인의 인생이 그런 것처럼요."

그가 『나의 한국현대사』를 쓰게 된 이유다. 그가 본 현재의 대한민국은 이념 대립이 극심한 장이다. 역대 정권과 그에 상응하는 국민들을 산업화 세력과 민주화 세력으로 분류한다. 그리고 산업화 세력과 민주화 세력의 대표로 각기 박정희, 김대중 대통령을 꼽는다. 이 같은 분류는 나름의 설득력을 지니는 데, 산업화시대와 민주화시대 모두 우리의 과거이며 둘 중 하나만을 인정하는 자세는 온전한 역사인식일 수 없다는 인식을 기본으로 한다.

"우리의 생각이나 행동 등은 여러 인자가 영향을 미칩니다. 그중에는 자기 자신의 과거가 공동체의 과거 인식에 영향을 준다고 볼 수 있어요. 지난번 대선이나 최근의 선거를 볼 때(지역 쏠림은 예전에도 있었지만) 극단적으로 세대가 갈라지는 투표행태가 나타났거든요. 그 원인이 무엇일까요? 대개 서구 선진국 사례를 보면 300년의 시차를 두고 일어났던 문화 관행이 이후의 시대에 반영되곤 했지만 우리는 30년 안이라는 압축적인 기간에 모든 게 동시다발적으로 일어났습니다.
물론 이것을 두고 병리현상이라고 말하기는 어렵지요. 그보다는 노인세대와 젊은 세대의 인식과 사고가 왜 다른지를 면밀하게 들여다보면 지금의 현대 역사와의 대화도 가능하지 않을까, 하는 생각이 들곤 합니다."

그렇다면 그는 왜 이 책을 프티부르주아 리버럴의 '위험한 현대사' 읽기라고 부연할까. 일반적인 '프티부르주아'의 사전적 의미는 "부르주아와 프롤레타리아의 중간에 위치하는 소생산자"를 일컫는다. 봉급생활자나 공무원을 지칭하는 사회적 용어로, 아마도 그는 역사교사였던 부친, 출생지인 경북 경주 등과 같은 배경을 근거로 자신을 규정한 것 같다.

"어릴 적 밥상머리에서 아버지로부터 역사적 인물에 대한 이야기를 들었어요. 이순신, 제갈공명, 나폴레옹 같은 이들의 삶은 매우 놀랍고도 흥미로웠어요. 아마 그 때문에 저의 내면에는 걸출한 인물을 좋아하는 성향이 자리하고 있는 것 같아요. 그들은 자신이 처한 시대의 난관에 굴하지 않고 자신들이 옳다고 생각하는 길을 향해 묵묵히 걸어갔으니까요."

그 때문인지 그는 스스로가 정한 계획에 따라 자신의 힘으로 할 수 있는 일을 좋아한다고 한다. 남이 시키는 것도, 그렇다고 남에게 뭔가를 시키는 것도 그다지 익숙하지 않다는 것이다. "돈이나 권력보다는 지성과 지식을 가진 이를 우러러보며 내가 남을 부당하게 해치지 않는 한, 사회든 국가든 그 누구든 내 자유를 침해하지 않아야 한다"고 믿는 편이다.

"상처 받지 않는 삶은 없어… 정신적 정서적 능력 길러야"

그렇다면 그는 현재의 자신이 있기까지 어떤 책을 읽어왔을까? 그리고 그의 저작 가운데 어떤 책을 가장 맘에 들어 할까. 언급한 대로 부친이 역사 교사였던 까닭에 어린 시절의 집안 분위기는 책을 읽고 토론하는 것이 일상적이었다.

"어릴 적 밥상머리에서 아버지로부터 역사적 인물에 대한 이야기를 들었어요. 이순신, 제갈공명, 나폴레옹 같은 이들의 삶은 매우 놀랍고도 흥미로웠어요. 아마 그 때문에 저의 내면에는 걸출한 인물을 좋아하는 성향이 자리하고 있는 것 같아요. 그들은 자신이 처한 시대의 난관에 굴하지 않고 자신들이 옳다고 생각하는 길을 향해 묵묵히 걸어갔으니까요."

더욱이 그의 두 누이(유시춘, 유시주)는 현재도 왕성하게 활동하는 작가와 번역가다. 누이들은 대구여고 재학시절 문예반장을 할 만큼 문학에 남다른 재능을 지녔다. 대학도 각각 고려대 국문과와 서울대 사범대를 진학했으니 책과는 떼려야 뗄 수 없는 운명을 지니고 있었던 셈이다(유시민의 딸 수진 양도 서울대 사회대 학생회장을 역임했을 정도로, 아버지의 영향을 받았던 것 같다. 부전여전이라는 말은 이에서 통용되나 보다).

"사실 저희가 어렸을 때는 책을 골라 읽는 환경은 아니었어요. 집에 굴러다니는 책을 닥치는 대로 읽었다는 표현이 맞을 거예요. 초등학교 5학년 땐가 세로쓰기로 된 『서유기』, 『신밧드의 모험』을 재미있게 읽었던 기억이 있습니다. 중학교 때는 온통 추리소설만 읽었구요. 셜록 홈즈 시리즈, 루팡 시리즈를 비롯해 세계적으로 유명한 번역 소설은 손에 잡히는 대로 읽었죠. 추리소설을 읽고 나서는 앙드레 지드의 『좁은문』, 도스토예프스키의 『죄와 벌』, 『까라마조프의 형제들』, 토마스 하디의 『테스』를 감명 깊게 읽었습니다. 특히 『테스』를 탐독할 당시에는 맘이 너무 아파 잠을 자지 못했던 기억이 있어요. 주인공 테스가 사형대 단두대에 서고 깃발이 내려질 때, 테스를 그 지경으로까지 몰고 간 남자들이 얼마나 밉고 증오스러웠는지 며칠간 잠을 이루지 못했지요.(웃음)"

그는 모파상이나 서머셋 모옴의 훌륭한 작품들도 여전히 기억에 남아 있다고 한다. 그러면서 그는 "돌이켜보면 학창 시절의 독서가 지금의 자신을 있게 한 자양분이다. 공부가 따로 있는 게 아니라 많이 읽고, 생각하고, 토론했던 게 지금의 자신을 있게 한 원동력이었다"고 강조한다. 아마도 그 시절의 독서와 집안 영향으로 그는 『거꾸로 읽는 세계사』, 『청춘의 독서』, 『어떻게 살 것인가』와 같은 인구에 회자되는 책을 썼는지 모른다.

인터뷰를 마치며 드는 생각. 왕성한 저술과 훌륭한 강연을 하는 게 그가 지닌 달란트를 가장 값지게 사용하는 것이 아닐까 싶다. 종횡무진 펼쳐내는 지적인 향연은 정치인보다는 '지적인 소매상' 내지는 '문필가'에 가까운 소양으로 보인다. 정치를 하기에 그는 탄성적 기질보다는 단단한 기질이 더 많아 보인다. 아마 그런 연유인지는 몰라도 그 또한 정치를 하면서 적잖은 상처를 받아왔을 것이다. 그럼에도 (독자로서 보는) 문필가 유시민의 미래는 여전히 밝고 기대가 된다. 그는 오늘을 사는 젊은이들에게 다음의 말을 들려주는 것으로 인터뷰의 의미를 갈무리한다.

"상처받지 않는 삶은 없다. 상처받지 않고 살아야 행복한 것도 아니다. 누구나 다치면서 살아간다. 우리가 할 수 있고 해야 하는 일은 세상의 그 어떤 날카로운 모서리에 부딪쳐도 치명상을 입지 않을 내면의 힘, 상처받아도 스스로 치유할 수 있는 정신적 정서적 능력을 기르는 것이다. 그 힘과 능력은 인생이 살 만한 가치가 있다는 확신, 사는 방법을 스스로 찾으려는 의지에서 나온다. 그렇게 자신의 인격적 존엄과 인생의 품격을 지켜나가려고 분투하는 사람만이 타인의 위로를 받아 상처를 치유할 수 있으며 타인의 아픔을 위로할 수 있다."(『어떻게 살 것인가』 중에서)

나의 한국현대사

이 책은 저자가 출생한 1959년부터 현재까지 주요 사건과 자신의 체험을 토대로 엮은 저서다. 책에서 저자는 냉정한 관찰자가 아닌 번민하는 당사자로서, 우리의 현재사, 당대사를 개괄한다. 책에 언급된 주요 사건은 다음과 같다. 이승만 대통령 시절의 부정 선거, 4·19혁명으로 인한 하야, 5·16 군사쿠데타와 군사독재, 산업화를 이루기 위한 경제성장, 전두환 정권과 5·18 광주민중항쟁, 1970년대 반독재투쟁, 1980년대 민주화투쟁, 노태우, 김대중, 노무현 대통령의 대북정책 등 굵직한 정치적 이슈와 주요 역사적 사실들이 담겨 있다.

여기에 보건복지부 장관을 역임했던 경험을 바탕으로 선별한 복지문제에 대한 견해, 기생충문제와 채변봉투 등 어릴 적 자신의 이야기도 삽입해 우리 세대가 살았던 역사를 돌아본다.

유시민 문필가는...

16, 17대 국회의원, 44대 보건복지부 장관을 지냈으며 2009년 국민참여당을 창당해 대표를 맡았다. 학생운동을 하던 1980년대 그는 서울대 총학생회 복학생협의회 간부로 활동하다 징역형을 선고받았는데, 이에 대해 항소이유서를 제출한 일로 이름이 알려졌다.

아내와 함께 독일로 유학을 떠난 뒤 돌아와 2002년부터 정치에 참여했다. 노무현 대통령 서거 후 노 전 대통령 자서전 『운명이다』를 정리했으며, 2013년 정계를 은퇴했다. 평생 운동과 글쓰기 사이에서, 정치와 글쓰기 사이에서 살던 그는 정계 은퇴 후 책을 읽고 글을 쓰면서 지식과 정보를 나누고 있다.

지은 책으로는 『거꾸로 읽는 세계사』, 『기억하는 자의 광주』, 『부자의 경제학, 빈민의 경제학』, 『유시민의 경제학 카페』, 『내 머리로 생각하는 역사 이야기』, 『대한민국 개조론』, 『후불제 민주주의』, 『청춘의 독서』, 『국가란 무엇인가』, 『어떻게 살 것인가』 등이 있다.

'못'은 누구의 마음에나 하나쯤 박혀 있기 마련이다. 부정하고 싶어도 부정할 수 없는 아킬레스건인 것만은 분명하다. 그러나 저자도 말했듯이 콤플렉스는 병적인 것이 아니다. 문제는 스스로 병적인 것이라 단정하는 순간 덫에 얽매이게 된다. 있는 그대로 받아들이되 '긍정착각'의 마인드를 갖는 게 중요하다는 것이다.

심리학자

곽금주

_03

"무엇보다 유혹을 이길 수 있는 힘을 길러야 하지요. 변화의 처음을 맞이할 수 있는 힘은 과감하게 유혹을 뿌리치는 데서 시작됩니다. 또한 너무 무리하게 목표를 설정하지 않는 것도 중요합니다. 단계적인 목표를 세워 차츰차츰 실행해나가다 보면 어느 순간 장벽을 통과할 수가 있거든요."

심리학은 자신의 부족함을
이겨내는 원동력이다

기자들이 가장 먼저 찾는 심리학자

모든 길이 로마로 통하듯 모든 학문은 심리학으로 통한다고 말하는 이가 있다. 비단 학문뿐만이 아니라 산업, 경제, 문화 등 다양한 분야에 걸쳐 심리학은 가장 기본이 되는 지식이라는 것이다. 오늘날 심리학은 인접 학문과 빠르게 융합, 교섭하면서 다양한 사회 현상과 인간의 행위 이면에 드리워진 근원적인 요인을 분석하고 대안을 제시하는 학문으로 자리잡아가고 있다. 그만큼 사회가 빠르고 복잡하게 변화하면서 이를 해석하고 전망하는 '심리학적 관점' 내지 '심리학적 분석'이 요구된다는 방증이다.

곽금주 서울대 심리학과 교수. 그녀는 심리학을 대중의 눈높이에 맞춰 재미있고 의미 있게 풀어내는 학자다. 복잡하고 난해한 심리적 요인도 그녀를 거치면 단순하고 명쾌하게 정리된다. 그 때문에 이슈가 되는 사건 사고가 발생하면 방송과 신문은 앞다퉈 곽 교수의 멘트를 받기 위해 경쟁을 하곤 한다.

사람들은 끔찍한 사건이나 대형 사고가 일어나면 부지불식간에 왜?라는 의문을 갖게 된다. 어떤 이유로, 무슨 연유가 있어서, 저런 일이 벌어졌을까 하고 생각한다. 바로 그 "왜?"라는 호기심을 단순명료하게 풀어주는 게 심리학의

173

본령이다. 물론 여기에는 과학적이며 체계적인 지식, 검증된 학설, 엄정한 실험을 통해 산출된 결과가 근거로 쓰인다.

"혹여 싸구려 취급을 받는 것은 아닌지, 심리학을 일회성 소비 학문으로 오해를 하는 것은 아닌지 조심스러운 부분이 없지 않아요."

곽 교수는 작금에 부는 심리학 열풍이 한편으론 두렵기도 하다고 말한다. 물론 모든 일에는 긍정적인 면과 부정적인 면이 있는 법이다. 그럼에도 사회 현상을 심리학으로 해석하는 일은 고차원의 수학 방정식을 푸는 것과는 차원이 다른 의미를 준다.

곽금주 교수와의 인터뷰는 예정된 시간보다 조금 늦게 시작되었다. 모 방송국에서 심리와 관련한 녹화를 하고 있어서 잠시 대기를 해야 했다. 하루에 많을 때는 기자들로부터 열 통 이상의 전화를 받는다는 말이 과장이 아닌 듯했다. 연구실 문을 열고 들어갔을 때, 반대편 창가에 놓인 커다란 사진이 먼저 눈에 들어왔다. 삼십대 중반으로 보이는 커트머리의 온화한 인상의 여성이었다. 곽 교수의 젊은 시절의 사진이려니 싶었다.

"2014년에 찍은 사진인데 워낙 뽀샵처리를 잘 해서 젊게 나왔어요.(웃음) 그래도 저 사진을 보면 우선은 내가 기분이 좋고, 보는 사람들도 젊어 보인다며 다들 좋아해요. 자칫 딱딱해질 수 있는 연구실 분위기가 저 사진 한 장으로 금방 화기애애해지죠."

곽 교수는 맑은 기운이 넘치는 분이다. 긍정적인 분위기도 그렇지만 간단한 질문에도 의도와 맥락을 고려한 답을 내놓았다. 다소 말이 빠른 감이 없지 않지만 시종일관 자신감 있게 풀어내는 답변은 한 편의 심리학 콘서트를 보는 느낌을 주었다.

"변화를 바란다면 작은 것부터 실천하라"

-새해에는 많은 이들이 새로운 결심을 합니다. 금연, 금주, 운동, 자기계발 등 그러나 3일을 넘기지 못하고 그만두는 사례가 비일비재해요. 심리학적 관점에서 작심삼일을 이겨낼 수 있는 방안이 있으면 소개해주세요.

"무엇보다 유혹을 이길 수 있는 힘을 길러야 하지요. 변화의 처음을 맞이할 수 있는 힘은 과감하게 유혹을 뿌리치는 데서 시작됩니다. 또한 너무 무리하게 목표를 설정하지 않는 것도 중요합니다. 단계적인 목표를 세워 차츰차츰 실행해나가다 보면 어느 순간 장벽을 통과할 수가 있거든요. 예를 들어 매일 30분씩 일찍 일어난다고 작심했다면, 매일 5분씩 그리고 사흘간 지속적으로 실천한다는 계획을 세우면 됩니다. 아주 작은 것부터 행동에 옮긴다면 어렵지 않게 성공할 수 있어요. 인간에게 만족감, 성취감은 큰 목표를 달성하는 것보다 당장 실천할 수 있는 사소한 것에서 주어지는 경우가 많거든요."

곽 교수의 『습관의 심리학』(2007 · 웅진씽크빅)에 보면 작심삼일의 비밀을 밝히는 마시멜로 실험이 나온다. 우리나라에서도 소개되었던 『마시멜로 이야기』(호아킴 데 포사다 · 엘런 싱어 작)를 재미있게 설명한 것으로, 욕망의 대상에서 집착하지 않는 법을 이야기한다. 어린이 앞에 마시멜로와 사탕을 두고 실험자가 돌아올 때까지 참으면 두 가지를 주고, 기다리지 못하면 벨을 누르게 한다. 물론 벨을 누르면 그 즉시 와서 하나를 주겠다고 약속을 한다. 과연 실험 결과는 어떻게 됐을까? 예상했던 대로다. 유혹 앞에서 안절부절 못하는 아이, 참지 못하고 벨을 누르는 아이, 실험자가 나가자마자 두 가지 모두 먹어버리는 아이….

동일한 조건이지만 아이들 반응은 각기 달랐다. 이 실험은 무엇을 시사하는가. 성인들도 그 결과가 별반 다르지 않을 것이라는 예측이 가능하다. 곽 교수는 "마시멜로 유혹을 이겨낸 아이들은 다른 곳으로 관심을 돌리려 애썼다는 공통점을 지닌다"며 "욕망의 대상에 집착할수록 실패에 대한 두려움은 커지기 마련이다. 보상물로부터 주의를 환기하는 전략이 집중하는 것보다 몇 배의 효과가 있다. 우리들 삶에서 만족지연능력은 인생의 90%를 좌우할 만큼 강력한 영향을 미친다고 해도 과언이 아니다"라고 강조한다.

트라우마 오래 지속… 긴 호흡으로 대책 강구를

-지난 2014년에는 유독 대형 사고가 많았습니다. 세월호 참사를 비롯해, 장성 요양병원 화재, 고양 터미널 화재, 오룡호 침몰은 많은 이들에게 아픔을 주었지요. 혹자는 한국사회가 집단 트라우마에 빠져 있다고 진단할 정도로 후유증이 심각한데, 어떻게 하면 치유할 수 있을까요?

"삼풍백화점 붕괴, 성수대교 붕괴 때도 안전과 원칙을 강조했지만 그 이후로 별반 달라진 것은 없습니다. 세월호 참사는 선진국 문턱에 다다랐다고 생각하는 한국 사회에서 도저히 상상할 수 없는 사고였어요. 기성세대는 그동안 아이들에게 우리가 대한민국을 이만큼 성장시켰다는 자부심이 있었는데 이 모든 게 허상이었다는 사실을 보여주고 만 셈이죠. 무엇보다 세월호 참사는 대다수 국민이 지니는 공통의 관심사여서 일정 부분 정신적 외상을 겪을 수밖에 없었던 거구요. 그러나 장기간 슬픈 감정에 빠져 있다 보면 자칫 필요 이상의 죄책감을 갖기 쉽지요. 앞으로는 그런 일들이 재발하지 않도록 법적인, 제도적인 장치를 마련하는 데 역점을 둬야 한다고 봅니다. 물론 희생에 대한 고귀한 가치를 잊지 않도록 추모와 기념 의식을 정기적으로 갖는 것도 필요하구요. 이번 기회에 과거의 폐단이나 악습을 확실히 끊고 미래를 향해 나아가야 하지 않을까 생각합니다."

곽 교수는 대형 사고로 인한 트라우마는 상당 기간 지속된다는 것을 경험했다고 덧붙인다. 정확히 말하면 자신이 가르쳤던 제자의 경험에서 이를 알게 되었다는 것이다. 세월호 참사가 있고 얼마 후 자신의 이메일로 한 통의 메일이 전달되었다. 서울대 심리학과를 졸업하고 미국으로 유학을 가, 미네소타

곽금주 교수의 대표 저서들

/ 곽금주 교수와의 인터뷰는 예정된 시간보다 조금 늦게 시작되었다. 모 방송국에서 심리와 관련한 녹화를 하고 있어서 잠시 대기를 해야 했다. 하루에 많을 때는 기자들로부터 열 통 이상의 전화를 받는다는 말이 과장이 아닌 듯했다. 복잡하고 난해한 심리적 요인도 그녀를 거치면 단순하고 명쾌하게 정리된다. 그 때문에 이슈가 되는 사건 사고가 발생하면 방송과 신문은 앞다퉈 곽 교수의 멘트를 받기 위해 경쟁을 하곤 한다. /

주 로스쿨에 재학 중인 학생이었다. 그 학생은 14년 전 '부일여고 수학여행 참사' 당시 친구를 잃은 아픔을 간직한 아이였다.

곽 교수는 "그 학생은 10년이 흐른 뒤에도 여전히 내면에 당시의 심리적 상처가 남아 있었다"며 "그 학생 외에도 자식을 잃은 가정은 더러 부모들의 관계가 좋지 않거나, 혹은 우울증에 시달리다 못해 극단적인 상황으로 내몰리기도 했다"고 말한다. 그러면서 "그 학생이 내게 이런 말을 했었다. 지금의 집단적인 우울증이나 정신적인 외상은 10년이 흘러도 치유되지 않는다. 좀 더 긴 호흡으로 미래를 바라보고 지금의 트라우마를 치유할 수 있는 대책을 강구해 달라"고 부탁했다는 것이다. 미국의 9·11 테러 때도 소방수들이 10년이 넘도록 트라우마에 시달렸다는 것은 주지의 사실이다.

한국 사람들에게 많은 열등감은 '루저 콤플렉스'

-잠시 화제를 돌려 이번에는 심리학적으로 분석한 콤플렉스에 대해 묻고 싶습니다. 사람은 누구나 밝히길 꺼려하는 열등감이 있지요. 교수님이 보기에 한국 사람들에게 유독 많은 콤플렉스는 무엇이 있을까요?

"칼 구스타프 융이 그런 말을 했다지요. '인간의 마음은 콤플렉스로 구성되어 있다'고. 사실 콤플렉스 없는 사람은 존재하지 않을 겁니다. 우리나라 사람들에게 보편적으로 많은 콤플렉스는 아마 '루저 콤플렉스'가 아닌가 싶어요. 저마다 한두 가지씩 부족한 것이 있다고 생각하거든요. 예를 들어 이런 것이죠. 키, 몸무게, 외모 같은 조건이나, 학력과 배경 같은 외적인 간판, 또는 실패한 경험(이혼, 불합격) 등에서 자유롭지 못한 사람들이 의외로 많아요."

그러나 곽 교수는 콤플렉스가 부정적인 것만은 아니라고 강조한다. "부족하다고 생각하고 이를 발전의 원동력으로 삼는다면 그것은 콤플렉스가 아니라 도약의 발판"이라는 것이다. 사실 서양신화에 나오는 수많은 신들도 다양한

/ 어미로부터 충분한 사랑을 받지 못한 원숭이는 공격적 성향을 보이고 성장한 뒤에는 원만한 관계망을 형성하지 못합니다. 한 사람이 인격적인 존재로 서기까지는 혼자만의 힘으로는 불가능하다는 것이죠. 어린아이들을 자주 안아주고 다독여주는 것. 그래서 이 아이들이 충분한 사랑을 경험하도록 배려하는 것이 얼마나 중요한가를 말해주고 있지요. /

콤플렉스를 지니고 있다. 하물며 신들도 미흡한 것이 있는데 인간이야 오죽하랴.

곽 교수의 저서『내 마음에 박힌 못 하나』는 우리 내면에 잠재하는 18가지 콤플렉스의 유래와 원인 등을 흥미롭게 풀어낸다. 신화와 문학, 예술이 심리학과 만나 펼쳐 보이는 복잡한 인간 내면은 나는 누구이고 어떤 사람인지 돌아보는 계기를 제공한다.

다이아나 콤플렉스(남자가 되고 싶은 여자들), 프로메테우스 콤플렉스(아버지에게 불복종하는 반역자들), 돈 주앙 콤플렉스(한 여자에게 정착 못하는 바람둥이), 이카로스 콤플렉스(몰락을 자초하는 자아도취 열망), 요나 콤플렉스(성장 가능성이 두려운 사람들) 등….

'못'은 누구의 마음에나 하나쯤 박혀 있기 마련이다. 부정하고 싶어도 부정할 수 없는 아킬레스건인 것만은 분명하다. 그러나 저자도 말했듯이 콤플렉스는 병적인 것이 아니다. 문제는 스스로 병적인 것이라 단정하는 순간 덫에 얽매이게 된다. 있는 그대로 받아들이되 '긍정착각'의 마인드를 갖는 게 중요하지 않을까.

신화 속의 신들도 저마다 콤플렉스 있어

-심리학을 전공한 나름의 계기가 있을 것 같습니다. 그 가운데 책의 영향은 지대하리라 보는데, 어떤 책을 읽었고 영향을 받았는지요?

"해리 할로우의『사랑의 학습』은 심리학을 공부하는 제게는 바이블과도 같은 책이죠. 저는 모든 사람들의 행동의 원인을 어린 시절의 부모와의 관계에서 찾곤 합니다. 거의 직업병일 정도죠. 아마 대부분의 심리학자들도 마찬가지일 거예요. 『사랑의 학습』은 어린 시기의 사랑의 학습이 얼마나 중요한지를 원숭이 실험을 통해 보여줍니다.

어린 시절 어미로부터 충분한 사랑을 받지 못한 원숭이는 공격적 성향을 보이고 성장한 뒤에는 원만한 관계망을 형성하지 못합니다. 한 사람이 인격적인 존재로 서기까지는 혼자만의 힘으로는 불가능하다는 것이죠. 어린아이들을 자주 안아주고 다독여주는 것, 그래서 이 아이들이 충분한 사랑을 경험하도록 배려하는 것이 얼마나 중요한가를 말해주고 있지요."

곽 교수의 말은 사랑도 학습을 통해 형성된다는 것을 뜻한다. 그런데 이 책의 저자 해리 할로우는 두 번 결혼에 실패하고 평생 알콜 중독으로 고통받았으며, 홀로 연구에만 매진하다 쓸쓸히 죽음을 맞이한다(사랑만큼 역설적인 특징을 내재하는 감정은 없나 보다).

곽 교수는 자신의 심리학적 토대에 부조를 한 책으로 『그리스 로마 신화』도 빼놓지 않는다. 그녀는 "신화 속의 신들을 통해 우리 내면에 깊숙이 자리한 열등감을 보게 되었다"며 "인간이 지니는 다양한 콤플렉스의 기원은 어쩌면 그리스 로마 신화에 기반하는 것인지 모른다"고 설명한다. 수긍이 가는 말이다.

그녀는 산도르 마라이의 『열정』을 읽고 난 후의 감흥도 잊지 못한다. 인간이 느끼는 가장 고귀한 감정이 바로 사랑이란다. 『열정』은 사랑이 한 사람의 일생을 어떻게 지배하고 성장하게 하는가를 정밀하게 보여준다. 곽 교수는 "퇴역장군과 아내, 친구 세 사람의 우정과 사랑을 그리고 있다. 인생에 있어 결과를 고민하지 않고 사랑할 수 있는 열정은 그 자체로 가치가 있지 않느냐"며 반문한다.

3남매 유명인사… '타이거맘' 모친의 교육 덕택

-삼 남매가 모두 명문대 교수입니다(곽 교수의 동생은 곽승준 고려대 경제학과 교수, 곽승엽 서울대 재료공학부 교수다). 부모님의 남다른 교육비결이 있을 것 같은데요.

"저희 어머니는 한마디로 '타이거맘'이었습니다. 엄격한 데다 무엇이든 완벽을 추구하는 분이셨죠. 무엇이 되라는 말씀은 안 하셨지만 무엇을 하든 완벽하게 하라고 강조하셨죠. 기업인 출신이었던 아버지는 누구 밑에서 일을 하는 것보다 전문 분야의 교수가 되길 은근히 바라셨구요."

그녀의 어머니는 당시에 이대 약대를 나온 재원이었다. 자녀들이 재능을 믿고 자만하거나 게으름을 피우는 것을 싫어했다. 무슨 일이든 대충대충, 설령 설렁해서는 안 되었다. 부친은 서울대 건축과를 졸업하고 현대건설에 입사해 후일 현대건설 부사장을 역임했던 곽삼영 씨다. 아버지는 서른 살부터 작고한 정주영 명예회장 밑에서 건설 일을 배웠으며 당시 이명박 전 대통령과도 잘 아는 사이였고 집안과도 곧잘 왕래를 했었다고 한다.

동생들도 사회적으로 저명인사인데 동기간에 잘 지내는지 궁금했다. 곽 교수는 "연년생인 동생 승준이나 승엽이가 누나 말이라면 지금도 꿈뻑 죽는다"며 "지금도 내 전화를 받지 않으면 큰일 난 줄 안다"고 미소를 지었다. 부모님이 맏이었던 그녀를 귀히 키웠던 터라 남동생들이 누나의 존재에 대해 남다르게 생각한다는 거였다.

"엄한 부모 밑에서 벗어나고 싶어 결혼을 빨리했어요. 검사였던 남편을 만나 6개월 만에 결혼을 했으니까요. 물론 사랑을 해서 결혼했지만, 남편은 전형적인 경상도 남자라 무뚝뚝한 편이죠. 아참, 그리고 저는 대구에서 태어났지만 승준이는 아버지가 전라도 광주 현장으로 발령받아 근무하실 때 그곳에서 태어났답니다."

유쾌한 인터뷰가 끝나고 마지막으로 묻고 싶은 말이 있었다. "곽 교수님 콤플렉스는 무엇인가요?" "저요? 글쎄요. 뭐가 있을까요. 보시다시피 키가 조금 작은 편이잖아요. (웃음) 그렇지만 한 번도 그것을 콤플렉스라 생각한 적은 없어요."

도대체, 사랑

곽금주 교수의 에세이 『도대체, 사랑』은 저자가 그동안 만나온 다양한 남녀들의 이야기를 소재로 한다. 남녀 사이에 일어나는 여러 상황을 심리학적으로 분석한다. 오페라 〈투란도트〉, 영화 〈연애의 목적〉, 〈결혼은 미친 짓이다〉, 〈이터널 선샤인〉, 소설 『부석사』, 『오만과 편견』, 문정희 시 「응」 등 다양한 작품들을 토대로 사랑의 실체를 흥미롭게 파헤친다. 특유의 담백한 문장과 심리학적 근거가 삽입돼 진지하면서도 깊은 깨달음을 준다. 저자는 사랑에 대한 해답은 '너'가 아니라 '나'에서 찾아야 한다는 평범한 진리를 전한다.

곽금주 심리학자는...

국내 최고의 심리학 권위자다. 서울대학교 아동학 학사, 서울대학교 심리학 석사, 조지워싱턴 대학교 교육학 Ed.S, 연세대학교 대학원 심리학 박사를 거쳐 한국발달심리학회 회장, 한국심리학회 부회장을 역임했다. 현재 한국인간발달학회 회장, 서울대학교 심리학과 교수로 재직 중이다. 곽 교수가 서울대에서 오랫동안 진행하고 있는 '흔들리는 20대'는 이 시대 최고 명강의로 꼽힌다.

〈아이의 사생활〉 프로젝트 등 아동발달 관련 활동뿐 아니라 인간의 성장과 발달에 관한 다양한 프로젝트에 참여했고, MBC, KBS, SBS 공중파 뉴스 정보 프로그램은 물론 EBS 교육 프로그램, tvN 토크쇼 『브런치』CO-HOST, 손바닥 TV, 주요 일간지 등 다양한 매체를 통해 일반인들의 심리학적 궁금증을 풀어주고 있다. 저서로는 『마음에 박힌 못 하나』, 『도대체, 사랑』, 『습관의 심리학』, 『20대 심리학』, 『아동 심리평가와 검사』가 있다.

"세상 이치라는 게 아흔아홉 개 가지고 있으면 하나를 뺏어 백 개를 채우려고 합니다. 그러나 민중의 불신이 임계점에 다다르면 '판'이 바뀌는 상황으로 치달을 수밖에 없지요. 시대가 요구하는 이념과, 이를 실현할 수 있는 세력 그리고 리더십이 있으면 역사는 새로운 물줄기를 향해 흘러가기 마련입니다."

역사학자

이덕일

_04

"역사를 공부하는 후배들에게 이렇게 말을 합니다. '지배층이 아닌 민중을 보고 이 길을 가라, 거친 밥도 먹고 외로움도 감수하면서 말이다.' 누군가 성취를 하면 부러워하는데 하등에 그럴 필요 없어요. 묵묵히 자기 길을 가다 보면 언제고 그 길이 자신의 인생을 열어줄 테니까요."

먹고사는 문제가 임계점에 도달하면, 민의는 봇물처럼 터지기 마련이다

우리 사회 고려 말 사회 같은 어려움 직면

"나라도 임금도 백성을 위해 존재할 때라야 가치가 있다."

조선 건국의 주역 삼봉(三峰) 정도전(1342~1398)의 말이다. 그는 충성이 국시였던 시대에 역성혁명을 주창하고 몸소 이를 구체화한 장본인이다. 이상을 제도화해 현실에 접목시키는 능력이 남달랐던 그는 '재상중심론'과 '언관개방'을 주창했다. 경륜과 식견을 지닌 재상이 국가 운영의 근간이 되어야 하며, 임금에게 간언하는 관원의 면책특권을 보장해야 한다는 것이 그의 주된 정치 철학이었다.

정도전은 '조선왕조의 설계자'였다. 그에게는 변방 출신의 이성계를 첫눈에 알아본 통찰력이 있었다. 아울러 이상사회에 대한 열망 그리고 이를 실천의 장으로 옮기고자 하는 추진력이 남달랐다.
오늘날의 정치지형에서 자칭 타칭 언급되는 '킹메이커'들과는 본질적으로 다른 면이다. 500년 조선왕조의 영향력 있는 인물 가운데 한 사람을 꼽으라면 정도전을 빼놓을 수 없는 이유다.

그러나 그의 삶은 불우했다. 이성계와 함께 새 시대를 열었지만, 건국 6년 만인 1398년 이방원에 의해 척살을 당한다. 이른바 '왕자의 난'으로 불리는 세력다툼에서 방원의 이복동생 방석 등과 함께 죽임을 당한 것이다.

2014년 대하드라마 〈정도전〉의 인기가 만만치 않았었다. 시청률 상승에 힘입어 정도전 관련 소설과 학술서적도 덩달아 주목을 받았다. 고려 말에서 조선 초에 이르는 격동의 역사 때문이기도 하지만 철저한 고증에 입각한 극의 전개가 판타지 사극에 식상해있던 시청자들에게 카타르시스를 주었다. 더불어 선거라는 '정치 시즌'과 맞물려 역사적 사실을 작금에 현실에 투영하고 재해석할 수 있는 묘미를 안겨주었다.

이덕일 한가람역사문화연구소장은 드라마 정도전이 제작되기 전 PD와 제작진을 상대로 역사 특강을 했다.

"사료에 바탕을 둔 정통 사극이 만들어져야 한다"는 제작진과의 공감의 맞아떨어졌다고 한다. 이 소장은 1997년 『당쟁으로 보는 조선역사』를 필두로 한국사의 쟁점을 그만의 관점으로 풀어낸 역사학자다. 1차 사료를 근거로 당대의 문제를 현대와 접목시킨 역사 해석은 기존의 고정관념을 깨뜨리는 새로운 시각을 보여줬다는 평가를 받았다.

그를 만나 왜 정도전이 주목을 받는지, 오늘날에도 정도전이 꿈꾸었던 이상 사회가 가능한지를 들었다. 인터뷰는 그가 연구소장으로 있는 서울 마포구 신수동 한가람역사문화연구소에서 진행되었다.

3층의 건물을 임대해 쓰고 있는 연구소는 세미나실과 소장실, 도서관으로 구분돼 있었다. 이곳에서 일주일에 두 번 강의가 열리는데 하나는 교양강좌고 다른 하나는 전문강좌다. 1차 사료를 중심으로 한 전문강좌는 스터디 중심으로 이루어지는데, 상근 연구원과 비상근 연구원 등이 모여 역사를 화두로 깊이 있는 공부를 한다.

"지금 우리 사회도 고려 말처럼 여러 어려움에 직면해 있습니다. 양극화는 날로 심해지고 주변의 정세 또한 매우 유동적이지요. 당시 소수의 권문세가들은 막대한 부를 누렸지만(지금도 고위공직자들 재산현황을 보면 경기가 안 좋은데도 적잖이 재산이 증가했다), 다수의 민초들은 땅에 막대기 하나 꽂을 수 없을 정도로 가난했어요. 당시의 농민들은 유랑을 하든지 권문세가의 노비로 전락하든지 양자택일을 해야 할 만큼 경제적 토대가 빈약했습니다. 농업국가에서 농민들이 자영농의 지위에서 탈락하면 사회 전체가 붕괴될 수밖에 없습니다. 자체적으로 개혁을 이루지 못하면 패망에 이른다는 사실을 고려의 역사는 명징하게 보여주었던 것이죠."

1차 사료 토대로 한 역사해석으로 '주목'

연구소를 이사한 지 채 한 달이 안 돼 모든 게 어수선하다고 말문을 뗀 그는 본격적으로 인터뷰가 시작되자 달변가로 변했다.

전체적으로 부드러움이 느껴지는 유한 인상이었지만, 어딘가 모르게 강단이 있었다. 그는 시종일관 나지막한 어조로 말을 이어갔다. 베이스 톤의 일정한 억양은 다소 지루한 감이 없지 않았지만 정교한 논리와 위트가 이를 상쇄했다. 무엇보다 학자 특유의 '젠 체' 하는 어투가 아니어서 좋았다. 아마도 역사 관련 저서를 40여 권이나 낼 정도의 내공에서 비롯되는 '부드러운 카리스마'인 듯 했다.

언급했다시피 그가 펴낸 책은 40여 권에 이른다. 『당쟁으로 보는 조선 역사』, 『이덕일의 여인열전』, 『송시열과 그의 나라』, 『정약용과 그의 형제들』, 『윤휴와 침묵의 제국』 등 적잖은 베스트셀러를 펴냈다.

"지금은 정도전과 같은 선각자가 필요한 때입니다. 고려의 한 불우한 지식인이 지금 이 시대에 주목을 받는 것은 그만큼 우리 사회 전체 지배시스템에 불신이 깔려 있기 때문이죠. 정치권에선(여당이든 야당이든) 서로들 자기네가 '도

덕적 이상주의'를 실현할 수 있는 세력이라고 하는데 그걸 믿을 수 있는 국민들이 얼마나 될까요. 고려 말의 상황도 지금과 별반 다르지 않았던 모양이에요. 『고려사』에 보면 "한 땅의 주인이 5~6명이 넘는 경우가 있어 소작인들은 소출의 8~9할을 세금으로 내야 했다"는 기록이 있잖습니까. 세상 이치라는 게 아흔아홉 개 가지고 있으면 하나를 뺏어 백 개를 채우려고 합니다. 그러나 민중의 불신이 임계점에 다다르면 '판'이 바뀌는 상황으로 치달을 수밖에 없지요. 시대가 요구하는 이념과, 이를 실현할 수 있는 세력 그리고 리더십이 있으면 역사는 새로운 물줄기를 향해 흘러가기 마련입니다."

이 소장은 역사를 바라보거나 다루는 데 패자의 입장이나 소수의 시각만을 취하지 않는다. 패배 자체보다 그 관점이나 방향이 옳았음에도 불구하고 제대로 조명되지 않았거나 왜곡된 부분을 파고든다. 역사를 바라보는 관점이 중요한 것은 이 때문이란다. 누구의 시각으로 바라보고 해석하느냐에 따라 전혀 다른 가치가 생성된다.

이런 그를 학계에선 정통학자로 인정하지 않는 목소리도 있다. 역사학계의 이단아라는 폄하도 없지 않다. 그러나 그는 흔들리지도 좌고우면하지도 않는다. 정확한 고증과 1차 사료를 근거로 논리를 제시하기 때문이다.

"조선시대부터 내려오는 주류 사관, 특히 식민사관이 학계의 주류행세를 하고 있는 게 문제입니다. 일본 극우파로 대변되는 침략사관이 해방이후에도 청산되지 않고 버젓이 통용되었던 거지요. 조선을 영구히 지배하기 위한 사학이론이 총독부논리에서 나왔잖습니까. 그와 달리 당시의 독립운동가는 상당수가 역사학자였어요. 신채호, 정인보, 김승학 선생 같은 독립운동가들의 논리가 모두 역사학에서 비롯되었습니다… 사실은 식민사관이나 제국주의를 찬양하는 세력은 실정법으로 처벌해야 합니다. 독일이나 프랑스는 단죄가 이루어지지 않았습니까. 독일도 모든 자유는 인정하지만 나치가 좋았다고 주장하는 이들은 처벌을 했습니다."

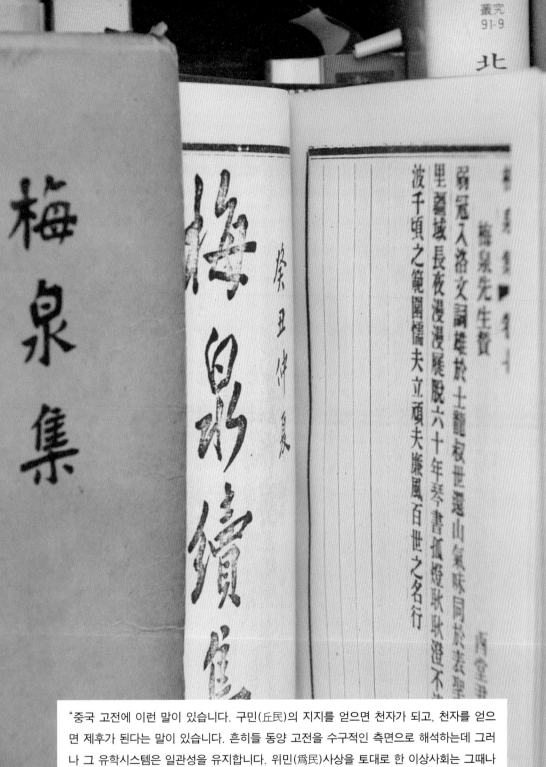

梅泉集

梅泉續集

癸丑律夏

梅泉先生贊

別冠入洛文調雄於 士龍叔世遠山氣味同於表聖

里疆域 長夜漫漫展脫六十年琴書孤燈耿耿澄不

波千頃之範圍懦夫立頑夫廉風百世之名行

"중국 고전에 이런 말이 있습니다. 구민(丘民)의 지지를 얻으면 천자가 되고, 천자를 얻으면 제후가 된다는 말이 있습니다. 흔히들 동양 고전을 수구적인 측면으로 해석하는데 그러나 그 유학시스템은 일관성을 유지합니다. 위민(爲民)사상을 토대로 한 이상사회는 그때나 지금이나 다르지 않다고 봅니다. 이 시대에 정도전이 뜨는 것은 고려의 토지문제, 즉 경제체제 만큼은 위민의 시선으로 개혁을 했기 때문이겠죠."

인터뷰를 하는 동안 그는 1차 사료와 역사를 바라보는 관점의 중요성을 수차례 언급했다. 자신의 논리를 강조할 때는 목소리가 높아질 법도 한데 톤은 그대로다. 그러면서 문득문득 미처 말을 다 하지 못하고 웃음을 터트리기도 한다. 아마도 역사적 사실이나 문헌과는 다른 주장들이 득세하고 진실인양 호도되는 형국이 어처구니없는 모양이다.

그는 "본질적으로 역사는 지배층의 관점으로 백성을 바라보는 학문이 아니라 오히려 지배층의 오류를 비판하고 견제하는 도구"라고 주장한다. 예컨대 공자의 『춘추』와 사마천의 『사기』가 그러한 관점에서 서술되었다고 설명한다. 그러나 상당부분 우리 역사는 지배층의 논리로 피지배층을 바라보는 수단으로 전락되었거나 특정 세력의 정파적 이익을 위한 도구로 악용되었다고 목소리를 높인다.

"중국 고전에 이런 말이 있습니다. 구민(丘民)의 지지를 얻으면 천자가 되고, 천자를 얻으면 제후가 된다는 말이 있습니다. 흔히들 동양 고전을 수구적인 측면으로 해석하는데 그러나 그 유학시스템은 일관성을 유지합니다. 위민(爲民)사상을 토대로 한 이상사회는 그때나 지금이나 다르지 않다고 봅니다. 이 시대에 정도전이 뜨는 것은 고려의 토지문제, 즉 경제체제 만큼은 위민의 시선으로 개혁을 했기 때문이겠죠."

"묵묵히 가다 보면 자신의 길 열린다"

그는 중고등학교 시절부터 역사를 좋아했다. 삼중당 문고를 봤을 만큼 역사에 심취했다. 당연히 대학은 사학과(숭실대)에 진학했고 그때부터 '비주류인생'이 시작되었다. 그러면서 그는 "대학 강단에 서려다 안 돼서 이 길을 가는 게 아니다"라고 덧붙였다. 일반적으로 박사학위를 받고 수십 권의 저서를 냈으면 대학 교수가 되는 게 정해진 수순일 터인데 말이다.

"교수가 되기 위해 공채에 응시한 적이 한 번도 없어요. 박사 학위는 공적 시스템에 의해 전문가라는 공인을 받는 과정 그 이상도 이하도 아닙니다. 처음부터 지금과 같은 자체 연구소를 설립해 공부할 목적이었다면 대학원 공부도 하지 않았을 거예요. 만약 대학이나 기존의 제도권 안으로 들어갔으면 자체 검열 탓에 지금과 같은 성과를 내지 못했을 겁니다."

일견 타당한 말이었다. 그보다는 주류 학계로부터 배척 아닌 배척을 당하지 않았을까 싶다. 우리 사회는 너무나 많은 '끈'과 '인연'으로 이루어져 있다. 더욱이 학계는 스승의 학설을 뒤집거나 반박하고 대학 강단에 설 만큼은 녹록한 곳이 아니다. 인문학 분야나 예술 계통은 학문의 특성상 더더욱 그렇다. 그는 대학원 다닐 때부터 자신의 역사관을 펼칠 수 있는 길을 걷겠노라고 결심했다고 한다.

"역사를 공부하는 후배들에게 이렇게 말을 합니다. 지배층이 아닌 민중을 보고 이 길을 가라, 거친 밥도 먹고 외로움도 감수하면서 말이다. 제 경우엔 공부할 때 하루에 라면 3개, 소주 1병만 있으면 견딘다는 일념으로 버텼어요.(물론 지금은 힘들겠지만) 누군가 성취를 하면 부러워하는데 하등에 그럴 필요 없어요. 묵묵히 자기 길을 가다 보면 언제고 그 길이 자신의 인생을 열어줄 테니까요."

충청도 아산이 고향인 그는 부모가 모두 이북 출신이다. 아버지와 어머니는 신앙의 자유를 지키기 위해 남으로 내려왔다. 억양이 일정하고 느릿한 이유를 비로소 알 것도 같다. 역사를 '지배 세력의 변천 과정'이 아닌 '현실 비판적 학문'으로 보는 이유도 아마도 그런 환경적 측면과도 연관이 있지 않을까 싶다.
그렇다면 그는 역사학자의 길을 걷기까지 어떤 책을 읽어왔을까. 그는 주저 없이 함석헌의 『뜻으로 본 한국사』를 가장 감명 깊게 읽은 책으로 꼽는다. 함석헌 선생은 한국의 역사를 고난의 역사로 규정하는데, 어려움에 봉착해 좌절하거나 운명 탓으로 돌릴 게 아니라 이를 극복해야 한다는 주장을 편다. 모든 고난은 숨겨진 뜻이 있고 이를 극복한 뒤에는 한 차원 높은 세계로 진입할 수

"여기(『성호사설』)에는 중국의 '동북공정'에 맞설 수 있는 단초가 실려 있어요. 일제 식민사학은 고구려 동천왕 때 위나라 관구검이 쳐들어와 낙랑(평양) 지역에 한사군을 설치했다고 주장하는데, 『성호사설』에 따르면 당시에 한사군은 한반도에 없었습니다. 당시 중국 고대 역사서에는 한사군은 한결같이 요동에 있었던 걸로 문헌에 나와 있습니다. 이것만 봐도 성호 선생은 역사에 관한한 매우 본질에 가까이 다가가 있었던 것으로 보입니다. 후일 연암 박지원이나 다산 정양용도 성호 선생의 영향을 받았을 뿐 아니라, 『성호사설』은 잘못된 중화주의 사상을 극복할 수 있는 단초를 제공했던 것이지요."

있다는 논리다.

성호 이익(1681~1763) 선생의 『성호사설』은 역사 인식의 근간인 1차 사료의 중요성을 일깨워준 책이다. 단군조선과 기자조선을 비롯해 삼한·한사군 등 지리고증에 관한 기록이 수록돼 있다.

"여기에는 중국의 '동북공정'에 맞설 수 있는 단초가 실려 있어요. 일제 식민 사학은 고구려 동천왕 때 위나라 관구검이 쳐들어와 낙랑(평양) 지역에 한사 군을 설치했다고 주장하는데, 『성호사설』에 따르면 당시에 한사군은 한반도 에 없었습니다. 당시 중국 고대 역사서에는 한사군은 한결같이 요동에 있었던 걸로 문헌에 나와 있습니다. 이것만 봐도 성호 선생은 역사에 관한 한 매우 본 질에 가까이 다가가 있었던 것으로 보입니다. 후일 연암 박지원이나 다산 정 약용도 성호 선생의 영향을 받았을 뿐 아니라, 『성호사설』은 잘못된 중화주의 사상을 극복할 수 있는 단초를 제공했던 것이지요."

김용섭의 『조선후기 농업사 연구』도 빼놓을 수 없다. 농업방식이나 경영형 부농 사례는 조선 스스로도 근대 자본주의로 나아갈 수 있는 토대를 갖추고 있었다는 사실을 반증한다. 이는 한국인들은 주체성이 없으니 지배를 받아야 한다는 '식민지 정체성론'이 얼마나 허구인가를 여실히 드러내는 사례란다.

황현(1855~1910)의 『매천야록』과 김구(1876~1949) 선생의 『백범일지』가 주 는 감동도 그리 간단치 않다. 전자가 비판적 지식인의 눈으로 구한말의 역사 를 조망하고 있다면 후자는 백범의 독립운동시절부터 상해 임시정부, 해방에 이르기까지의 역정을 담고 있다.

이덕일 소장의 호가 천고(遷固)다. 천(遷)은 사기를 쓴 사마천(司馬遷)에서, 고 는 한서를 쓴 반고(班固)의 이름에서 따왔단다. 옮길 천(遷), 곧을 고(固)다. "중 심은 갖고 있으되 갇히지 말고 유연하게 사고"하라는 뜻이다.

그는 작금의 역사 관련 문제는 좌우논쟁이나 진영논리로 가면 안 된다는 입 장이다. 독립운동의 정통성에 기반해 대한민국이 수립됐다는 전제에서 출발

해야 한다는 것이다. 더욱이 앞으로는 지도자를 선택할 때 역사관을 면밀하게 따져봐야 한다고 강조한다. 왜 그 사람이 정치를 하려는지 철학적인 토대를 검증할 수 있을 뿐 아니라, 부정부패를 사전에 차단할 수 있기 때문이다.

"오늘의 산적한 문제는 각자가 서 있는 분야의 오류만 시정해도 일정 부분 해결됩니다. 우리나라의 비판적 지식인들은 다른 분야에 대해선 아낌없는 고언을 마다하지 않는데, 유독 자기 분야에서 만큼은 그렇지 못합니다. 자기 분야를 얘기하면 '내부고발자'로 찍힌다는 두려움이 있거든요. 잘못된 부분을 얘기하는데 많은 이들이 암묵적인 카르텔을 형성해서 왕따를 시켜버립니다. 이렇게 해서는 역사의 발전을 기대할 수 없습니다. 성경의 말씀처럼 "자신의 눈에 든 들보는 보지 못하면서 남의 눈에 든 작은 티를 보는 행태"가 반복되고 있거든요."

정도전과 그의 시대

대하사극 〈정도전〉 팀을 대상으로 한 강연 내용
을 엮은 책이다. 정도전의 삶, 성리학, 토지 문제 등
이 기술돼 있을 뿐 아니라 조선의 개국이 위화도
회군 세력의 반란이 아닌 새 시대 열망과 경제체
제의 창출과정에서 비롯됐음을 보여준다.

저자의 역사를 바라보는 눈은 '반성의 도구'에 닿아 있다. 이때의 거울은
'굴절된 거울'이 아닌 '명확한 실체'를 드러내는 거울이다. 불의한 시대 불우
한 사상가를 통해 저자가 전달하고자 하는 내용은 간단하다. 지배층이 자체
적으로 내부 문제를 해결하지 못할 경우 체제가 무너지는 것은 만고의 역사
가 가르치는 교훈이라는 것이다.

이덕일 역사학자는...

이덕일은 객관적 사료에 근거한 문제제기로 새로운 형태의 역사서를 집필해왔다. 대중의 관심을 이끌어
내는 논쟁적인 주제로 새로운 역사해석을 견인한다는 평가를 받는다. 2009년 조만식숭실언론인상을 수
상했다.

지은 책으로 『운부』, 『사도세자의 고백』, 『우리 역사의 수수께끼』, 『당쟁으로 보는 조선 역사』, 『누가 왕
을 죽였는가』, 『아나키스트 이회영과 젊은 그들』, 『오국사기』, 『고조선은 대륙의 지배자였다』, 『고구려는
천자의 제국이었다』, 『설득과 통합의 리더 류성룡』, 『조선 최대 갑부 역관』, 『조선 선비 살해 사건』, 『왕과
나』, 『잊혀진 근대, 다시 읽는 해방전사』, 『정도전과 그의 시대』 등이 있다.

"사람이 사람을 만난다는 것은 대단한 일이에요. 정말 정형종 시인의 「방문객」이라는 시처럼 그 사람의 과거와 현재, 미래가 함께 오기 때문이죠. 스치는 인연으로만 생각해서는 안 되는 이유가 그 때문이에요. 저를 만나러 오는 사람은 수많은 경험과 생각, 그리고 그 사람만의 특질을 가지고 오는 거죠. 돈으로 환산할 수 없는 고유한 가치를 갖고 말입니다."

프로듀서

주철환

_05

"골 깊은 험한 산을 넘어왔다고 파도 굽이치는 바다를 건너왔다고 우울할 필요는 없어요. 다소 불교적인 시각일 수도 있지만 우리 인생은 순간적으로 왔다고 갑니다. 인생이 별것 있습니까. 오늘을 즐겁게 살 수 있다는 것은 언젠가는 죽는다는 사실을 인식하고 있기 때문이죠."

프로듀서 주철환

긍정의 말은
긍정의 에너지를 낳는다

시청자 사로잡은 비법은 '긍정의 힘'

주철환 대PD와 인터뷰 약속을 잡았다. 그는 아주 세세하고 친절하게 방송국까지 오는 길을 일러주었다. 전철 몇 호선을 타고, 몇 번 출구로 나오라는 말은 통상적으로 누구나 하는 말이었다. 여기에 덧붙여 그는 몇 미터 걸어 나오면 어느 쪽에 몇 층짜리 건물이 있는데, 몇 시에 그 건물 1층 로비에서 전화를 주면 내려가겠노라고 말했다.

친절했다. 역시 그는 연출자였다. 대본에 따라 정확한 시간에 큐 사인을 하는 명 PD였다. 먼 길을 오는 이를 위해, 손수 지도를 그려주었다.

인터뷰 당일 JTBC방송국 로비에서 주철환 PD에게 전화를 넣었다. 그가 일러준 시간과 일러준 장소에서. 얼마 후 한 청년이 저편 계단을 따라 내려왔다. 청년은 청바지 차림에 운동화를 신고 있었다. 얼핏 아르바이트 하는 대학생이려니 싶었다. 청년이 이편을 향해 손을 들었다.

TV에서 자주 봤던 얼굴이라 낯이 익었다. 반신반의했다. 저분이 주철환 PD인 것 같은데… 한편으론 아닐지도 모른다는 생각을 잠시 했다. 너무 젊어보였기 때문이다. 우리 나이로 60이라고 들었는데, 설마 아니겠지 싶었다. 그러나, 청바지 차림의 그는 주철환 PD가 맞았다. 과장하지 않고 그는 40대 중후반으로 보였다.

"사람이 사람을 만난다는 것은 대단한 일이에요. 정말 정형종 시인의 「방문객」이라는 시처럼 그 사람의 과거와 현재, 미래가 함께 오기 때문이죠. 스치는 인연으로만 생각해서는 안 되는 이유가 그 때문이에요. 저를 만나러 오는 사람은 수많은 경험과 생각, 그리고 그 사람만의 특질을 가지고 오는 거죠. 돈으로 환산할 수 없는 고유한 가치를 갖고 말입니다."

스타 PD 주철환씨는 생각이 젊었다. 외모나 인상에 비해 생각은 더 젊고 유연했다. 누군가는 영화 〈죽은 시인의 사회〉에 나오는 키팅 선생님의 캐릭터를 닮았다고도 했다. 학생들이 자신들의 길을 찾을 수 있도록 친절하게 안내해 주는 선생님의 분위기가 배어나온다는 말이었다. 변화무쌍한 방송계에서 살아남는 것도 어렵지만 30년 넘도록 스타 PD로 활동할 수 있다는 것은 기적에 가깝다.

〈우정의 무대〉, 〈퀴즈 아카데미〉, 〈일요일 일요일 밤에〉 등…. 80년대 후반과 90년대 초반 주 PD가 담당했던 프로그램이다. 지금의 40대, 50대들에게는 아련한 추억을 떠올리게 하는 방송물이다. 그 사이 공중파에서는 수많은 프로그램이 제작되었고 마찬가지로 수많은 프로그램이 잊혀졌다.

그러나 주 PD가 제작했던 프로들은 시간이 지난 후에도 여전한 생명력을 지닌다. 그 프로를 떠올리는 것만으로도 지긋이 미소를 짓게 한다. 도대체 그 힘의 원천은 무엇일까. 일요일 오후 4시에서 8시라는 황금 시간대에 시청자들의 눈과 귀를 꼼짝없이 붙잡을 수 있었던 비결 말이다. 프로그램 하나 히트시키기도 힘든 방송계에서 그는 연타석도 모자라 3연타석이나 홈런을 때린 방송계의 흥행 보증수표였다.

"저는 능력을 타고 난 게 아니라 복이 많은 사람입니다. 주위에 좋은 분들이 많아 시청자들과 공감할 수 있는 프로를 만들었으니까요. 사실 PD라는 직업은 여러 사람과 함께 방송을 만들기 때문에 자칫 부정적인 말이나 상대를 아프게 하는 말을 하기 쉬워요. 그러나 방송은 아이디어와 순발력뿐 아니라 감정과 느낌이 교류되는 역동적인 장이잖아요. 타인을 배려하는 긍정적인 마인드가 없었다면 여기까지 오기 힘들었을 거예요."

윤동주 시가 가르쳐준 순수한 열정

그는 고려대 국문과를 졸업 후 한 때 고등학교 국어 선생님으로 학생들을 가르쳤다. 군 복무를 마치고 MBC PD로 입사한 건 새로운 세계에 대한 갈망 때문이었다. 방송국에서 스타 PD로 이름을 날리던 그는 2000년에 다른 변신을 시도한다. 이화여대 언론영상학부 교수로 옮겼고 2007년부터 2009년까지는 OBS 사장을 역임했다. 그리고 다시 2010년부터는 JTBC 대PD로 활동해오고 있다(그리고 또 지금은 아주대학교 문화콘텐츠학과 교수로 인재 양성에 매진하고 있다).

변화무쌍하면서도 드라마 같은 삶이다. 그럼에도 그는 여전히 방송계에서 적잖은 영향을 미치고 좋은 프로를 만든다. 나름의 묘책이 있을 법한데, 답은 의외로 간단하고 명쾌하다. 그는 대중들이 뭘 좋아할지 끊임없이 고민했단다. 〈퀴즈아카데미〉는 그 같은 사례 가운데 하나다.

"당시 〈퀴즈아카데미〉는 〈장학퀴즈〉의 새로운 버전이라고 할 수 있어요. 〈장학퀴즈〉가 고등학생들의 문제풀이식 경연장이었던 데 비해 〈퀴즈아카데미〉는 시청자들과 호흡할 수 있는 공감의 장이었죠. 지식을 묻는 게 아닌 시대를 함께 이야기하고 나눌 수 있는 그런 프로였습니다. 시작 멘트를 '문제가 문제로 나오는' 말로 했던 건 그만큼 시사적인 내용, 일상과 관련 있는 내용을 다루는 데 초점을 뒀다는 얘기죠."

그는 유쾌하고 천진난만하다. 여기에는 반전이 있다. 인생의 반전이다. 그러나 그는 고개를 젓는다. 결코 반전이 아니라고.

그는 경남 마산에서 6남매 중 막내로 태어났다. 불행하게도 여섯 살 때 어머니를 여의었다. 그는 서울 돈암동에서 작은 가게를 운영하는 고모의 집에 맡겨진다. 고모는 가족도 없이 혼자 사셨다. 주 PD는 "내게 고모님은 운명처럼 다가왔다. 돌아보면 너무도 감사한다. 고모가 없었다면 지금의 나는 없었을 것이다."

고모는 그에게 무한한 애정을 베풀었다. 일반 사람들의 눈에는 우울하고 소심한 아이로 비쳤어야 하는데 그는 늘 웃었고 자신감이 넘쳤다.

"골 깊은 험한 산을 넘어왔다고 파도 굽이치는 바다를 건너왔다고 우울할 필요는 없어요. 다소 불교적인 시각일 수도 있지만 우리 인생은 순간적으로 왔다고 갑니다. 인생이 별것 있습니까. 오늘을 즐겁게 살 수 있다는 것은 언젠가는 죽는다는 사실을 인식하고 있기 때문이죠."

긍정적 사고, PD로서의 자질은 고모를 통해 배웠다. 고모는 칭찬을 많이 했다. 무슨 일을 하든 믿고 기다렸다. 고모는 사람 대하는 게 남달랐다. 단골들의 얼굴뿐 아니라 각각의 특성을 기억했다. 어떻게 해야 더 많이 물건을 팔고 호감을 줄 수 있는지를 꿰뚫고 있었다. 그는 PD라는 직업도 마찬가지라고 강조한다. 많은 스탭, 출연진이 함께 프로를 만들기 때문에 사람에 대한 안목이 있어야 한다는 것이다. 여기에 새로운 시각, 따뜻한 시선을 지니는 것은 기본 중의 기본이라고 한다.

이쯤해서 그의 가족에 대한 이야기를 들어야 할 것 같다. 그는 JTBC 손석희 아나운서의 매형이다.(예전에는 손석희 아나운서가 그의 처남으로 불렸다) 말인즉슨 손석희 아나운서의 누나가 그의 부인이다. 아내는 강원도 강릉원주대학교에서 교육학을 가르친다. 슬하에 아들을 하나 두었는데, 연세대 의학전문대학원에 다닌다. 아들 오영(28) 군은 '1억 만들기보다 추억 만들기가 낫다'는 아버지의 말을 인생의 나침반으로 여긴다. 주 PD는 "아내는 자신과 달리 이성적이고 분

/ 긍정적 사고, PD로서의 자질은 고모를 통해 배웠다. 고모는 칭찬을 많이 했다. 무슨 일을 하든 믿고 기다렸다. 고모는 사람 대하는 게 남달랐다. 단골들의 얼굴뿐 아니라 각각의 특성을 기억했다. 어떻게 해야 더 많이 물건을 팔고 호감을 줄 수 있는지를 꿰뚫고 있었다. /

석적인 사람"이라며 "그럼에도 인생을 통해서 가장 잘한 결정이 있다면 아내와 결혼을 한 것"이라고 스스럼없이 말한다.

그렇다면 그의 러브스토리가 궁금해지지 않을 수 없다.

주 PD가 풀어놓는 연애 이야기에는 극적인 요소가 있었다. 역시나 이야기를 극화하는 연출자의 감각이 남달랐다. 그는 아내를 같은 대학에서 만났다. 만났다기보다 첫눈에 반했다. 그러나 참하면서도 냉정한 아내의 이미지는 그를 주눅들게 했다. 접근할 엄두가 나지 않았다. 솔직히 말하면 대학을 졸업할 때까지 말 한마디 붙이지 못했다.

방송국에 입사하고 1년쯤 지난 84년 무렵이었다. 아내와 닮은 사람이 입사를 했다. 그 사람이 지금의 손석희 아나운서였다. 뭔가 느낌이 이상했다. 얘기를 해보니 손 아나운서 누나가 대학 때 짝사랑했던 여인이었다. 그는 선배라

"저는 능력을 타고 난 게 아니라 복이 많은 사람입니다. 주위에 좋은 분들이 많아 시청자들과 공감할 수 있는 프로를 만들었으니까요. 사실 PD라는 직업은 여러 사람과 함께 방송을 만들기 때문에 자칫 부정적인 말이나 상대를 아프게 하는 말을 하기 쉬워요. 그러나 방송은 아이디어와 순발력뿐 아니라 감정과 느낌이 교류되는 역동적인 장이잖아요. 타인을 배려하는 긍정적인 마인드가 없었다면 여기까지 오기 힘들었을 거예요."

는 이유로 무조건 누나를 소개시켜달라고 압력을 가했다. 손석희 아나운서가 어느 정도 다리를 놓아주었다. 그러나 아내는 요지부동이었고 무엇보다 결혼할 생각이 없었다. 그는 손 아나운서와 친하다는 핑계로 자주 집에 놀러갔다. 그러나 그때마다 그녀는 자신의 방에 틀어박혀 아예 밖으로 나오지 않았다.

열 번 찍어 안 넘어가는 나무 없다던가. 그즈음 외동딸을 무척 아끼던 장인 어른이 돌아가셨다. 그는 소위 말하는 '문상외교'를 하기로 결심한다. 마치 사위가 된 것처럼 온갖 뒤치다꺼리를 다했다. 장모님도 그의 한결같은 지극정성에 감동을 한다. "야 저렇게 좋은 사람이 죽자 사자 따라다니는데 왜 결혼을 안 하려 하느냐" 장모님은 속으로 그를 사윗감으로 점찍었다. 마지막으로 그는 진심을 담아 편지를 썼다. 편지가 그녀의 마음을 움직였다.

PD는 시청자와 출연자에게 '행복한 시간표'를 짜주는 사람

주 PD가 아내의 마음을 움직인 것도, 번뜩이는 아이템을 얻을 수 있었던 것도 모두 책에서 비롯됐다. 국문학을 전공으로 선택한 것도 책을 좋아해서였다. 그는 장르를 가리지 않고 책을 읽는다. 시, 소설, 동화, 에세이 가리지 않고 닥치는 대로 읽는다. 새로운 프로를 기획할 때나 새로운 충전이 필요할 때는 우선 책부터 읽는다.

가장 감명 깊게 읽은 책을 꼽는다면 윤동주 시집 『하늘과 바람과 별과 시』다. 윤동주 시인이 일본 후쿠오카 형무소에서 옥사한 후 발간된 유고 시집이다. 책을 통해 한 점 부끄럼 없이 살기를 소망했던 시인의 순수한 열정을 만날 수 있다. 무엇보다 삶의 태도와 방향이 어떻게 집약되어야 하는가에 대한 본질적인 답을 제시해준 책이다.

오토다케 히로타다의 『오체불만족』도 잊을 수 없는 책이다. 비록 팔다리가 없이 태어났지만 불굴의 의지로 장애를 극복해가는 젊은이의 모습은 한편의 드라마다. 주인공의 긍정적인 삶은 소외받고 상처투성이의 삶을 살아야 하는 이에게 건네는 따뜻한 위로다.

어린 시절 읽었던 방정환의 번안 동화집 『사랑의 선물』도 빼놓을 수 없는 책이다. 소파 선생이 세계 명작 열 편을 골라 시대상에 맞게 엮어냈다. 착하게 살면 복을 받고 악하게 살면 벌을 받는다는 '권선징악'은 극단의 물질만능주의로 치닫는 작금의 세태를 되돌아보게 한다.

소설 중에서는 미국 작가 제롬 데이비드 샐린저의 『호밀밭의 파수꾼』을 잊을 수 없다. 위선과 가식의 세상에서 청소년들을 지키고자 하는 주인공의 열정에 적잖이 감명을 받았다. 매년 30만 부가 넘게 팔리는 미국 현대문학의 정수로 사춘기 청소년들의 심리를 핍진하게 서사화했다.

주 PD는 우리 나이로 회갑을 넘겼다. 그에게 인생은 60부터라는 말은 더 이상 새롭지 않다. 진부하기까지 하다. 그는 기회가 되면 재능기부를 할 생각이다. 사회로부터 받은 복을 나눠주고 싶다. 특히 청소년들과 젊은이들에게 인생에 도움이 되는 이야기들을 자신만의 언어로 들려주고 싶다. 그런 면에서 그는 직장 관리자보다 '사랑의 관리자'가 훨씬 잘 어울린다고 말한다.

PD가 되고 싶은 청소년들에게 해주고 싶은 말을 부탁했더니 돌아오는 답은 의외로 간단하다. "화려한 옷이 자신에게 잘 맞을지 진지한 고민이 우선"이라는 거다. 적성과 특성을 고려하지 않은 선택은 성공할 수도, 더더욱 행복할 수도 없다고 단언한다. PD는 출연자와 시청자에게 행복한 시간표를 짜주는 사람인데, 자신이 행복하지 않고서야 어떻게 다른 사람에게 즐거움을 줄 수 있겠느냐는 것이다.

오블라디 오블라다

『오블라디 오블라다』는 언어의 연금술사 주철환
대PD가 펴낸 공감어록이다.

'오블라디 오블라다'는 비틀즈 '화이트' 앨범에
수록된 곡으로, 자메이카 말로 "다 괜찮아"라는 뜻
을 담고 있다. 걱정하지 말고 현재를 즐기라는 의미다.
그동안 다수의 저서를 통해 공감의 언어를 선보였던 주 PD는 이번에도 인생
을 즐겁게 살 수 있는 긍정의 레시피를 소개한다. 그는 "행복의 유사어가 감
사라며, 감사는 행복한 삶의 지름길"이라고 강조한다.
"인생이 고단할수록 기적의 기회는 오히려 가깝다. 흩어져 있는 기적의 요소
를 찬찬히 모아보자. 누군가를 진심으로 사랑하고 누군가를 위해 나의 재능
과 정열을 아낌없이 바칠 때 우리는 그 누군가와 함께 기적의 주인공이 될 수
있다."

주철환 프로듀서는...
주철환 대PD는 〈퀴즈 아카데미〉, 〈우정의 무대〉, 〈일요일 일요일 밤에〉, 〈대학 가요제〉, 〈테마게임〉 등
참신하고 기발한 방송 프로그램을 연출한 스타 PD다. 국어교사, 방송 PD, 대학 교수, 방송사 사장, 대PD
등을 거쳐 현재 아주대 문화콘텐츠학과 교수로 일하고 있다.
1990, 1991년 한국방송대상 우수작품상, 1995년 백상예술대상 우수작품상, 1996년 방송위원회 선
정 이 달의 좋은 프로그램상, 1998년 경실련 선정 시청자가 뽑은 좋은 프로그램상, 1997년 방송위원회
프로그램기획부문 대상, 한국방송프로듀서연합회가 주는 공로상(2002) 등을 수상했다.
지은 책으로는 『오블라디 오블라다』, 『더 좋은 날들은 지금부터다』, 『청춘』, 『사랑이 없으면 희망도 없다』,
『PD마인드로 성공인생을 연출하라』, 『PD는 마지막에 웃는다』 등이 있다.

"족보를 통해 역사의식을 배우곤 합니다. 아무리 많은 일을 한 사람도, 아무리 세상에서 잘나갔던 사람도 생(生)과 몰(沒) 그리고 간략한 행적 한두 줄로 정리가 되거든요. 어떻게 살아야 하는가에 대한 본질적인 답이 그 안에 있지요. 과연 내가 세상을 떴을 때 어떻게 기록될까 생각한다면 세상을 살아가는 자세가 다를 수밖에 없습니다."

고전연구가

김병조

_06

"'세상을 살아가며 어려운 일 없길 바라지 말라. 세상살이에 어려운 일 없으면 교만하고 사치하게 된다'라는 말을 염두에 두고 살아가야 합니다. 인기에 의지하지 말고 인격에 의존해야 하지요. 앞뒤 돌아보지 않고 '모래성'을 쌓기 위해 달려가는 이들은 한 번쯤 되새겨볼 만합니다."

고전연구가 김병조

분수를 지키면 몸에 욕됨이 없고, 이치를 알면 마음이 한가하다

인기가 아니라 인격에 의존해야 한다

그는 더 이상 개그맨이 아니었다. 아니 여전히 입담을 자랑하는 개그맨이었다. 개그맨이면서 개그맨이 아닌 그는, 현재 대학에서 학생들을 가르치는 교수다.

'배추머리' 김병조. 현재 그는 조선대 평생교육원과 교육대학원에서 명심보감을 강의한다. 16년째 이어지는 강좌는 강의실이 모두 다 찰 만큼 인기가 많다. 개그맨 특유의 입담과 한학에 대한 조예가 재미있는 강의로 이어진다는 방증이다.

잠시 80년대 중반으로 추억의 채널을 돌려보자. 그 시절 김병조 씨는 잘나가는 '일요일의 남자'였다. MBC 〈일요일 밤〉 진행자로 많은 이들에게 웃음을 선사했다. 당시 예능 프로는 지금처럼 다수의 연예인이 호흡을 맞추는 '집단 진행'이 아니라 메인 진행자 한 명이 프로그램을 이끄는 방식이었다.

간판 MC였던 그의 인기가 어느 정도였는지 가늠이 되는 대목이다. 〈일요일 밤〉 진행은 당대 최고 개그맨이 아니면 맡을 수 없는 프로였다. 당연히 화려한 스포트라이트가 그에게 쏟아졌다. 그는 지금의 유재석, 김구라, 김병만 등과는 차원이 다른 인기를 누렸다.

"지구를 떠나거라", "나가 놀아라", "떫으요" 등 수많은 유행어가 그 시절에 나왔다. 그가 특유의 얄궂은 표정으로 감칠맛 나는 전라도 사투리를 늘어놓으면 사람들은 웃음을 터트렸다. 트레이드마크인 곱슬머리를 '배추머리'로 희화화하던 모습에서는 너나없이 배꼽을 잡았다.

그와 함께 그렇게 한 시대를 건너왔다. 상심으로 얼룩진 전라도 지역민들에게 그는 그런 '의미 있는' 존재였다. 그러나 언제부터인가 그는 공중파 방송에서 자취를 감추었다. 그동안 무슨 일이 있었던 것일까. 그의 개그 본능은 여전히 살아 있을까. 환갑이 넘은 지금도 '배추머리'를 하고 있을까.

명문 사학 조선대에서 16년째 '명심보감' 강의

수일째 장마가 지속되던 8월의 어느 날, 그를 만나러 서울로 향했다. 장마철이라 아침부터 굵은 장대비가 쏟아졌다.

"아유, 광주에서 오셨구나. 이렇게 먼 데까지."

반가운 표정으로 그는 손을 내밀었다. 여름철, 더구나 궂은 날씨에 남의 집을 방문하는 건 결례일 터였다. 그러나 그는 먼 고향에서 수고를 무릅쓰고 왔다며 필자를 반갑게 맞이했다.

거실에 들어서자마자 눈앞에 커다란 액자가 눈에 들어왔다. 증조부의 효행을 기록한 효행문이었다. 그에 따르면 증조부는 장성에서 이름난 효자였다고 한다. 어른들 앞에서 삼가 언행에 신중하고 검약한 생활을 해 많은 이들로부터 칭송을 받았다. "양반을 보려면 진생이양반(증조부)을 봐라"는 말이 있을 만큼 효성이 극진했단다. 김병조 씨는 이 효행문을 토대로 늘 자녀와 동기들과 함께 조상의 가르침을 나눈다.

그의 한학에 대한 깊이와 열정은 단순한 교양 수준을 넘어섰다. 그가 전국에서도 유명한 명심보감 전문 강사라는 사실은 그저 그런 소문 차원이 아니었다. 명문 사학 조선대에서 16년째 강의를 하는데 매 강좌마다 서둘러 마감이 된다. 오전에는 평생교육원 강의를 하고 오후에는 교육대학원 학생들을 지도한다. 매학기 그의 강의를 듣는 이가 600명이 넘을 정도인 걸 보면 강의 평가는 보나마나 "매우 만족"일 거다.

"매주 수요일 서울 용산에서 6시 KTX를 타고 광주에 내려갑니다. 15년간 단 한 번도 비행기를 이용한 적이 없어요. 기차를 타는 이유는 항공편은 상황에 따라 결항할 위험이 있잖아요. 제가 결석이나 지각을 안 해야 가르치는 자로서의 모범이 되겠죠."

그의 아내 김현숙 씨는 단 한 차례도 빠뜨리지 않고 남편을 자가용으로 용산역까지 배웅한다. 김병조 씨가 15년이 넘도록 명심보감 전문 강사로 활동할 수 있는 또 다른 이유다. 그가 한 구절을 읊는다.

"현부는 영부귀고 악부는 영부천이라(賢婦 令夫貴, 惡婦 令夫賤). 현명한 아내는 남편을 귀하게 만들고, 사나운 아내는 남편을 천하게 만든다."

그렇다면 그는 언제 어떤 연유로 한학을 공부했을까. 그의 선친 김춘수 씨는 고향 장성에서 유명한 서당 훈장이었다. 일제 때 면 서기도 했지만 성정이 곧아 오래 하지 못했다. 어머니가 가계를 책임지다시피 했다. 동네에서는 장사를 하지 못하고 군산에까지 가서 갖은 고생을 다하며 그를 가르쳤다. 7대 종손인 그는 어깨 너머로 한학을 공부했다. 할아버지 손에서 컸던 영향으로 그는 옛것을 좋아했다.

그 시절 그는『소학』과『사서삼경』,『명심보감』을 배웠다. 특히 명심보감은 아버지가 가장 공을 들여 가르친 책이다. 명심보감은 고려 충렬왕 때 추적이라는 학자가 쓴 고전으로 유불선이 망라돼 있다. 어린이를 가르치기 위해 여러 고전에서 좋은 문구를 발췌해 만든 책이다.

그는 학교 공부도 잘했다. 그 시절 전라도 장성에서 광주고(17회)에 진학할 만큼 학업 성적이 뛰어났다. 그의 표현대로 하면 중앙대 연극영화과를 수석으로 졸업했다. 작고하신 부친은 내심 그가 육사나 법대에 가길 원했다. 그러나 그는 아버지의 바람과는 다른 길로 인생의 항로를 걸었다. 법대 진학은 집이 부유했을 때의 이야기였다. 고등학교 때부터 그는 타고난 끼와 말재간으로 교실을 웃음바다로 만들곤 했다. 자연스레 연기에 뜻을 두었고 중앙대학교 연극영화과에 진학했다.

그렇다면 그가 가장 많이 읽은 책은 무엇일까. 의외의 답이 돌아왔다. '족보'를 가장 많이 흥미롭게 읽었다. 『논어』와 『한국인물유학사』도 그의 인생에 적잖은 영향을 끼쳤다.

"족보를 통해 역사의식을 배우곤 합니다. 아무리 많은 일을 한 사람도, 아무리 세상에서 잘나갔던 사람도 생(生)과 몰(沒) 그리고 간략한 행적 한두 줄로 정리가 되거든요. 어떻게 살아야 하는가에 대한 본질적인 답이 그 안에 있지요. 과연 내가 세상을 떴을 때 어떻게 기록될까 생각한다면 세상을 살아가는 자세가 다를 수밖에 없습니다."

『한국인물유학사』는 유학을 인물 중심으로 풀어 낸 책이다. 삼국시대부터 근현대에 이르는 유학자 103인의 생애와 사상이 오롯이 담겨 있다. 그 책을 읽을 때면 우리의 고전과 한학에는 오늘을 살아가는 우리들이 한 번쯤 되새겨야 할 삶의 지혜가 보석처럼 담겨 있다고 본다.

법정스님의 『무소유』도 그가 좋아하는 책이다. 고위 공직자를 비롯해 소위 출세했다는 사람들은 법정스님의 죽비와도 같은 가르침에 귀를 기울여야 할 필요가 있다는 것이다. 『무소유』는 '자발적 가난'의 중요성과 삶을 바라보는 관점을 제공해주는 지침서와도 같다. 치열하게 살되 얽매이지 말라는 가르침은 오늘을 사는 현대인들이 오래도록 곱씹어볼 만한 화두라고 덧붙인다.

/ 그의 선친 김춘수 씨는 고향 장성에서 유명한 서당 훈장이었다. 7대 종손인 그는 어깨 너머로 한학을 공부했다. 할아버지 손에서 컸던 영향으로 그는 옛것을 좋아했다.

그 시절 그는 『소학』과 『사서삼경』, 『명심보감』을 배웠다. 특히 명심보감은 아버지가 가장 공을 들여 가르친 책이다. 그의 한학에 대한 깊이와 열정은 단순한 교양 수준을 넘어섰다. 그는 전국에서 유명한 명심보감 전문 강사로 활약하고 있다. 명문 사학 조선대에서 16년째 강의를 하는데 매 강좌마다 서둘러 마감이 된다.

설화 딛고 한학으로 재기… 재미와 내실 있는 강의

사실 그가 개그맨이 된 건 우연의 일치였다. 72년 군 제대를 앞두고 문선대 활동을 눈여겨 본 정훈참모가 TBC에 추천을 했다. 간단한 테스트를 거쳐 입사가 결정되었다. 얼마 후 MBC 개국과 함께 스카우트 제의가 들어왔다.

개그맨이 된 후 그는 승승장구했다. 한마디로 그는 잘 까불었다. 전라도 말로 '건 있게' 놀았다. 흔히 전라도 음식에 게미가 있다는 말을 하는데, 그의 개그에 구성진 게미가 담겨 있다. 어떤 이는 꿀밤을 쥐어박고 싶을 만큼 그의 연기가 능청스럽다고 기억한다.

그러나 어느 날 갑자기 그는 급전직하했다. 못된 인간들을 향해 "나가 놀아라~"라고 특유의 운율을 섞어 말하던 그가 정작 방송판에서 '나가 놀아야 할' 처지에 빠졌다.

잠시 시간을 거슬러 87년 6월 10일로 가보자. 당시 민정당 대통령 후보를 뽑는 전당대회에서 "민정당은 정을 주는 당이고, 통일민주당은 고통을 주는 당"이라는 발언이 계기가 됐다. 설화(舌禍)였다. 이날은 6월 직전세 개헌 등 민중 항쟁이 시작된 날이기도 했다.

그 말은 광주 전남 지역민은 물론 그를 사랑하는 많은 이들의 가슴에 비수로 꽂혔다. 그는 "지시에 따라 사전 대본을 읽었다"고 하지만 많은 이들의 공분을 가라앉히지는 못했다.

"모두가 인기 때문이었습니다. 인기가 있으니까 그 자리에 불려갔던 것이고… 그때 비로소 가슴 깊이 깨달았던 거지요. 인기란 모래성에 불과하다는 사실을."

거듭된 사죄에도 비난은 사그라들지 않았다. 결국 모든 프로에서 하차를 했다.

"죽을 만큼 고통스러웠습니다. 한 번은 광주에 내려와 무등산을 오르는데 시민이 대놓고 쌍욕을 하기도 했지요. 저에 대한 사랑이 배신감으로 변해버린

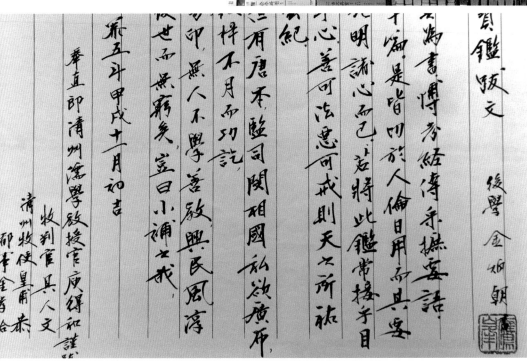

夫爲書博考經傳采摭要語

不偏是皆叮於人倫日用而其要

在明誠心而已 若將此鑑常接乎目

而心善可法惡可戒則天之所祐

紀

仁有唐不瑩同閔相國私欲廣布

悖不月而功訖

印無人不學善敎興民風淳

後世而無斁矣 豈曰小補之哉

崇五斗甲戌十一月初吉

華直郎淸州儒學敎授官庚得和謹跋

牧判官具人文

淸州牧使皇甫恭

郡本金亭合

寶鑑跋文　後學 金△朝

『명심보감』 발문

것입니다."

모든 걸 내려놓았다. 무엇보다 인기의 허망함을 절감했다.

"처세불구무난 세무난즉교사필기(處世不求無難 世無難卽驕奢必起), 세상을 살아가며 어려운 일 없길 바라지 말라. 세상살이에 어려운 일 없으면 교만하고 사치하게 된다."

지난 시절의 뼈저린 고통에서 체득한 교훈이다. "인기에 의지하지 말고 인격에 의존해야 한다"는 철학은 이에서 비롯되었다. 앞뒤 돌아보지 않고 '모래성'을 쌓기 위해 달려가는 이들은 한 번쯤 되새겨볼 만하다.
그는 설화를 계기로 오랜 시간 숨죽이며 살았다. 이후 지역방송을 살리자는 낮은 마음으로 고향에 내려와 방송을 했다. 조대에서 명심보감 강의 요청이 들어온 건 그 무렵이었다. 그는 두말 없이 수락했다. 강사료, 처우는 아예 거론도 하지 않았다. 오로지 지역민들로부터 잃어버린 신뢰를 찾자는 그 생각뿐이었다.

그는 재미와 내실이 있는 강의를 지향한다. 개그맨 같은 교수, 교수 같은 개그맨을 꿈꾼다. 명심보감 강의만큼은 한국에서 제일 잘하는 강사가 되고 싶다. 그의 달력에는 강좌 일정이 빼꼭히 적혀 있다. 삼성전자, 보훈교육원 등 내로라하는 기업체, 관공서에서 특강 요청이 줄을 잇고 있다.

그는 인터뷰 말미에 "개그맨 유재석이 제일 무섭다"고 했다. 이유인즉슨, 메뚜기가 배추를 갉아먹을까봐 그렇단다. 그러나 많은 이들은 한국인의 대표 채소 '배추'를 좋아한다. 그처럼 '배추머리' 김병조가 앞으로도 웃음과 영향력을 끼쳤으면 하는 바람이 들었다.

김병조의 마음공부

김병조 씨는 『청주판 명심보감』 의역본을 발간했다. 『청주판 명심보감』은 청주에서 발간된 것으로 20년 전 한 차례 발행이 됐었다. 지금까지 명심보감은 여러 판본으로 오랜 시간에 걸쳐 출판되었다. 때문에 내용은 물론 편저자에 대한 연구 또한 깊이 있게 이루어지지 않았다. 김병조 씨는 "기존의 명심보감은 중국에서 들어온 원본을 편집, 간행한 것으로 추측된다. 특히 상당부분이 세조 때 편집이 되지 않았나 싶다. 그러나 『청주판 명심보감』은 청주 관리들, 특히 단종 세력에 의해 쓰여진 것으로 보인다. 서문 등 많은 부분이 그대로 남아 있다"고 말했다. 특히 그는 "의역본이 발간되면 많은 이들이 좀 더 명심보감을 쉽게 접하고, 공부할 수 있는 계기가 됐으면 한다"고 밝혔다.

김병조 고전연구가는...
1975년 TBC 동양방송 〈살짜기 웃어예〉로 방송에 데뷔한 코미디언이다. 1980년대 MBC 〈일요일 밤의 대행진〉 메인 MC로 시청자들의 사랑을 받았다. '배추머리'라는 별명은 그의 트레이드 마크이며, "지구를 떠나거라" 등의 여러 유행어를 만들었다.
김병조 교수의 자는 선백鮮伯. 호는 응봉鷹峰이다. 어린 시절 전남 장성에서 한학자셨던 부친으로부터 한학 수업을 받았다. 그리고 1990년대 중반 이후 조선대학교 사회교육원에서 명심보감과 고전을 가르치고 있다.

언젠가 고은 시인은 '김언호는 책이다'라고 정의한 바 있다. 절로 고개가 끄덕여지는 말이다. 그 어떤 정의나 수사보다 고은의 평은 적확하다. 책을 좋아하고 문학을 사랑하는 이들이라면 한 번쯤 누군가로부터 그런 비유를 듣고 싶을 거다. 문을 숭상하고 선비문화가 꽃을 피웠던 동방예의지국에서 책이 지니는 의미와 무게는 남다르기 때문에, 책을 매개로 한 비유는 그 자체로 품격을 높인다.

출판인

김언호 _07

그에게 책은 운명이라기보다 필연에 가까웠다. 그렇다고 김 대표가 처음부터 출판인의 길을 걸어온 것은 아니다. 누구나 필연이라는 결론에 이르기 위해선 몇 번의 굽이와 곡절을 겪기 마련이듯, 그에게도 변곡점이 있었다.

사진_ 김진수

책은 나의 운명이자,
멘토이며, 스승이다

책은 살아 있는 생명이다

"책은 나의 운명이었습니다. 내 삶의 자양분이자 멘토이며 스승이었으니까요. 또한 책은 생명입니다. 인간의 생각과 행동을 담아내, 다시 그 생각과 행동을 키워내는 존재이니까요. 한마디로 책은 살아 있는 생명입니다."

한길사 김언호(출판도시문화재단 이사장) 대표는 '책'을 그렇게 말했다. 과연 40여 년 출판사 한길을 달려온 출판인다운 견해다. 그는 1976년 한길사를 설립한 뒤, 38년이라는 긴 시간 동안 한 길만을 고집했다. 광야에 홀로 선 것처럼 아득한 시대도 있었고, 한 줄기 빛도 보이지 않는 어둠의 시대도 있었지만 그는 좌고우면하지 않고 우직하게 운명의 한 길을 걸어왔다. 통제와 검열로 점철되었던 엄혹한 시대가 있었기에, 이를 동력 삼아 빛나는 책들을 만들 수 있었을 것이다.

그동안 그는 한국 지성사에 빛나는 주옥같은 명작들을 발간해왔다. 40여 년 간 펴낸 책의 종류가 줄잡아 3000여 권에 이를 정도로 방대하다. 1970~80년대 한국의 지성사, 사회사, 사상사를 다채롭게 보여주는 사상신서를 비롯 동양과 서양의 고전을 총망라한 '한길그레이트북스'는 역시 한길사라는 상찬을 받을 만큼 독보적인 결실이었다. 그뿐 아니라 한길사의 출판정신이 오롯이 담긴 '한길역사강의'시리즈와 『태백산맥』, 『로마인 이야기』, 『이이화의 한국사 이야기』와 같은 베스트셀러는 한국 독서계에 적잖은 반향을 일으켰다.

출판인으로서의 역량 외에도 김 대표는 다수의 책을 발간한 작가이기도 하다. 지금껏 『출판운동의 상황과 논리』, 『책의 탄생 I·II』, 『책의 공화국에서』, 『한 권의 책을 위하여』와 같은 밀도 있는 책을 펴내 주목을 받았다.

김 대표에게서 책 냄새가 나는 것은 이 때문이다. 외양적 책의 향기뿐 아니라 책이 내재하고 있는 특유의 서지향도 배어나온다. 고서의 지고한 분위기와 인문의 향기, 사회과학의 정밀한 이미지가 한데 어울린 아우라가 느껴진다.

언젠가 고은 시인은 '김언호는 책이다'라고 성의한 바 있다. 절로 고개가 끄덕여지는 말이다. 그 어떤 정의나 수사보다 고은의 평은 적확하다. 책을 좋아하고 문학을 사랑하는 이들이라면 한번쯤 누군가로부터 그런 비유를 듣고 싶을 거다. 문을 숭상하고 선비문화가 꽃을 피웠던 동방예의지국에서 책이 지니는 의미와 무게는 남다르기 때문에, 책을 매개로 한 비유는 그 자체로 품격을 높인다.

그 '한 권의 책 같은 사람' 출판인 김언호 대표를 만났다. 그러나 그와의 만남은 생각만큼 쉽지 않았다. 인터뷰가 예정돼 있던 날, (한길사가 위치한 파주출판도시에 거의 도착할 무렵) 한 통의 전화를 받았다. 한길사 직원이었다.

"태풍 때문에 대표님이 탄 비행기가 중국에서 연착 중이라고 전화가 왔답니다. 조금 전까지도 비행기가 곧 출발할 것 같다고 했는데 그곳 사정이 여의치 않은가 봐요."

난감했다. 정확하게 중국에서 비행기 운항이 가능한지 불가능한지 가늠하기 어려웠다. 인터뷰 시간을 뒤로 미룬다는 것인지, 기상악화로 어쩔 수 없으니 다음에 날짜를 잡아 보자는 것인지 명확하지 않았다. 그것도 목적지에 거의 다 와서 애매모호한 전화를 받았으니, 머릿속이 복잡해질 수밖에 없었다. 이편에서 결정을 하지 않으면 안 될 상황이었다. 그러나 그 상황에서 차머리를 돌린다는 것은 (기자로서는) 있을 수 없는 일이었다.

인터뷰를 못한다면 한길사에서 운영 중인 서점과 북카페, 박물관이나 둘러보자고 마음먹었다. 얼마 동안 한길사를 비롯한 출판도시 풍경을 스케치하며, 행여 연락이 올 수도 있다는 기대의 끈을 놓지 않았다. 그렇게 시간이 흘러 해질 무렵에 이르렀고, '남행'을 하지 않으면 안 되는 시점에 이르렀다. 별 수 없었다. 서해안 고속도로 진입로를 향해 달리는 중 갑자기 휴대전화 벨이 울렸다. 방금 중국에서 인천공항에 도착했다는 김언호 대표의(늦었지만 지금이라도 인터뷰가 가능할 수 있겠냐는) 죄송함이 묻어나는 음성이었다.

한 권의 책 같은 사람, 출판인 김언호

"중국 귀주에서 동아시아 출판인대회를 마치고 오는 길입니다. 태풍도 태풍이지만 승객 가운데 한 명이 비행기에서 난동을 부리는 바람에 본의 아니게 지연이 되었네요. 예향의 고장 빛고을에서 왔는데 이리 보내면 안 될 것 같아 부랴부랴 달려왔습니다."

동아시아 출판인대회를 화제 삼아 시작된 인터뷰는 매우 압축적이고 스피드하게 진행되었다. 폭포수처럼 쏟아낸다는 표현이 맞을 만큼 그는 매우 말이 빨랐다. 적확하게 얘기하자면 생각의 흐름이 빠른 거였다. 그의 서재가 있는 한길사 3층의 고적한 분위기를 차분히 감상할 새도 없이, 그가 펼쳐내는 말의 성찬에 시나브로 이끌렸다.

"한·중·일·홍콩·대만 출판인들이 한자리에 모여 미래의 출판에 대해 의견을 교환했어요. 멀티미디어 시대를 대비한 편집의 방향과 편집자들의 육성 방안 등을 다각도로 모색했습니다. 결국 출판은 사람의 문제로 귀결되는 가장 기본적인 지적 산업이니까요."

김 대표는 책을 매개로 시종 진지하면서도 명쾌하게 답을 풀어냈다. 그의 모든 말은 자연스레 책으로 귀결되었다.

"세상에 아름다운 소리가 많지만 책 읽는 소리만큼 아름다운 소리는 없어요. 학생들과 젊은이들의 책 읽는 소리가 골목 구석구석에 차고 넘칠 때 우리의 미래는 밝아질 겁니다."

김 대표가 책 읽기를 강조하는 이유는 간단하다. 아무리 정부에서 문화 융성을 강조해도 책을 읽지 않는 상황에서는 백약이 무효하기 때문이다. 지적 토대가 허약한 상황에서 창조적 상상력을 기대하는 건 우물가에서 숭늉을 찾는 것과 진배없었다. 인풋(INPUT)이 없는데 아웃풋(OUTPUT)을 기대하는 건 사막에서 생수를 찾는 것과 무엇이 다르랴는 말이다.

영국이나 프랑스 같은 선진국만 봐도 독서는 아름다운 생활문화로 자리 잡은 지 오래다. 어딜 가든 책 읽는 시민들의 모습을 어렵지 않게 볼 수가 있다. 전철이나 버스, 공원 가리지 않고 사람들의 손에는 책이나 신문이 들려 있다.

그러나 오늘의 한국 모습은 어떤가. 버스나 전철을 타면 대부분 승객이 고개를 숙이고 스마트폰에 빠져 있다. 세대를 가리지 않고 스마트폰 액정화면에 코를 박은 채 자신들만의 세계를 탐닉한다. 그것도 게임을 하거나, 불필요한 문자를 주고받거나, 허접한 정보를 서핑하면서 말이다. 출퇴근 시간을 선진국과 비교해 계량화하면 엄청난 양의 독서 격차로 이어질 것은 명약관화하다. 모르긴 몰라도 이 격차는 30~40년 후 아니 10~20년 후에는 회복할 수 없을 만큼 치명적인 결과로 이어질 가능성이 높다.

"노령화가 빠르게 진행되고 있는 데 반해 지적 수준은 이를 따라가지 못하고 있어요. 지력의 저하로 제대로 강의를 따라가지 못하는 대학생들도 부지기수죠. 창조성은 저절로 획득되는 게 아니라 끊임없이 읽고, 사고하고, 토론하고, 문제를 제기하는 가운데서 발현됩니다. 지금처럼 독서를 경시하고 입시 위주의 교육이 우선시된다면 미래의 한국 사회는 희망이 없습니다."

/ 김 대표는 책을 매개로 시종 진지하면서도 명쾌하게 답을 풀어냈다. 그의 모든 말은 자연스레 책으로 귀결되었다.

"세상에 아름다운 소리가 많지만 책 읽는 소리만큼 아름다운 소리는 없어요. 학생들과 젊은이들의 책 읽는 소리가 골목 구석구석에 차고 넘칠 때 우리의 미래는 밝아질 겁니다."

김 대표가 책 읽기를 강조하는 이유는 간단하다. 아무리 정부에서 문화 융성을 강조해도 책을 읽지 않는 상황에서는 백약이 무효하기 때문이다. /

"어린 시절 경험이 매우 중요하다는 것을 인식하곤 합니다. 경남 밀양에서 가난한 농부의 아들로 태어났기에 중학교 때까지도 책을 많이 읽지 못했어요. 정확히 말하면 책 구경을 하지 못했다고 말하는 편이 맞을 겁니다. 책의 존엄함, 아름다움, 유용성에 대해 자각을 했던 게 고등학교에 진학하면서부터였어요. 부산 보수동 헌책방 골목을 드나들면서 봤던 그때의 풍경은 지금도 잊을 수 없어요. 그곳은 '책의 바다'라고 할 만큼 고서와 헌책, 신간 그리고 풋풋한 청춘들의 감성이 넘쳐나는 공간이었죠. 하숙집과 학교를 오가며 봤던 헌책방 거리의 빛나는 풍경이 지금의 나를 만들었다고 해도 과언이 아닐 겁니다."

출판인 김언호의 대표 저서들

부산 보수동 헌책방 골목에서 키운 꿈

그에게 책은 운명이라기보다 필연에 가까웠다. 그렇다고 김 대표가 처음부터 출판인의 길을 걸어온 것은 아니다. 누구나 필연이라는 결론에 이르기 위해선 몇 번의 굽이와 곡절을 겪기 마련이듯, 그에게도 변곡점이 있었다.

원래 그는 기자로 사회에 첫발을 내디뎠다. 중앙대 신문학과를 졸업하고 동아일보 기자(1968년~1975년)로 활동했다. 그러나 1975년 자유언론실천운동에 참여했다가 해직된다. 그 당시 그는 정권의 탄압에도 불구하고 언론은 공정해야 한다는 절대 기치를 포기할 수 없었다고 회고한다.

이후 그의 동료들은 동종 업계로 진출하거나 바른 언론을 세우기 위한 활동을 전개했다. 그러나 그는 언론인의 길을 접고 다른 길을 모색한다. 물론 참 언론에 대한 기치를 포기한 것은 아니었다. '어찌할 수 없는' 삶의 파고와 그로 인한 아픔을 겪고 나자 '필연'을 생각하기에 이르렀다. 청소년기에 가졌던 출판에 대한 비전을 실현해보고 싶은 열망이 솟구쳤다.

"어린 시절 경험이 매우 중요하다는 것을 인식하곤 합니다. 경남 밀양에서 가난한 농부의 아들로 태어났기에 중학교 때까지도 책을 많이 읽지 못했어요. 정확히 말하면 책 구경을 하지 못했다고 말하는 편이 맞을 겁니다. 책의 존엄함, 아름다움, 유용성에 대해 자각을 했던 게 고등학교에 진학하면서부터였어요. 부산 보수동 헌책방 골목을 드나들면서 봤던 그때의 풍경은 지금도 잊을 수 없어요. 그곳은 '책의 바다'라고 할 만큼 고서와 헌책, 신간 그리고 풋풋한 청춘들의 감성이 넘쳐나는 공간이었죠. 하숙집과 학교를 오가며 봤던 헌책방거리의 빛나는 풍경이 지금의 나를 만들었다고 해도 과언이 아닐 겁니다."

그 시절 읽었던 책들의 감동은 여전한 생명력으로 남아 있다. 인간성 회복에 대한 교육 철학을 견지했던 루소의 『에밀』은 대표적인 애독서다. 『에밀』은 고아로 태어났던 '에밀'이 가정교사의 헌신적인 지도를 받으며 한 인간으로서 성장해가는 모습을 담고 있다. 선한 본성에 대한 희구, 자연성을 거스르지 않는 교육 방식은 오늘날 백가쟁명식으로 열거되는 교육 담론을 성찰하게 하는 고전이다.

인류학자 클로드 레비스트로스의 『슬픈 열대』두 기억에 남는 책이다. 문명과 문화에 대한 진지한 탐색을 시도하면서도 반성적 성찰의 틈을 제공한다. '현대에 쓰여진 가장 탁월한 기행문'이라는 평가를 받을 정도로 유려한 문체와 깊이 있는 사유가 압권이다. 원시 부족사회의 삶을 통해 현대 문명의 왜곡된 시각을 보여주고자 했던 레비스트로스의 열정은 이후 새로운 사상의 전환으로 이어진다.

함석헌(1901~1989) 선생의 『뜻으로 본 한국역사』를 통해서는 고난의 의미와 인고의 중요성을 되새기곤 했다. 일찍이 함석헌은 '한국의 역사는 고난의 역사'라고 규정했으며 이는 숙명이 아닌 한 차원 높은 세계로의 도약을 위해 필요한 과정이라고 봤다. 김 대표는 "함석헌 선생의 책은 한국의 고난의 역사는 머잖은 장래에 세계 중심국가로 부상할 수 있는 지렛대가 된다는 사실을 언명했다는 점에서 예언적 의미를 담고 있다"고 평한다.

김 대표는 책을 만드는 출판인의 시각뿐 아니라 책을 읽는 독자의 시각에서도 독서의 중요성을 인식한다. 한나 아렌트의 『예루살렘의 아이히만』은 한길

"노령화가 빠르게 진행되고 있는 데 반해 지적 수준은 이를 따라가지 못하고 있어요. 지력의 저하로 제대로 강의를 따라가지 못하는 대학생들도 부지기수죠. 창조성은 저절로 획득되는 게 아니라 끊임없이 읽고, 사고하고, 토론하고, 문제를 제기하는 가운데서 발현됩니다. 지금처럼 독서를 경시하고 입시 위주의 교육이 우선시된다면 미래의 한국 사회는 희망이 없습니다."

사에서 책을 만드는 도중에 번역 원고를 접했다. 이 책은 유대인을 무참히 학살했던 나치 아이히만의 재판을 통해 악의 실체와 평범성을 다각도로 들여다본 책이다. 우리 안에 내재된 악의 평범성과 그럼에도 불구하고 타자의 아픔에 공감할 수 있는 인식의 확장을 선사한다고 덧붙인다.

"책 읽는 문화를 정착시키기 위해서는 인문학의 중흥도 빼놓을 수 없는 중요한 요인입니다. 인문학이 무엇입니까? 사람이 사람답게 살고, 한 사회와 개인이 올바른 길로 나아가도록 안내하는 나침반과도 같습니다. 공간적 관점으로 보자면 열려 있는 대학 캠퍼스라고도 할 수 있지요. 책방거리, 책의 전당, 책의 캠퍼스가 융합돼 있는 실체 그것이 바로 인문학입니다. 그러나 작금의 인문학 열풍은 너무 가볍고 포퓰리즘적인 면이 없지 않아요. 긴 안목을 갖고 탄탄한 지적 토대를 만들 수 있는 책 읽기 문화와 아울러 제도적 장치를 마련하는 게 우선순위가 아닐까요."

김 대표는 2014년 6월 파주출판도시에 열린 도서관을 표방한 '지혜의 숲'을 조성했다. 각계 석학, 출판사, 연구원 등이 기증한 책 20만 여권을 3.1km에 이르는 서가에 비치했다. 이 공간에서 기증자 특강, 공연 등 다양한 문화 행사가 열린다. 책을 매개로 '지혜'가 교류되고 생산되고, 전이되는 창조의 숲을 꿈꾼다.

출판도시 문화재단 이사장직을 맡고 있는 김 대표는 출판인의 본분뿐 아니라 '책의 도시'를 이끌어야 하는 선장의 책무도 짊어지고 있다. 그는 "파주에서 시작된 '책의 도시'가 전국 곳곳을 책의 도시로 변화시키는 마중물이 되었으면 한다"는 소망을 피력했다.

"파주출판도시는 출판문화운동의 결실입니다. 1980년대부터 시작된 논의가 아시아 최대 출판도시로 결실을 맺기까지는 지난한 과정이 있었어요. 그러나 첫발을 내딛은 뒤 포기하지 않고 꾸준히 걸어왔더니 오늘에 이르렀습니다. 앞으로는 하드웨어 못지 않게 소프트웨어 측면에 보다 많은 역량을 모아야 하지 않을까 싶네요…. 사실 젊은이들이 독서를 하지 않는다고 바로 눈앞에서 무슨 일이 일어나는 건 아닙니다. 다만 미래의 문화적 존재로 문화를 향유하며 살기에는 역부족이죠. 두말할 나위 없이 문화융성과 창조적 발상의 기본 토대는 책입니다. 또한 많은 석학들이 지적한 대로 그 책을 만드는 출판은 당대의 문화적 인프라이자, 국민이 누려야 할 정신적인 복지입니다."

책들의 숲이여 음향이여

『책들의 숲이여 음향이여』는 김언호 대표가 지난 2013년의 일기를 모은 책이다. '출판인 김언호의 파주 일기'라는 부제가 말해주듯, 한길사를 비롯한 여러 출판사가 있는 파주 출판도시 현장이 중심이다. 이 현장은 더러 서울 광화문의 교보문고에서 부산 보수동 헌책방거리로, 육지를 넘어 제주도에까지 확장된다.

출판 현장을 담은 낱낱의 글은, 한편으로 한 출판인이 만난 동시대인의 다양한 기록으로 봐도 무방하다. 그도 그럴 것이 김 대표는 1년 간 무려 800명 남짓한 출판, 문화 관련 인물들과 독자들을 만났다. 책을 매개로 만난 이들과의 소통과 만남이 아름다운 음향으로 수렴되는 이유다. 그 음향은 다름 아닌 책 읽는 소리다.

김언호 출판인은...

40여 년간 출판 사업을 지속해온 출판 장인이다. 동아일보 기자를 거쳐 1976년 한길사를 창립하여 현재까지 대표로 있다. 출판 문화 부흥을 위해 많은 출판인들과 파주출판도시를 만드는 데 앞장서 왔다. 한국 · 중국 · 일본 · 대만 · 홍콩 등지의 인문학 출판인들과 출판운동 · 독서운동을 전개 하고 있으며 1990년대 중반부터는 예술인마을 헤이리를 구상하고 건설하는 데 주도적인 역할을 했다. 현재 책축제인 '파주 북소리' 조직위원장과 출판도시문화재단 이사장을 맡고 있다.

2003년 한국출판인회의 공로상, 2009년 제25회 파주시문화상, 2011년 책의 날 옥관문화훈장 등을 수상했다. 지은 책으로는『출판운동의 상황과 논리』,『책의 탄생Ⅰ · Ⅱ』,『헤이리, 꿈꾸는 풍경』,『책의 공화국에서』,『한 권의 책을 위하여』 등이 있다.

"독일의 헤르만 헤세는 방황을 하면서 자신의 이야기를 찾은 작가입니다. 그는 여러 직업을 전전했지만 끊임없이 낭만을 추구했습니다. 원초적 인간 감성을 향한 그리움과 자유에 대한 열망은 평생 헤세를 '방랑자'로 살게 했던 거지요. 그런 그에게 방랑은 자신의 이야기를 찾아가는 가장 근원적인 방법이었는지 모릅니다."

철학자

이주향

_08

"우리나라는 어린 시절부터 '누가 누가 잘하나'에만 관심이 있습니다. 경쟁과 성과 지상주의가 만들어낸 우상이지요. 그러나 21세기 다문화, 다변화 사회에서 그런 교육은 더 이상 의미 있는 변화를 기대할 수 없습니다. 누구나 하고 싶은 일을 할 수 있는 토대가 만들어져야 하고 또한 그 일을 발견하기 위해서는 자신만의 '촉수'가 필요합니다.

사진_ 김진수

철학과 인문학이야말로
가장 '밥'과 가까운 학문이다

"나는 방랑가적 기질을 이해하는 사람"

"사람은 누구나 자신의 이야기를 가지고 태어납니다. 삶은 그 이야기를 찾아가는 과정이구요. 어떤 사람은 단편일 수도, 또 어떤 사람은 장편일 수도 있지요. 물론 상황에 따라 희극일 수도 비극일 수도 있지만, 이야기를 어떻게 받아들이고 해석하느냐는 전적으로 자신의 선택입니다."

이주향 수원대 교수가 정의하는 삶이라는 실체가 명쾌하게 다가왔다. 인간은 누구나 자신만의 이야기를 지니고 태어난다는 것, 그리고 그 이야기를 찾아가는 것이 삶이라는 것. 그의 말은 지금까지 정의된 그 어떤 삶에 대한 명제보다 구체적이고 명료하게 다가왔다. 지금껏 삶이 무엇인가 하고 고민했던 이들이라면 그녀의 삶에 대한 정의가 나름 의미 있는 답이 될 듯했다.

"독일의 헤르만 헤세는 방황을 하면서 자신의 이야기를 찾은 작가입니다. 그는 여러 직업을 전전했지만 끊임없이 낭만을 추구했습니다. 원초적 인간 감성을 향한 그리움과 자유에 대한 열망은 평생 헤세를 '방랑자'로 살게 했던 거지요. 그런 그에게 방랑은 자신의 이야기를 찾아가는 가장 근원적인 방법이었는지 모릅니다."

헤르만 헤세를 좋아하는 이들은 그 나름의 이유가 있다. 문학적 취향이나, 역동적인 삶 때문일 수도, 기질적으로 자유를 추구하기 때문일 수도 있다. 이 교수 또한 별반 다르지 않을 터이다. "나는 방랑자가 아니라 방랑가적 기질을 이해하는 사람"이라고 표현한 데서 보듯, 그녀는 자유의지를 소중히 여기는 철학자인 것은 분명했다. 수긍이 가는 대목이다. 방랑을 이해하는 사람이었으니 철학 교수가 되었지, 만약 방랑을 실행하는 사람이었다면 예술가가 되었을지 모른다(매월 서울을 비롯해 전국 각지를 떠돌아야 하는 필자는 방랑자인지, 방랑을 이해하는 사람인지 잠시 자문을 해보았다).

사실 책 읽어주는 교수로 알려진 이 교수는 일반인에게 꽤 친숙한 철학자다. 철학자가 시민과 친숙하다는 것은 이른바 '젠체'하지 않는다는 의미일 기다. 철학의 본질이 "인간이 살아가는 데 있어 중요한 인생관, 세계관 따위를 탐구하는 학문"이라면, 그리고 그것을 많은 이들과 공유하는 것이 목적이라면, 필요 이상의 '무게'를 덜어내는 일은 기본 중의 기본일 터이다.

그동안 그녀는 적지 않은 베스트셀러를 펴냈다. 『사랑이 내게로 왔다』, 『이주향의 치유하는 책 읽기』, 『나는 만화에서 철학을 본다』, 『그림 너머 그대에게』, 『나는 길들여지지 않는다』 등…. 기존의 관습과 차별화되는 자유로운 사고로 펼쳐낸 저작들은 많은 독자들에게 이주향이라는 이름을 각인시켰다. 철학이 상아탑에 갇힌 고루한 학문이 아닌, 누구나 즐길 수 있는 생활 속의 학문이라는 사실을 보여주었다. 더욱이 난해한 철학을 문학과 영화, 미술, 만화 등과 접목한 강의와 저술은 인문학에 목말라 있던 많은 이들에게 신선한 충격을 던졌다. 철학의 대중화, 대중의 철학화는 그렇듯 '경계'를 뛰어넘고자 하는 의지에서 비롯되었는지도 몰랐다.

독하게 '방랑'을 할 수 있는 열정이 필요

9월 마지막 주, 이 교수를 인터뷰하기 위해 수원행 버스에 올랐다. 가을의 문턱에 접어들었지만 한낮에는 여전히 수은주가 20도 후반까지 올라갈 만큼 후덥지근했다. 그러나 초가을의 캠퍼스는 봄 학기 때와는 다른 차분한 활기가 돌았다. 들뜬 생동감보다는, 뭐랄까 쓸쓸한 낭만 같은 게 감돌았다. 가을이 주는 마력이었다.

이주향 교수를 만난 곳은 인문관 현관 앞에서였다. 수업을 마치고 연구실로 향하는 분이 이 교수라는 사실을 먼 거리에서도 짐작할 수 있었다. 예전에 그녀는 꽤 오랫동안 EBS 〈철학에세이〉를 진행했었고, 시사토론회에 패널로도 곧잘 출연을 했었다.

이 교수가 방송을 하게 된 일화는 익히 알려진 대로다. 그녀에게 수업을 받은 제자들이 방송국에 취직해, 심야 프로에 철학 이야기 진행을 의뢰한 것이 계기가 되었다. 제자들은 난해한 철학 강의를 명쾌하고 재미있게 풀어내는 스승의 입심을 기억했다. 강의 전달 방식이나 내용이 타의 추종을 불허할 만큼 많은 이들에게 공감을 주었다는 방증이다. 1993년에는 800명의 학생들이 수강신청을 할 정도였다고 보면 미루어 짐작할 수 있는 대목이다.

예상했던 대로 그녀는 부드러운 카리스마 이면에 만만치 않은 내공을 지니고 있었다. 물론 꾸미거나 과장하는 것과도 거리가 멀었다. 화장기 없는 맨 얼굴이었지만 내면의 지적 사유는 역동적이고 컬러풀했다. 그녀가 책들에 소개한 자신의 프로필과 거의 일치했다. "생에서 만나는 사람들과의 인연줄을 어떻게 엮고 있는지 스스로 응시할 줄 아는 게 존재 이유라고 믿는 이"가 그녀의 모습이었다. 인터뷰가 시작되자 그녀는 평소 생각하고 있던 자신만의 관점을 술술 풀어냈다.

"우리나라는 어린 시절부터 '누가 누가 잘하나'에만 관심이 있습니다. 경쟁과 성과 지상주의가 만들어낸 우상이지요. 그러나 21세기 다문화, 다변화 사회에서 그런 교육은 더 이상 의미 있는 변화를 기대할 수 없습니다. 누구나 하고 싶은 일을 할 수 있는 토대가 만들어져야 하고 또한 그 일을 발견하기 위해서는 자신만의 '촉수'가 필요합니다. 혹여 '동굴' 속에 갇혀 있다 해도 독하게 '방랑'을 할 수 있는 열정이 필요하지요. 마치 헤르만 헤세가 나름의 방랑적 성찰을 통해 자신의 운명을 연 것처럼 말입니다."

그녀는 '촉수'에 관한 남다른 동물적인 감각을 지니고 있었다. 원래 이 교수는 대학에서 법학을 공부했다. 그러나 옳고 그름, 선악을 구분하는 학문은 그녀의 성정과 맞지 않았다고 한다. 어릴 때부터 독서를 좋아했던 탓에 그녀는 사물과 현상의 배경을 탐색하는 일에 흥미를 느꼈다. 일상화된 철학적 사유는 자연스레 그쪽으로의 방향 전환을 강제했을 것이다.

"철학을 공부하면서 니체와 키에르케고르, 심리학자 융을 좋아했어요. 젊은 시절에는 사회에 대해 저항적이었고 나를 객관화하는 데 다소 서툴렀지만, 이즈음에 이들 책을 보면 이전에는 보지 못했던 면들을 보게 됩니다… 그 가운데 융은 여전히 많은 것을 생각하게 하는 철학자죠. 생을 정리하면서 그는 자기 생애는 무의식의 자기실현의 역사였다고 고백했다고 하죠. 그러면서 이렇게 말을 했답니다. "나는 영원한 변화 속에서, 살아서 존속하는 무언가에 대한 감각을 결코 잃어버린 적이 없다. 우리가 보고 있는 것은 사라져가는 꽃이다. 그러나 땅속 뿌리는 여전히 남아 있다."

뿌리가 있다는 것은 여전히 하나의 개체로서 존재한다는 의미가 아닐까. 융이 말하는 뿌리는 언제가 피게 될 꽃을 기대한 게 아니라, 개개인으로서의 한 인간을 상정한 말일 게다. 그녀는 융이 말하는 어둠은 눈부신 어둠을 뜻하며, 한 개인으로서 운명을 개척해나가는 존재 의미가 투영돼 있다고 본다.

문학과 산을 사랑했던 아버지 그리고 '아버지의 딸'

그녀는 서울에서 태어났지만 산을 좋아한다. 특히 강원도의 산세와 지형을 좋아한다. 아버지의 고향이 강원도인지라 산을 보면 원초적인 평안함을 느낀다. 지금도 어느 낯선 곳을 가다가도 산을 보면 자신도 모르게 끌린다. 단순히 지리적인 측면에서의 끌림뿐 아니라 내면적이고 철학적인 동기에 의해서도 산을 좋아한단다.

이 교수는 "대학 다닐 때 독서 외에 그녀의 유일한 취미는 등산이었다. 일상에 지치거나 힘들 때면 어김없이 산을 찾곤 했다."고 한다. 그녀는 안 가본 산이 없을 정도로 전국의 산을 유람했다. 들어보니 서울의 남산부터 설악산, 지리산, 무등산, 가야산, 계룡산 등 유명한 산들을 올랐다. 사색의 시간을 보내기 위해, 복잡한 심사를 정리하기 위해 혼자 가는 경우가 많았다. 저자는 거창하게 삼인행(三人行) 필유아사(必有我師)가 아니더라도 산이 주는 정신적인 안락은 오늘의 사신을 이룬 밑거름이 되었다고 덧붙인다.

"대학 시절, 이청준 작가의 「흐르는 산」을 감명 깊게 읽었습니다. 1987년에 나왔으니까 그 무렵은 전두환 정권 마지막 해였을 거예요. 민주화 운동이 들불처럼 타오르던 즈음에 나왔던 「흐르는 산」은 산이 높아야 물이 멀리 흐른다는 주제의식을 담고 있습니다. 인간과 세상에 대한 지혜의 일면이 담겨 있는 작품이지요."

「흐르는 산」에서 받은 감명 때문이기도 하지만 그녀가 산을 찾는 이유는 불교의 가르침 때문이기도 했다. 원래 그녀는 독실한 크리스천이지만 그렇다고 불교에 대해 배타적이지는 않다. 아버지의 죽음 이후 불교에 심취하게 되었으니 더더욱 그렇다. 이 교수의 아버지는 약사였다. 그 시대 그 연배의 아버지들이 그렇듯 그녀의 아버지도 한길만을 바라보며 달려온 분이었다. 전형적인 한국의 아버지상이 다름 아닌 아버지의 모습이었다. 아버지는 약대를 나와 약사라는 직업에 종사했지만 늘 책을 가까이 했다. 문학을 사랑하고 자신의 세계를 추구하는 선비였다.

그러던 어느 날 아버지에게 갑작스러운 죽음이 찾아왔다. 일말의 예고도 없이. 가혹한 고통과 슬픔이 찾아왔다. 무엇으로도 위로받을 수 없었고, 한동안 깊은 심연에서 빠져나올 수 없었다. 그녀는 삶의 유한함과 생의 무게에 대해 생각하는 계기를 갖게 되었다. 그러면서 아버지는 늘 순종을 강요하는 고지식한 분이었지만, 결국 자신도 그런 '아버지의 딸'이라는 사실을 절감했다. 아버지와의 화해가 극적으로 이루어진 순간이었다.

"죽음을 본 적은 없지만 죽음에 대해 생각하고 배우는 계기였습니다. 제게 아버지는 거대한 산이나 다름없었죠. 그도 그럴 것이 살아계셨을 때 아버지는 틈만 나면 산에 가셨어요. 돌아보니 늘 아버지의 그림자에서 벗어나려 했지만, 결국에는 그것에 의지하고 벗하며 살지 않았나 싶어요."

그녀는 산도 좋아하는 만큼 책을 좋아한다. 그렇다고 책을 소유하고 수집하는 데 집착하지 않는다. 가급적 들어오는 책은 다른 곳으로 흘려보내려고 한다. "좋은 책이 내 손을 떠나 더 넓은 세상, 더 많은 사람들을 찾아가 마음을 위로하고 치유에까지 이르게 된다면 더없이 기쁘다"는 것이다.

다독의 열정, 고전의 숲 횡단

책에 대한 그녀의 관심은 자연스럽게 다독의 열정으로 이어진다. 유연하면서도 실용적이며 가치 지향적이다. 지금까지 읽어 온 책의 면면을 봐도 그녀의 지향점을 읽을 수 있다. 철학 서적부터 불교 서적, 미술 서적, 만화책, 소설책, 고전을 망라한다. 20세기 최고의 작가로 손꼽히는 앙드레 지드의 대표작 『좁은 문』, 첫 사랑의 아픔만을 남긴 채 이별을 선택하는 『부활』, 소녀가 성장하기까지 버팀목이 되어준 『키다리 아저씨』, 히스클리프와 캐서린의 사랑 이야기를 형상화한 『폭풍의 언덕』, 사랑과 자연의 힘을 가르쳐 준 헤르만 헤세의 『데미안』에 이르기까지, 그녀는 종횡무진 고전의 숲을 가로지른다.

비단 그뿐만이 아니라 인문과 성찰을 다룬 서적도 그녀의 관심사다. 변화, 가족, 고통 등을 다룬 『인생수업』, 소박한 행복의 기술에 초점을 둔 『어느 무명 철학자의 유쾌한 행복론』, 참사람부족의 참삶 메시지가 담긴 『무탄트 메시지』, 상처 입은 내면의 아이를 응시하는 『천 개의 공감』에 이르기까지 지적인 경계의 끝은 실로 존재하지 않는 것처럼 보인다.

만화도 인식의 확장을 도모하는 텍스트다. 만화에서 철학을 보고, 지혜를 보며 삶을 본다. "아직도 만화를 봅니다. 때로는 만화 속 주인공들과 사랑에 빠지기도 하지요. 『비천무』의 진하를 보면 설리가 되어 가슴 한편이 뛰기도 하고 『불의 검』의 가라한을 보면 아라가 되어 마음이 아프기도 하구요."

요즘 그녀는 108배를 하는 것으로 하루를 시작한다. 발목 관절을 다치는 바람에 잠시 등산을 중단하고 108배를 한다. 반복해서 절을 하다 보면 뱃심이 생긴다. 뱃심이 생겨야 스스로를 믿을 수 있는 직관도 생긴다. '촉수'로 상징되는 내면과의 일전을 치르기 위한 준비 과정이다. 앞으로도 독서와 등산, 명상을 하며 내면을 응시하고 살찌우는 삶을 살고 싶다. 이름 '주향(主香)'처럼 중심의 향기를 발하는, 삶의 고단함마저 은은한 향기로 바꾸는 생을 살고 싶다.

그림 너머 그대에게

『그림 너머 그대에게』는 2011년 1월부터 12월까지 저자가 한 일간신문에 '이주향의 철학으로 그림 읽기'로 매주 연재했던 글들을 모아 엮은 것이다. 한마디로 저자가 그림으로 전하는 성찰과 위로의 메시지다. 책은 서양 미술을 매개로 신화와 종교, 철학 이야기를 담아낸다. 구스타프 클림트의 '다나에', 에두아르 마네의 '풀밭 위의 점심식사', 에드바르 뭉크의 '절규', 마르크 샤갈의 '거울', 앙리 루소의 '뱀을 부리는 여자', 마르크 샤갈의 '떨기나무 앞의 모세', 빈센트 반 고흐의 '아를의 별이 빛나는 밤' 등의 그림 속에 담긴 집단 무의식을 통찰한다. 저자는 그림 속에 담긴 다양한 생각들을 읽으며 그 안에서 자신만의 새로운 세계를 만나보기를 권한다.

이주향 철학자는...

대학에서 어렵고 난해한 철학을 명쾌하고 재미있게 풀어내 대학생들 사이에서 큰 인기를 얻었다. 특히 모교 강사 시절 강의했던 '문화와 사상'과 '현대 문화의 조류'에는 8백 명이 수강 신청을 할 만큼 인기를 끌었다. 텔레비전과 라디오, 신문 등 다양한 매체에서 대중에게 철학을 안내하는 활동도 활발하게 해나가고 있다.

EBS〈철학 에세이〉, KBS 제1라디오〈이주향의 책마을 산책〉,〈이주향의 인문학 산책〉 등의 프로그램을 진행하면서 현대 사회가 직면한 화두를 일반인의 눈높이에서 풀어내 시청자들로부터 많은 호응을 얻고 있다. 지은 책으로는 『사랑이 내게로 왔다』, 『이주향의 치유하는 책 읽기』, 『나는 만화에서 철학을 본다』, 『나는 길들여지지 않는다』 등이 있다.

PART 4

<u>예술혼은 예술가를 만들고,</u>
<u>예술가는 빛나는 예술을 창조한다</u>

"지금도 사람들은 천천히 작업해라. 이제 좀 쉬어라. 이런 말을 합니다. 그러나 어릴 때 가졌던 그림에 대한 억눌림 때문인지 시간이 주어지면 늘 색채 노동을 하게 돼요. 그렇다고 힘들다거나 고통스럽다거나 하지는 않거든요. 오히려 제 안의 열두 살 소년은 마음껏 그림을 그릴 수 있어서 좋아하는 것 같아요. 대부분 제 나이 정도 되면 작품의 양도 줄고 열정도 줄어드는데 웬일인지 저는 그렇지 않아요."

화가

김병종

_01

"예수의 실존은 제 그림의 화두와도 같습니다. 50년 전 유년의 체험이 메모리칩처럼 기억이라는 망에 담겨 있지만, 사실 그것은 거리 개념이 아닌 동시다발적인 시간 개념이지요. 마치 연자에서 풀어지는 연실로 창공에 연이 뜨듯이, 그때의 체험은 몸으로 인식되고 각인돼 새로운 생명 작품으로 이어졌어요."

예술은 생명과 떨림으로 마주하는 일이다

글과 그림의 쉼 없는 가로지르기

서울대 교수, 베스트셀러 작가, 화가, 인문학자…. 남원 출신 김병종 화백을 지칭하는 직함의 무게는 만만치 않다. 그는 문사철(文史哲)을 겸비한 한국 화가, 융합형 예술가다. 그를 말할 때 글, 그림, 사유, 신앙이라는 핵심 키워드를 빼놓을 수 없다. 어느 것에 가중치를 둘 수 없을 만큼, 네 개의 영역은 정교하게 얽혀 있다. 혹여 이렇게 말하면 적확한 표현일지도 모르겠다. 그의 내면에는 네 명의 '일란성 쌍둥이'가 자라고 있다.

한마디로 그는 매우 다면적이며 중층적인 '선비'의 이미지를 지니고 있다. 문인화를 그리는 조선 선비가 오늘날에 실재한다면 아마도 김 교수를 두고 하는 말일지도 모른다. 서구의 개념에 빗댄다면 르네상스적인 인간의 전형이 바로 그다. 그러므로 그에게는 글과 그림의 경계가 존재하지 않는다. 그는 끊임없이 경계를 지우며 영역의 '가로지르기'를 시도해왔다. '횡단형 인간'이 그렇듯 그는 매우 성실하고 진지하며 상상력이 풍부하다.

영감은 늘 색채와 이미지로 구체화되고 언어라는 문자로 발현된다. 굳이 어느 영역이 선(先)이고 후(後)인지, 주(主)이고 부(副)인지 구분할 필요가 없다. 글과 그림은, 그림과 글은 더러는 한데 뒤섞이고 더러는 따로따로 표현된다. 마치 의식과 무의식이라는 거대한 '탱크'를 자극했을 때, 순서와 무관하게 창조성이 발현되는 것과 같은 이치다.

'화첩기행' 시리즈는 사람들에게 오늘의 그를 각인시킨 명작이다. '인문정신과 예술혼이 씨줄과 날줄로 아름답게 수놓인 산문'이라는 평은 일련의 '주례사 평'과는 차원이 다른 수사다. 문사철의 토대가 없이는 결코 이룰 수 없는 지고한 세계라는 것을 방증한다. 사람들이 그를 일컬어 "그림을 그리듯 글을 쓰고, 글을 쓰듯 그림을 그린다"고 표현하는 이유다.

김 교수를 보면 불운의 음악가 살리에르가 왜 모차르트를 시기하고 질시했는지 충분히 이해가 된다. 보통의 사람들은 하나의 재능을 갖기도 힘든데 그는 서너 개의 재능을 갖고 있으며 이를 매우 유연하게 펼쳐 보이고 있다.

"시골 출신 아이들의 특징 가운데 하나가 뒷심이 강하다는 거예요.
오늘의 저를 만든 건 팔 할이 바로 촌놈 특유의 뒷심일 겁니다.
서울대학교에 입학하고 얼마 지나지 않은 때였어요.
그때 저는 미술계에서 소외받고 자꾸만 문학 속으로 숨던 시절이었습니다. 매우 쓸쓸하고 음울한 시기였지요. 그때 저를 붙잡았던 건 다름 아닌 서울로 올라오던 날의 쓸쓸한 풍경이었습니다. 오직 그림을 그리겠다는 일념으로 첫 새벽 완행을 타고 떠나오던 날의 장면이 뇌리를 스쳤거든요.
그때만 생각하면 나약해지는 마음을 다잡을 수밖에 없었죠. 시골 촌놈의 '뒷심'은 어떤 난관에 부딪히든 견딜 수 있는 근기가 되거든요."

그는 유독 유년의 체험과 기억을 강조했다. 어린 시절의 체험은 그의 영혼을 살찌웠고 예술을 풍요롭게 했다. 피폐와 결핍으로 점철되었던 유년의 기억이 창조의 세계를 떠받드는 징검다리가 된다는 것은 아이러니다. 그것은 "가난한 자 같으나 많은 사람을 부하게 하고 아무것도 없는 자 같으나 모든 것을 가진 자"로 만드는 기적과도 같은 것이다. 그의 말은 혹여 어렵다거나 고난에 처해 있다고 지레 포기하거나 위축돼 있지 말라는 의미로 들렸다.

내면에 살아 있는 열두 살 소년, 창작의 원동력

다소 후텁지근했던 2014년 6월 하순 서울 팔레스호텔에서 김 화백을 만났다. 그는 전형적인 호남형의 인상이었다. 그에게선 인문적 향기와 예술가의 아우라가 배어나왔다.

때마침 종로구 평창동 영인문학관에서 〈생명 그리고 동행전〉이 열리고 있던 터라, 김 화백은 다소 분주해 보였다. 이 전시회는 『생명의 자본』이라는 책을 발간한 이어령 전 문화부 장관과 30년 동안 '생명'을 노래해 온 김 화백이 버무리는 '컬래버레이션'이었다. 두 예인의 작업은 문학과 미술의 경계를 가로지르는 역동성으로 세간의 이목을 끌었다.

"제 아내가 이어령 선생의 딸(고 이민아 목사)과 대학(이화여대 영문과) 친구였어요. 아내가 대학 3학년 때 이대문학상에 당선된 적이 있어요. 당시 이어령 선생은 문학사상사 주간이었는데, 하루는 제 아내를 불러 이렇게 말했답니다. "학생은 문학에 남다른 재능이 있으니 앞으로 결혼은 신경 쓰지 말고 평생 소설 쓰는 일에 진력을 하라"고 했다는 거예요. 이후 아내가 글을 쓰고 있지 않은 동안에도 늘 그 말을 할 정도로 아내의 문재를 안타까워했어요. 저와 이어령 선생과의 인연은 그렇게 아내의 대학 문학상이 첫 단추가 된 셈이죠."

김 화백의 부인은 소설가 정미경 씨다. 2006년 「밤이여 나뉘어라」로 제31회 이상문학상을 수상한 작가다. 아마 부창부수(夫唱婦隨)라는 말은 이런 경우에 해당하나 보다. 정미경 씨는 1987년 중앙일보 신춘문예로 등단한 뒤 이후 오늘의 작가상, 동서문학상을 받았으니 문학에서만큼은 분명한 자기 세계를 개척했다고 볼 수 있다. 김 화백의 경우 부인보다 7년 앞서 중앙일보(1980년)와

/ "자연적이며 우주적인 생명 노래와 구세주로서 생명의 징검다리가 됐던 예수의 실존은 그림의 화두와도 같습니다. 50년 전 유년의 체험이 메모리칩처럼 기억이라는 망에 담겨 있지만, 사실 그것은 거리 개념이 아닌 동시다발적인 시간 개념이지요. 마치 연자에서 풀어지는 연실로 창공에 연이 뜨듯이, 그때의 체험은 몸으로 인식되고 각인돼 새로운 생명 작품으로 이어졌어요. /

동아일보(1981년) 신춘문예로 데뷔했다. 이후 대한민국문학상과 삼성문화재단 저작상을 수상했으니, 부부가 글을 두고 벌이는 선의의 경쟁은 우열을 가릴 수 없다. 난형난제이자 막상막하다.

"아내와 제 글은 색깔이 명백하게 다릅니다. 제가 아내보다 신춘문예에 7년 빨리 등단했으니 제가 문학계의 선배죠.(웃음) 와이프는 도시와 물질문명의 비판에 초점을 둔 인문적 글쓰기를 지향해요. 이를 풀어내는 문체도 매우 차갑고 분석적이죠. 한마디로 '차도녀' 스타일이라고 볼 수 있어요. 그에 비해 저는 자연주의, 인간주의에 근거한 따뜻한 글쓰기를 선호합니다. 두 글은 접점을 찾기가 어려운 부분이 있는데, 서로의 스타일을 존중하는 편이에요."

잠시 문학으로 쏠렸던 화제를 그림과 연계한 예술 방향으로 돌렸다. 김 화백이 화업의 길로 들어선 계기는 초등학교(남원 송정초등) 4학년 때 정문자 담임선생님의 격려가 큰 힘이 됐다. "결코 집안에서 환쟁이가 나오면 안 된다"는 어른들의 반대에 부딪혔지만, "반드시 화가가 돼라"는 선생님의 격려는 그에게 큰 힘이 됐다.

"지금도 사람들은 천천히 작업해라. 이제 좀 쉬어라. 이런 말을 합니다. 그러나 어릴 때 가졌던 그림에 대한 억눌림 때문인지 시간이 주어지면 늘 색채 노동을 하게 돼요. 그렇다고 힘들다거나 고통스럽다거나 하지는 않거든요. 오히려 제 안의 열두 살 소년은 마음껏 그림을 그릴 수 있어서 좋아하는 것 같아요. 대부분 제 나이 정도 되면 작품의 양도 줄고 열정도 줄어드는데 웬일인지 저는 그렇지 않아요. 불가사의할 정도로 예술에 대한 열정이 식지 않는 걸 보면 그림을 못 그릴 수도 있다는 어릴 때의 트라우마가 여전히 내면에 드리워져 있기 때문인 것 같습니다."

그럴 만도 했다. 예술이라는 영역은 결핍과 상처를 먹고 자라는 나무다. 잘한다고 격려하고 박수를 치는 것도 좋지만, 더러는 무관심이나 방치도 맷집을

© 김병종, 카리브-어락, 146x228cm, 혼합재료, 먹과 채색, 2009.

김병종 화백의 대표 저서들

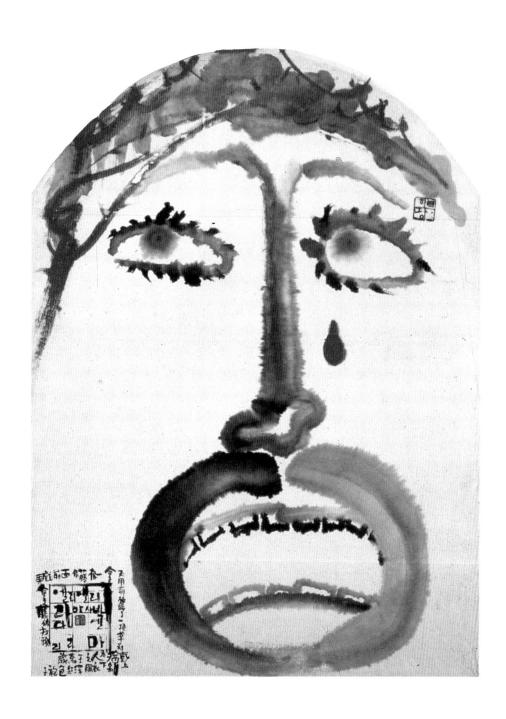

ⓒ 김병종, 바보 예수_엘리엘리라마사박다니, 170x110cm, 화선지에 먹과 채색, 1985.

키우는 단초가 된다. "아무도 없는, 거름도 주지 않는 황량한 들판에서 들꽃은 피어난다"는 그의 말은 시대를 뛰어넘는 여전한 진리다. 더러 풍족하고 시스템화된 상황에도 예술이 만개하지 못하는 이유는 자생력 부족이 주 원인으로 지목된다.

그 때문일까. 김 화백의 글이나 미술 작품에 드리워진 핵심 주제는 '생명'이

"서울대학교에 입학하고 얼마 지나지 않은 때였어요.
그때 저는 미술계에서 소외받고 자꾸만 문학 속으로 숨던 시절이었습니다. 매우 쓸쓸하고 음울한 시기였지요. 그때 저를 붙잡았던 건 다름 아닌 서울로 올라오던 날의 쓸쓸한 풍경이었습니다. 오직 그림을 그리겠다는 일념으로 첫새벽 완행을 타고 떠나오던 날의 장면이 뇌리를 스쳤거든요. 그때만 생각하면 나약해지는 마음을 다잡을 수밖에 없었죠. 시골 촌놈의 '뒷심'은 어떤 난관에 부딪히든 견딜 수 있는 근기가 되거든요."

다. 원형질과도 같은 유년 시절의 체험은 이후 '바보 예수'와 '생명의 노래' 연작으로 이어진다. 대도시가 주는 불모성, 황폐함을 극복하기 위해 붓끝으로나마 생명의 노래를 부르지 않으면 안 되었다. 그가 2004년 광주비엔날레 당시 전시의 한 벽면을 '바보 예수'와 생명 시리즈로 채웠던 건 그 때문이다.

"자연적이며 우주적인 생명 노래와 구세주로서 생명의 징검다리가 됐던 예수의 실존은 제 그림의 화두와도 같습니다. 50년 전 유년의 체험이 메모리칩처럼 기억이라는 망에 담겨 있지만, 사실 그것은 거리 개념이 아닌 동시다발적인 시간 개념이지요. 마치 연자에서 풀어지는 연실로 창공에 연이 뜨듯이, 그때의 체험은 몸으로 인식되고 각인돼 새로운 생명 작품으로 이어졌어요.

'바보 예수' 시리즈만 해도 그렇습니다. 일각에서는 성스러운 예수를 모욕한 것 아니냐는 비난을 제기하기도 했지만 거기에는 다분히 역설적인 의미가 투영돼 있어요. 무한한 사랑과 존엄의 의미인 것이죠. '바보 예수'가 탄생하게 된 계기는 시대적 배경과 무관치 않습니다. 젊은 시절 어떤 화집을 보는데 예수의 인물화가 모두 서구의 백인 미남자로 형상화되어 있었어요. 현실은 곤궁하며 숨도 제대로 쉴 수 없을 만큼 폭압의 그림자가 강고하게 드리워져 있는데 말이죠.

저는 친근한 삼촌 같은, 손을 내밀면 가까이 다가와 잡아줄 수 있는 예수를 그리고 싶었습니다. 우리와 같은 체온을 지니고 피가 흐르는, 같은 황색의 피부색을 지닌 그런 예수 말이죠. 실질적으로 예수는 일생을 목수로 살다 갔고, 그의 아버지 요셉도 목수로 사셨죠. 예수의 자기희생과 사랑이 울림을 주는 것은 우리와 함께 호흡하며 함께 고통을 나누고 아픔에 귀를 기울였던 낮은 마음과 십자가의 길 때문이 아닐까요."

어쩌면 그에게 '바보 예수'는 일찍 돌아가신 아버지의 또 다른 이름인지도 몰랐다. 한편으로 오늘의 그가 있기까지 독실한 크리스천이었던 어머니의 영향은 절대적이었다. 집에는 어머니가 보시던 낡은 성경책이 어린아이의 키 높이만큼 쌓여 있었다. 병환으로 일찍 세상을 떠난 아버지를 대신해 어머니는 늘 신앙의 엄격함으로 자녀들을 교육했다. 삶이 매우 곤궁하고 핍절했는데도

단 한 번도 실망하거나 부정적인 표현을 하지 않았다.

한번은 이런 일이 있었다. 그가 군대 가는 날, 누나들이 하염없이 울었던 모양이다. 방에서 성경을 읽고 있던 어머니는 "밖에 무슨 큰일이라도 났느냐? 남들 다 가는 군대 가는데 그게 대수냐"며 짐짓 의연해했다. 오늘의 김 화백을 만든 건 묵묵히 어려움을 감내하며 살아온 어머니의 신앙이었다.

어머니의 신앙, 유년의 독서가 예술혼의 원천

모친의 신앙에 근거한 교육과 김 화백이 "흡입하듯" 받아들였던 독서도 '뒷심'의 근거가 되었다. 책 읽기는 숨을 쉬는 것처럼 지극히 일상적인 행위였다. 어린 시질 동네에 한약방이 있었는데 그 집의 형과 누나들이 모두 문학 지망생이었다. 동의보감, 공자, 노자, 장자와 관련된 책들, 일테면 동양의 문사철에 관한 책들이 많았다. 그는 틈나는 대로 책을 빌려나 읽곤 했다. 바로 놀려줘야 한다는 강박 때문에 거의 날밤을 세우다시피 했다. 그는 그때부터 "빠르게 읽는 습관이 형성되었다"고 말한다.

"속독을 한다고 대충 읽는 건 아닙니다. 아주 깊게 읽으면서 의미를 되씹곤 하죠. 아버지가 돌아가신 즈음에 제게 '자폐적' 성향이 생겼던 것 같아요. 무서울 정도로 책 속에 빠져들었으니까요. 더욱이 그림을 터부시하는 분위기가 있어 의식적으로도 독서에 몰입했던 것 같아요… 당시에 읽었던 도스토예프스키의 작품들 『죄와 벌』, 『백치』, 『악령』, 『카라마조프의 형제들』 등과 같은 작품을 탐독했습니다. 그의 소설은 문학뿐만 아니라 철학 · 종교 등 다양한 영역에 걸쳐 영향을 끼칠 만큼 대단한 명작이었어요."

톨스토이, 알베르 카뮈, 앙드레 지드, 모파상의 세계 문학작품을 읽었던 감동도 남다르다. 세계적인 대문호의 작품을 읽는 동안 현실의 고통과 미래의 막막함을 털어낼 수 있었다. 실존주의 문학의 정수이자 부조리 문학의 절정인 카뮈의 『이방인』을 읽으면서는 우리 삶에 드리워진 억압과 생의 비의 등을 생각하곤 했다.

그뿐 아니다. 존 맥컬리의 『검은 별』이라는 추리 소설과 신앙 서적인 『예수 부활의 사실』, 작자 미상의 중국의 최초 사회소설 『금병매』도 재미있게 읽었던 기억이 있다. 동서양 장르와 경계를 가리지 않고 책 속에 빠져들었다. 중학교 때 읽을 수 있는 책들은 거의 다 구해 읽을 정도로 몰입했다.

"지금도 유년의 독서 습관이 남아 있어 책을 쌓아 놓고 읽고 있어요. 서재에도, 교자상에도, 거실에도, 욕실에도 눈에 보이는 곳에 책을 두고 틈나는 대로 상상의 여행을 떠납니다. 상상과 이미지를 만들어내는 데 독서만큼 강렬한 체험은 없어요. 그때는 몰랐는데 독서가 굉장한 배포의 근원이 된다는 사실을 깨달았어요. 누구를 만나고, 어디를 가도 나를 지탱해주는 힘은 독서였던 거지요."

그는 89년 연탄가스 중독으로 심각한 상황에 내몰렸던 적도 있었다. 수술을 하고 언덕을 올라가는데 길가에 핀 노란 꽃 한송이를 보았다. 그 순간 형언할 수 없는 떨림을 경험했다. 광활한 사하라 사막에 드문드문 나 있는 풀 한 포기를 보았을 때도 강렬한 떨림을 느꼈다. 독서란 바로 그런 거였다. 하나의 존재를 흔들고 인식을 깨우는 데는 한 줄의 문장만큼 압축적인 것은 없다.

그는 앞으로도 계속 그리고, 쓰고, 묵상할 것이다. 남들은 이쯤하면 쉬어야겠다는 생각을 할 법도 한데 그는 아니다. 아침에 눈을 뜨면 해야 할 일들로 가슴이 고동쳐 온다. 하늘을 날아다닐 만큼 가볍다. 올해도 전시회가 계획돼 있고,

책도 서너 권 낼 참이다. 여행기, 인문서도 쓰고 일러스트를 곁들인 책도 펴낼 생각이다.

"기억 속에 자리한 고향은 원초적인 정서의 젖줄과도 같아요. 어둑해질 무렵 장엄한 지리산을 휘돌아 하염없이 흘러가던 강물, 문득 하오의 숲에서 깨어나 봤던 황홀한 산닭의 요염한 색채들, 현란할 정도로 아름답고 슬프게 이어지던 그 보라색의 자운영 꽃밭… 저는 여전히 생명과 영혼을 꿈꿉니다. 그 시절에 들었던 요령소리와 함께 오색의 꽃상여가 푸른 보리밭으로 흘러갈 때, 자꾸만 어디로 간다고 상여꾼이 판소리 사설을 읊듯 노래를 하는데, 과연 죽으면 어디로 가는 것인지 저는 늘 궁금했어요….

그러므로 제 모든 작업의 핵심은 '생명' 그 이상도 이하도 아닙니다. 이어령 선생이 주장했던 '생명이 자본주의다'라는 말과 동일한 의미지요. 생명을 약화시키고 경시하는 그 어떤 것도 있어서는 안 됩니다. 이제부터라도 더 늦기 전에 각계각층에서 생명운동이 활발히 일어났으면 하는 바람입니다."

화첩기행 5

『화첩기행 5』(2014·문학동네)는 화첩기행의 마지막 시리즈로 아프리카의 자연 이면에 드리워진 가난, 슬픔 등 여러 단상을 담고 있다. 알제리, 이집트, 튀니지, 모로코의 독특한 풍광이 김 화백의 섬세한 사유와 만나 아름다운 문장으로 되살아났다. '화첩기행' 연작은 이전에 출간된 『화첩기행』 3권, 『김병종의 모노레터』, 『김병종의 라틴화첩기행』을 주제별로 분류, 6년 만에 북아프리카 편이 첨가된 것이다.

저자는 그동안 허허로울 때마다 바람처럼 자유로이 길을 나서곤 했다. 북아프리카를 여행지로 삼은 까닭은 "그곳이 하나의 고유한 문화가 다른 문화와 만나 독특한 색채를 내뿜는 지역이라고 여겼기 때문"이라는 것이다. 그의 '붓길'을 잡아끄는 것은 바로 미지의 '제3의 영역'이었던 모양이다.

김병종 화가는...
우리나라의 대표적인 한국 화가다. 서울대 미대 학장, 서울대 미술관장 등을 역임했으며, 현재 서울대 미대 교수로 재직 중이다. 또한 유가철학 연구로 철학박사 학위를 받았다. 유려한 필력과 그림에서 전해지는 강렬한 아름다움으로 많은 독자들과 미술 애호가들을 사로잡고 있다.
지은 책으로는 『김병종의 화첩기행』, 『나무 집 예찬』, 『바보 예수』, 『생명의 노래』, 『길 위에서』, 『청렴과 탐욕의 중국사』 등이 있다. 세계 각국에서 20여 회의 개인전을 가졌고, 광주비엔날레, 베이징비엔날레와 피악, 바젤, 시카고 등 국제 아트페어에 참가했다. 대학 시절 동아일보, 중앙일보 신춘문예에 당선되면서 대한민국 문학상을 받기도 했다. 제10회 선미술상, 미술기자상, 한국미술작가상 등을 수상했다.

바람이 부는 날, 폭풍이 몰아치고 천둥이 치는 날, 그의 소나무는 전혀 다른 모습으로 다가온다. 그 날의 소나무는 김수영의 「풀」의 이미지와 겹쳐진다. 소나무가 눕고, 바람보다도 더 빨리 눕고, 바람보다도 더 빨리 울고, 바람보다 먼저 일어나는, 역동성이 화면 가득 펼쳐진다.

그러나 눈이 부시게 고요한 날, 그의 소나무는 나신(裸身)으로 둔갑한다. 두 발을 벌리고 거꾸로 서 있는 듯한 자세는 강렬하면서도 아름답다. 생명의 이면에서 꿈틀대는 욕망의 그림자는 사뭇 불온하다.

사진작가

배병우

_02

"사진은 자연에서 시공간을 끌어오는 작업입니다. 선택하고 압축해서 장면을 보여주는 거죠. 보는 눈에 따라 다양한 사진이 나오는 건 그 때문입니다. 같은 곳에서 사진을 찍어도 사람마다 다른 사진이 나오거든요. 사진은 있는 그대로를 보여주는 게 아니라 세상을 해석하는 하나의 방편인 셈이죠."

사진은 찍히는 대상 이면의 무언가를 보여준다

"잘 찍기보다 자신만의 색깔을 찍어라"

소설가 김훈은 "배병우의 카메라는 시간의 한 순간과 공간의 한 구획을 셔터로 고정시키지 않는다"고 말한다. 김훈의 표현은 배병우의 사진이 지니는 텍스트의 확장성을 짚어낸 것으로 풀이된다.

시간과 공간을 고정시키지 않는 사진은, 어쩌면 사진이 아닐는지 모른다. 우리가 익히 아는 고전적인 의미의 사진은 시간과 공간이 과거형태로 묶인 정형물이다. 그러나 배병우의 사진은 "풍경이 안으로 흘러 들어와서 새 자리를 잡는" 움직이는 생명체다. 거친 숨소리와 맥박이 느껴지고, 더러는 지나치게 신비롭고 매혹적이기까지 하다.

그만큼 상상이 개입될 여지가 많다는 얘기다. 고정된 틀이 아닌 새로운 차원으로 화면이 재구성된다는 의미다. 보는 이로 하여금 다면적인 해석을 가능하게 하고, 그 너머의 세계와 교섭을 하도록 끊임없이 유도한다는 거다.

배병우 작가를 만나기 전, 필자는 그에 대한 다소의 선입관을 가지고 있었다. 예술가 특유의 예민함과 자기 세계에 대한 강박증이 있지 않나 싶었다. 그의 사진이 발현하는 지극히 정적이며 섬세한 아우라가 너무도 강렬했던 탓이다.

빛이 좋은 5월의 하순, 파주 헤이리 예술촌에서 그를 만났다. 하늘은 맑고 빛은 밝아, 사진 찍기에는 더없이 좋은 날이었다. 밀리터리 룩을 입은 그에게선 젊은 피카소의 분위기가 감돌았다. 얼핏 그는 사진작가라기보다 바다를 생업으로 삼는 어부의 느낌이 들었다. 다부진 체구와(그의 말로는 고등학교 때 유도를 좀 했다고 한다) 평균치를 웃도는 큰 키는, 정말이지 정서적 울림을 주는 사진작가의 모습과는 거리가 멀었다. 혹여 그가 사진을 찍지 않았더라면 원양어선을 타고 먼 바다를 떠도는 선원이 되었을지 몰랐다.

'바다 내음'과 '소리'를 품은 여수 사내

그의 고향은 미항 여수다. 바다는 오늘의 그를 만든 생래적인 공간이다. 그의 수많은 사진에는 숨죽일 듯 아름다운 바다가 '보이지 않는' 배경으로 자리한다. 작품에는 분명 바다가 보이지 않는데, 바다의 냄새와 소리가 은연중 배어나온다. 사진을 배운 게 아니라 몸으로 익혔다는 방증이다. 바다와 관련된 이야기를 할 때, 그는 곧잘 허공을 응시하거나 뭔가를 회상하는 표정을 지었다. 더러 성능 좋은 카메라 렌즈처럼 눈빛을 반짝이기도 했다.

스튜디오 1층에 들어서자 익숙한 소나무 사진이 눈에 들어온다. 예의 그 유명한 경주 남산 소나무다. 그것은 자신의 정체성을 드러내는 심미적인 문패였다.

"사진은 자연에서 시공간을 끌어오는 작업입니다. 선택하고 압축해서 장면을 보여주는 거죠. 보는 눈에 따라 다양한 사진이 나오는 건 그 때문입니다. 같은 곳에서 사진을 찍어도 사람마다 다른 사진이 나오거든요. 사진은 있는 그대로를 보여주는 게 아니라 세상을 해석하는 하나의 방편인 셈이죠."

사진에 대한 일말의 철학이 느껴진다. 그렇다면 어떻게 피사체를 끌어오고 어떤 방식으로 해석을 한다는 것일까.

그를 따라 올라간 2층에서 얼마간의 답을 찾을 수 있었다. 작업실 겸 서재로 쓰는 2층은 의외로 심플하고 단출하다. 벽면 가득 양장본 책들이 빼곡히 꽂혀 있었는데, 대부분 사진과 관련된 서적이었다. 그가 지금까지 보았던 외국 원서에서부터 인문 서적에 이르기까지, 책들은 마치 앵글에 포섭되기를 기다리는 피사체의 모습 같았다.

"나는 미대에서 조형미술을 전공했습니다. 본질적으로 나의 사진이 저널리즘과는 다를 수밖에 없는 이유이지요. 예술은 인문학적 소양이 있지 않고는 자신만의 세계를 구현할 수가 없습니다. 어느 분야에서든지 예술 전반에 걸친 다양한 소양이 있어야 자기만의 세계를 견지할 수 있거든요."

다양한 빛과 감성으로 해석한 '소나무들'

그는 홍대 미대를 졸업하고 동 대학원에서 디자인을 전공했다. 사진 공부를 따로 하지 않았지만 사진작가가 되었다. 그가 생각하는 사진은 단순히 말해 "빛그림"이다. 빛으로 그린 '그림'이기에 무엇보다 조형감각이 요구된다. 데생 훈련을 하는 이유가 조형성을 기르기 위해서다. 큰 틀에서 보면 사진 역시 그림이기 때문인데 흥미로운 점은 사진작가 절반 이상이 미대 출신이라는 점이다.

"사진은 대상을 이미지로 옮겨놓는 것 이상의 그 무엇입니다. 잘 찍는 것보다 자신만의 색깔을 드러내는 게 중요하죠. 그 색깔을 어떻게 입히고 해석하느냐에 따라 사진의 가치가 달라집니다."

사진은 보이지 않는 이면의 것을 보게 하는 예술이다. 사실 뷰파인더 너머의 피사체를 읽어내는 힘은 통찰에서 비롯된다. 독서는 이를 매개하는 방식 가운데 하나로, 심미적인 프리즘을 재현하는 과정이다.

그가 즐겨 읽는 고전으로 헨리 데이비드 소로우의 『월든』, 제임스 왓슨의 『이중나선』, 에르빈 슈뢰딩거의 『생명이란 무엇인가』를 꼽는다. 이들 텍스트는 기본적으로 자연과 생명을 다룬 현대판 고전이다. 바다 출신의 그에게 자연과 생명은 '정서적 공명'을 일으키는 본질적인 테마다. 그에게 『월든』은 자연의 위대함과 예술적 지향이 어떻게 결집되어야 하는지를 깨우쳐준 책이다. 근래에 읽은 이중톈의 『사람을 말하다』, 제레드 다이아몬드의 『총 균 쇠』는 인문의 향기가 짙게 밴 텍스트들이다. 인간과 문명에 대한 깊은 통찰이 담긴 명저다.

그렇다면 그가 가장 좋아하는 사진작가는 누구일까. 그는 주저 없이 미국의 사진가 에드워드 웨스턴(Edward Weston, 1886~1958)을 든다. 웨스턴은 미국 풍경사진의 대가로 지연스리운 이미지를 포착하는 데 남다른 감각을 지녔다. 배병우는 웨스턴의 사진에 대한 치열한 열정과 독특한 삶의 방식을 좋아한다. 한때 "모든 만물은 독자적인 존재 이유가 있다"는 웨스턴의 시각과 치밀한 화면 구성에 매료된 적이 있다. "그가 주로 찍은 대상이 바다였는데, 그것은 내가 아주 일찍부터 그렸던 바다였다. 당연히 나를 빨아들였기에 내 사진에 그의 스타일이 녹아들었다."

배 작가는 웨스턴의 삶은 지극히 단순했다고 설명한다. 평소에는 사진을 찍다가 돈이 떨어지면 일을 했다. 그의 삶은 여느 밥벌이와는 차원이 다른 무게로 다가왔을 것이다. 생업은 사진을 찍기 위한 보조 수단이라는 인식은 예술가로서만 존재하고, 작업하며, 삶을 살겠다는 표현이다. 일상의 모든 요소가 사진으로 환원되는 삶은, 사실 아티스트가 아니면 흉내 낼 수 없는 깊은 고심의 반영이다.

배 작가에게 영향을 미친 또 다른 작가는 모호이너지(Moholy-Nagy, 1895~1946)였다. 배 작가는 모호이너지의 빛과 조형에 대한 철학을 동경했고, 추구했다. 그의 석사 논문이 「모호이너지의 조형이론이 현대시각 디자인에

/ 그의 소나무는 사람의 모습을 닮았다. 그의 소나무를 보고 있노라면 더러 귀기가 느껴진다. 보는 이의 심리적 층위에 따라 소나무는 다양한 모습으로 투사된다. 활짝 웃기도, 춤을 추기도, 슬피 울거나, 화를 내거나, 질겁하기도 한다. 사랑을 하며 기쁨에 겨워하기도 한다. 희로애락 애욕, 욕정. 한마디로 인간의 모든 감정이 응축돼 있다. /

미친 영향」인 것만 봐도 알 수 있다. 미묘한 톤과 섬세한 디테일은 조형이라는 미학적 틀을 고리로 발현된다.

에드워드 웨스턴과 모호이너지. 이렇듯 서로 다른 두 작가의 이질적인 미학성은 배병우를 스페셜한 사진가로 만들었다. 바다 출신으로 디자인을 공부했던 배병우에게 엄청난 시너지로 작용한 거다.

배병우의 사진은 스펙트럼이 넓다. 오늘날의 그를 있게 한 소나무 사진만 봐도 그렇다. 지역, 식생, 수령, 국가, 이미지, 형태에 따라 천차만별이다. 일본의 미술평론가 치바 시게오는 "배병우의 소나무는 신체를 닮았다"고 평한다. 아닌 게 아니라 그의 소나무는 사람의 모습을 닮았다. 그의 소나무를 보고 있노라면 더러 귀기가 느껴진다.

보는 이의 심리적 층위에 따라 소나무는 다양한 모습으로 투사된다. 활짝 웃기도, 춤을 추기도, 슬피 울거나, 화를 내거나, 질겁하기도 한다. 사랑을 하며 기쁨에 겨워하기도 한다. 희로애락, 애욕, 욕정. 한마디로 인간의 모든 감정이 응축돼 있다.

그러나 바람이 부는 날, 폭풍이 몰아치고 천둥이 치는 날, 그의 소나무는 전혀 다른 모습으로 다가온다. 그날의 소나무는 김수영의 「풀」의 이미지와 겹쳐진다. 소나무가 눕고, 바람보다도 더 빨리 눕고, 바람보다도 더 빨리 울고, 바람보다 먼저 일어나는, 역동성이 화면 가득 펼쳐진다.

그러나 눈이 부시게 고요한 날, 그의 소나무는 나신(裸身)으로 둔갑한다. 두 발을 벌리고 거꾸로 서 있는 듯한 자세는 강렬하면서도 아름답다. 생명의 이면에서 꿈틀대는 욕망의 그림자는 사뭇 불온하다.

이와 달리 소박함과 단아함이 배어나오는 소나무도 있다. 더러 회백색의 단조로운 화풍을 추구했던 박수근의 「나목」이 오버랩되기도 한다. 앙상한 나목이 주는 쓸쓸함과 한 폭의 수묵화 같은 배병우의 소나무는 동일한 공명을 불러일으킨다.

얼마나 치열하게 고민하고 시간을 투자했는가

그가 소나무를 찍게 된 계기는 1984년 낙산사에서였다. 그곳에서 사진을 찍다가 보았던 소나무에 단단히 필이 꽂혔다. 강렬한 전류가 온몸을 훑고 지나갔다. 그 무렵 그는 각지의 소나무란 소나무는 다 찍을 만큼 전국의 산하를 떠돌았다. 1년에 10만 킬로미터씩을 답사할 만큼이나 소나무에 빠져 있던 시기였다.

"동이 틀 무렵은 아주 매혹적인 시간이에요. 어둠에서 빛으로 바뀌는 순간은 무엇에 비할 데 없을 만큼 신비감을 줍니다. 해가 뜨기 직전 안개와 뒤섞인 빛의 소묘는 전혀 다른 차원의 감성을 자극하니까요."

사진은 빛을 이해하고 '장악'해야만 가능한 예술이다. 새벽녘의 작업은 천성적으로 부지런했던 아버지로부터 영향을 받았다. 경매를 위해 매일 새벽 어시장에 나가야 했던 아버지의 삶은 그 자체로 교과서였다. 경매 또한 절묘한 타이밍이 요구되는 예술이 아니던가.

7남매 중 장남이었던 그는 어렸을 때부터 공부를 잘했다. 그림도 잘 그렸고 운동에도 소질이 있었다. 당시 전남의 명문고인 여수고에서 처음으로 홍대 미대에 진학할 만큼, 그는 문예를 갖춘 학생이었다. 혹여 공부를 잘했기에, 부모님은 법대나 경영대에 진학학기를 바랐을 법도 한데, 전혀 그렇지 않았단다. 그림에 소질이 있는 아들을 있는 그대로 바라보고 이해해주었다. 그가 '카메라로 그림을 그리는' 예술가가 된 건 전적으로 부모님의 격려와 지지 덕분이었다.

창덕궁과 종묘 그리고 알함브라 궁전 사진도 빛과 시간이 빚은 결과물이다. 지고한 기다림과 회화적 감각 없이는 담보될 수 없는 빛그림이다. 자연스러운 공간 배치가 돋보이는 창덕궁, 숨 막힐 듯한 정밀함이 느껴지는 종묘, 동양인 작가로는 유일하게 작업했던 스페인 알함브라 궁전은 배 작가만의 색깔과 정체성이 투영된 명작이다.

"동이 틀 무렵은 아주 매혹적인 시간이에요.

어둠에서 빛으로 바뀌는 순간은 무엇에 비할 데 없을 만큼 신비감을 줍니다.

해가 뜨기 직전 안개와 뒤섞인 빛의 소묘는 전혀 다른 차원의 감성을 자극하니까요."

그는 지난 1981년부터 서울예대 사진과 교수로 재직 중이다. 그는 늘 제자들에게 축적의 중요성을 일깨운다. 디지털카메라가 나온 후로는 누구나 사진을 찍을 수 있게 되었지만, 자신만의 철학이 담긴 작품을 내놓는 경우는 흔치 않단다. 오랜 기간 수련을 하지 않고는 의미 있는 작품을 구현해내기가 쉽지 않다. 절대적인 시간의 분량 없이는 그 어떤 것도 이룰 수 없고, 도달할 수도 없다는 것이다.

"에드워드 웨스턴은 암실의 장인이었어요. 그가 대가가 될 수 있었던 건 암실이라는 고독한 공간이 있었기 때문이죠. 예전에는 현상과 인화가 필수 과정이었지만 필름이 사라지면서 암실 프로세스가 생략돼버렸어요. 피드백 과정이 없다 보니 몸으로 체득할 수 있는 감각을 잃어버린 셈이죠."

어쩌다 사진 한두 컷은 잘 찍을 수 있을 것이다. 그러나 여러 장의 사진을 균질하게 찍기는 힘들다. 바닥이 금방 드러나기 마련이다. 얼마나 치열하게 고민하고, 시간을 투자했는지 사진은 고스란히 증명해버린다. 모든 예술이, 모든 삶이 지니는 수련 과정은 그처럼 지난하면서도 가혹하다. 상응하는 대가를 지불하지 않고는 그 어떤 것도 얻을 수 없다.

인터뷰 말미에 그가 툭 던진 중국 속담이 오랫동안 뇌리를 떠나지 않는다.

"아무리 허술한 예술가도 만 권의 책과 만 리의 여행을 하면 자신의 예술 세계를 구축할 수 있다."

배병우 빛으로 그린 그림

『배병우 빛으로 그린 그림』은 배병우 작가의 작품을 정리한 책이다. 1982년 첫 개인전 이후 단행본으로 펴낸 그의 성장 기록이다.

"스무 살 때부터 시작된 나의 사진 여행은 길을 따라가며 만난 나무와 숲들이 주인공이다. 청령포의 관음송, 제주의 곰솔, 불국사 뒤뜰의 솔숲, 캘리포니아 요세미티의 거대한 세쿼이아, 케냐에서 마주한 거대한 바오밥 나무까지…. 이 나무들은 신화나 우주로부터 낙하한 듯 기이했고 곧 친숙해졌다."

작가는 오랜 세월 자신을 찍어왔던 노하우, 자신만의 철학을 담담하게 들려준다. 살아 움직이는 듯한 사진들과 행간을 따라 펼쳐진 특유의 사유와 맛깔스러운 글은 읽는 맛을 더해준다.

배병우 사진작가는…

소나무, 바다, 산 등 한국의 정서를 표상하는 경관을 사진으로 담아, 붓 대신 카메라로 그림을 그린다는 평을 받고 있는 한국의 대표적 사진작가이다. 2005년 영국의 팝가수 엘튼 존이 그의 소나무 사진을 구입해 화제가 되기도 했다. 작품 속 소나무는 '구불구불한 형상을 하기도 하고, 수직으로 강렬하게 뻗기도 하며, 서로 의지하듯 교차하기도 하여 특유의 거친 질감이 그대로 살아 있다'는 평을 받는다. 그는 사진이 한국 현대예술의 중심에 자리 잡도록 역할을 했으며, 국내는 물론 프랑스·일본·캐나다·미국·스페인·독일 등 국외에서 많은 전시를 열었다.

주요 작품집으로 『종묘』, 『청산에 살어리랏다』, 『Sacred Wood』, 『창덕궁: 배병우 사진집』, 『빛으로 그린 그림』 등이 있다.

그는 지금까지 꽤 많은 책을 펴냈다. 대부분 미학 관련 저서들이다. 방대한 지식에 놀랐고 이를 하나로 꿰는 솜씨가 만만치 않다. 그는 책을 쓸 때마다 형식 실험을 하고 싶은 충동을 느낀다고 한다. 콘텐츠도 중요하지만 담아내는 그릇이 어떠해야 하는지 숙고하게 되는 이유다.

미학자

진중권
_03

"미학은 단순히 과거의 아름다움을 분석하는 학문이 아닙니다. 단언하건대 미래의 경제학은 미학이 될 겁니다. 기술 패러다임에서 디자인 패러다임으로, 예술 패러다임으로 옮겨가고 있는 추세지요.

미학자 진중권

나는 고양이를 좋아하는 로맨티시스트다

미학 대중화 물꼬 튼 『미학 오디세이』

미학자 진중권의 『미학 오디세이』가 출간된 지 만 20년이 지났다. 1994년 1월에 발간된 『미학 오디세이』는 스테디셀러로 자리 잡을 만큼 많은 독자들로부터 사랑을 받았다. 대화체로 써내려간 이 책은 미학의 대중화에 획을 긋는 저서로 자리 잡는다. PC통신에서 인터넷 시대로 진입하는 시기와 맞물리면서 지적 세계에 목말라하는 젊은이들을 휘어잡았다. 책을 출간할 당시 서른 살이었던 그는 어느새 한국을 대표하는 논객이 되었다.

그에 대한 평가의 스펙트럼은 사뭇 넓다. 폭이 넓다는 것은 대중의 관심이 다층적이라는 사실을 전제한다. '돌직구'를 날리는 독설가, 논리 정연한 논객, 미학을 대중화시킨 미학자, 정치적 견해가 뚜렷한 시사평론가 등등…. 어떤 수사도 적확하지는 않지만 그렇다고 사실과 동떨어진 것도 아니다. 앞의 모든 평가가 그의 이미지일 수도 있고, 그 이미지가 미학자 진중권으로 수렴될 수도 있다.

그는 '포커페이스'다. 논리 정연한 논객 이면에 해맑은 미소를 감추고 있다.

사춘기 소년 특유의 장난기 어린 표정이 문득문득 배어나온다. 그를 '독설가'나 '논객'으로 규정하는 이들은 짐작건대 그의 천진한 미소를 보지 못했을 수도 있다. 아니 그의 미소를 다른 의미로 받아들였을 수도 있다. 미소 뒤에 감춰진 날카로운 '논리'의 방향만을 바라보기 때문이다. 그러나 공적인 관계가 아닌, 사석에서 그를 만난다면 꾸밈없는 그대로의 '민낯'을 볼 수도 있다.

사실 이미지나 아우라는 본인이 만들기도 하지만, 한편으론 타자가 부여하는 측면도 없지 않다. 대중들은 자신들이 속한 정치적, 사회적, 문화적 계층이나 또는 취하고 있는 스탠스에 따라 공인을 규정하려는 경향이 있다. 보고 싶은 것만 보려는 의도와 무관치 않다는 얘기다. 그럼에도 어느 정도 시간이 흘러 돌아보면 대중들의 눈이 상당 부분 정확하다는 사실과도 맞닥뜨리게 된다.

진 교수 인터뷰가 있던 날 광주에는 많은 눈이 내렸다. 서울행 고속버스를 타고 올라가는 내내 창밖으로 펼쳐진 눈꽃의 세상을 감상했다. 미학자라면 저 설경을 어떻게 바라보고 의미 있는 틀로 표현할까, 엉뚱한 생각이 들었다.

그를 만난 곳은 서울 홍대 인근 휴머니스트 출판사였나. 건물 벽면에 진 교수의 얼굴과 저서 『미학 오디세이』를 담은 플래카드가 걸려 있었다. 출간 20주년을 알리는 홍보였다. 21세기에도 지극히 고전적인 방식으로 홍보를 하나 보다. 다소 '미학적'이지 않다는 생각이 스쳤다.

약속 시간보다 조금 늦게 나타난 진 교수는 피곤기가 역력했다. 잠을 설친 모양이다. 얼마 전 독일에 있는 아내와 아들을 만나고 왔던 터라 잠을 제대로 못 잤다고 한다. 인터뷰가 시작되자 그는 예의 달변가의 모습으로 돌아왔다.

"『미학 오디세이』가 20년이 흐른 지금까지도 사랑받게 될 줄 몰랐어요. 미학의 역사, 이와 연계된 문제 영역을 다면적으로 들여다봤던 게 원인이 아닌가 싶네요. 지금쯤이면 기존의 텍스트를 뛰어넘는 새로운 관점이 대두되어야 하는데 그렇지 않은 점이 한편으론 신기할 따름이죠. 아마도 책의 형식적인 면에서 기존의 방식과는 다른 차별화 때문이 아닌가 싶어요. 일테면 이미지와 텍스트의 결합, 말하고 듣는 방식의 차용, 인터넷 문화와 친근한 구어체 등이 어필을 했다고 보는 거지요. 물론 처음에는 이런저런 비판도 많이 들었어요. 상스럽다는 말부터 도대체 이게 이야기책이지 미학서냐 하는 비아냥도 없지 않았으니까요."

무심한 투였지만 『미학 오디세이』에 대한 애정이 남다른 듯했다. 독일 유학 갈 때 항공료나 벌어보자는 심사로 썼던 책이었다. 지금으로부터 20년 전 일이다. 그는 유학을 떠난 뒤 한동안 책에 대해 까맣게 잊고 있었다고 한다. 별다른 홍보도 하지 않았고, 예상했던 대로 처음에는 이렇다 할 반응도 없었다. 그러다 한두 해쯤 지나면서 조금씩 책을 읽었다는 사람들이 나타났다. 입소문을 타고 책이 팔려나간 것이다. 이후 다양한 '오디세이' 류가 봇물처럼 쏟아져 나오기 시작했다.

"당시에 일반 독자들이 쉽게 읽을 수 있는 책을 쓰고 싶었어요. 미학서적은 아무래도 미학과 철학, 예술이 섞여 있어 어렵잖아요. 일반인들이 이해하기 쉽도록 이미지와 대화체를 접합했습니다. 한 작품을 집중적으로 부각시키든지, 작품 이면에 예술가의 삶과 사유를 제시하든지, 소재에 따라 각기 다른 접근법을 시도했지요. 어떤 내용도 미학적인 관점에 수렴되도록 초점을 뒀습니다."

지난 80년대 우리 사회는 생산과 민주화라는 담론에 무게가 놓여 있었다. 아름다움이 무엇인지, 어떻게 추구해야 하는지에 대한 담론이나 성찰은 없었다. 물론 안내서도 전무하다시피 했다. 그는 90년대에 들어서면서 먹고 사는 문제가 어느 정도 해결되자, 유희적인 관심을 갖기 시작했다고 회고한다. 그러면서 이를 "문화에 대한 욕구"라고 단정했다. 그는 "문화에 대한 욕구는 아름다움에 대한 추구로 이어졌고, 미학의 생활화로 연계되었다"고 말한다.

"이 책은 미학의 기초를 쉽게 풀이했다는 데 의미가 있습니다. 인류는 오래전부터 본능적으로 미적인 세계를 갈망했죠. 그러나 미학의 영역과 접근하는

방식이 상이한 탓에 적잖은 난관이 있었던 거구요. 『미학 오디세이』을 쓰는데 '이중코드'를 활용했던 건 그 때문입니다. 인문학적 베이스가 있는 전문가와 그렇지 않은 일반의 독자들을 모두 배려했던 거지요. 예술, 미학 개념, 철학사를 골고루 배분했고 에셔, 마그리트, 피라네시라는 세 예술가를 등장시켜 각기 독특한 음색을 만들어내도록 유도를 했으니까요."

색깔이 분명한 논객… 논리, 경험, 가치 들어 있어

그는 서울대 미학과와 동대학원을 졸업하고 독일로 건너가 베를린 자유대학에서 미학과 언어철학을 공부했다. 한마디로 공부를 잘하는 모범생이었다. 80년대 초반이면 법학이나 경제학이 인기 있었을 텐데(지금도 그렇지만) 군이 미학을 선택한 이유가 궁금했다. 그는 "남들이 모두 좋아하는 분야는 성과를 내기 어렵다. 군이 내가 아니어도 그 길을 갈 사람은 많았다"며 "결과적으로 미학을 선택한 건 잘한 결정"이라고 강조한다.

"미학 오디세이는 미학의 기초를 쉽게 풀이했다는 데 의미가 있습니다. 인류는 오래전부터 본능적으로 미적인 세계를 갈망했죠. 그러나 미학의 영역과 접근하는 방식이 상이한 탓에 적잖은 난관이 있었던 거구요. 『미학 오디세이』를 쓰는 데 '이중코드'를 활용했던 건 그 때문입니다. 인문학적 베이스가 있는 전문가와 그렇지 않은 일반의 독자들을 모두 배려했던 거지요. 예술, 미학 개념, 철학사를 골고루 배분했고 에셔, 마그리트, 피라네시라는 세 예술가를 등장시켜 각기 독특한 음색을 만들어내도록 유도를 했으니까요."

혹여 부모님의 영향이 있지 않았을까. 가난한 목회자였던 아버지는 자식들이 하고자 하는 일에 크게 간섭하거나 반대하지 않았던 모양이다. 변변찮은 형편에도 집에는 피아노가 있었다. 아마 그 영향으로 두 누나가 음악 쪽으로 방향을 정하지 않았나 싶다.

"많은 사람들이 저의 형제자매가 어떻게 공부를 했는지, 부모님의 교육철학은 어떤지 궁금해 하는데 사실은 이렇다 할 게 없었어요. 그냥 방임하듯 놔뒀습니다. 딱히 특별한 게 있다면 아버지가 자녀들을 데리고 자주 놀러 다녔습니다. 지금으로 치면 '체험학습'과 같은 거였어요. 요즘 부모들은 당신들이 스스로 아이들 교육을 시키려고 해요. 그런데 부모 스스로도 당신들 인생이 없는데 어떻게 뭘 하라고 강요를 하는지 모르겠어요. 제일 좋은 가정교육은 틀에 박힌 '교육'을 하지 않는 게 아닐까요?"

진 교수의 누나 진회숙과 진은숙은 음악계에서는 알아주는 명사들이다. 진회숙은 이화여대 음대와 서울대 대학원을 나와 예술의 전당 강사, 음악평론가, 칼럼니스트로 활동하고 있다. 작은 누나 진은숙은 서울대 음대 작곡과와 독일 함부르크 대학 작곡과를 나와 서울시립교양학단 상임작곡가로 활동하고 있다. 동생 진중걸은 한신대에서 공부한 뒤 컴퓨터 프로그래머를 한다.

4남매가 다들 공부를 잘했으니 사람들이 가정교육에 남다른 관심을 보일 만도 하다. 필자는 때마침 챙겨간 월간 『예향』을 진 교수 앞에 내놓았다. 그의 큰누나 진회숙 씨가 『예향』에 클래식 관련 기사를 연재 중이다. 유려한 필치와 세련된 감각으로 풀어내는 '진회숙의 클래식이 좋다'는 마니아가 있을 정도로 인기가 좋다. 그러나 진 교수는 누나의 음악에 대해 이렇다 할 말이 없었다. 기본적으로 저마다의 인생을 살되 간섭하지 않고 존중하자는 의미인 듯 했다. 무관심해 보이는 반응이었지만 이면에는 누이와 동생에 대한 무한한 신뢰가 전제되어 있었다.

그는 색깔이 분명한 논객이다. 하고 싶은 말은 에두르지 않고 직설화법을 구사한다. 물론 그 색깔에는 그만의 논리와 가치, 경험이 녹아 있을 터였다. 남들은 '독설'이라는 '딱지'를 붙이지만 관전자의 입장에서 보면 더러 그 '독설'을 제어할 수 있는 '논리'가 미흡한 경우가 적지 않았다. 다시 말해 논리는 논리로 대응해야 하는데 말하는 태도로 본질을 흐리는 때가 없지 않았다.

"어떤 독자가 그런 말을 했던 걸 기억합니다. 골치 아픈 부분을 교묘한 말솜씨로 잘 풀어간다는…. 사실 시사 프로에 나와 토론을 하다 보면 저도 불편할 때가 있습니다. 어떤 시청자들은 '시사 광대'로 생각하는 측면도 있죠. 내심 상대가 안 되는 토론자의 코를 납작하게 눌러주기를 바라는 것 같기도 하고 일종의 간접적인 카타르시스를 느끼고 싶은 거죠."

그는 토론의 영향으로 부정적인 결과가 초래된 적도 많았다고 한다. "일정이 잡혔던 강연이 취소되거나, 책 판매부수가 현저히 떨어지는 일도 있었어요." 그러고 보니 지난 이명박 정부 때 중앙대 겸임교수, 한국예술종합학교 초빙교수직 임용에서 탈락되기도 했다. 경제적으로 큰 타격을 받지 않았지만 그 자체로 불쾌했다. '보이지 않는 손'이 작용했다는 의미다.

진 교수는 독일 유학 때 만난 일본인과 결혼을 했다. 현재 부인과 아들은 독일에 거주하는데 계속 살았으면 하는 눈치다. 그러나 진 교수는 상대적으로 한국이나 일본이 좋지 않을까 싶다. 그는 우리나라처럼 대중교통과 의료보험이 잘 돼 있는 나라도 없다는 것이다. 일년에 몇 차례 한국과 독일을 오가고 있지만 노년만큼은 한국에서 살았으면 하는 바람이다.

호프스태터의 『괴델, 에셔, 바흐』를 읽고 『미학 오디세이』 구상

그는 지금까지 꽤 많은 책을 펴냈다. 대부분 미학 관련 저서들이다. 방대한 지식에 놀랐고 이를 하나로 꿰는 솜씨가 만만치 않다. 그는 책을 쓸 때마다 형식 실험을 하고 싶은 충동을 느낀다고 한다. 콘텐츠도 중요하지만 담아내는 그릇이 어떠해야 하는지 숙고하게 되는 이유다.

그를 미학의 길로 이끈 책이 궁금했다. 진 교수는 『미학 오디세이』를 쓰게 된 계기로 미국의 더글러스 호프스태터가 쓴 『괴델, 에셔, 바흐』를 읽고 나서였다고 말한다. 근대 지성사를 창의적으로 통합한 책으로 작곡가인 작은 누나가 소개해줬다. 바하의 클래식이 일정하게 반복되면 어떤 의미를 전달하는데, 인간의 두뇌 속의 뉴런도 마찬가지라는 거다. 반복되는 패턴의 작용은 하나의 해석을 넘어 점차 복잡한 양상으로 전개된단다. 이 외에도 인공지능의 가능성, 예술의 방향성 등이 유려한 문체로 제시돼 있다.

제임스 조지 프레이저의 고전 『황금가지』도 빼놓을 수 없다. 주술과 종교의 기원, 그 진화의 과정이 다양한 사례들과 함께 녹아 있어 지적 자극을 준다는 것이다. 책은 이탈리아 북부 네미 호수의 통치자를 살해하는 전설로부터 시작된다. 저자는 왜 그 같은 주술이 시작되었는지 실마리를 찾기 위해 지구촌 곳곳에 산재하는 신화, 제의, 전설, 터부의 사례를 찾아나선다. 진 교수는 "그리스 로마 신화보다 훨씬 시적 상상력, 제의적 상상력을 제공한다"며 "인류학에 관심 없는 독자라도 한번쯤 일독하라"고 권한다.

네덜란드의 요한 하이징거의 『중세의 가을』도 추천한다. 책은 오늘날 서구 문명의 과정을 섬세하면서도 역동적인 관점으로 추적한다. 진 교수는 "하이징거는 문명의 암흑기로 상정되는 중세를 '인본주의의 싹'을 발아한 시대로 바라본다"며 "문명과 문화를 어떤 관점에서 보느냐에 따라 전혀 다른 해석이 잉태된다"고 말한다.

서양문명을 사회사적 관점에서 다룬 아놀드 하우저의 『문학과 예술의 사회사』를 읽을 때의 감동도 여전하다. 하우저는 예술 활동이 본질적으로 사회적인 성격을 함의할 수밖에 없다는 시각을 견지한다. 선사시대 동굴벽화에서 20세기 영화의 탄생에 이르기까지 문화, 예술의 장구한 역사가 녹아 있다.

앞으로의 계획을 물었더니 돌아온 답이 간단하다. 미학 체계사를 쓸 작정이

/ 많은 사람들이 저의 형제자매가 어떻게 공부를 했는지, 부모님의 교육철학은 어떤지 궁금해 하는데 사실은 이렇다 할 게 없었어요. 그냥 방임하듯 놔뒀습니다. 딱히 특별한 게 있다면 아버지가 자녀들을 데리고 자주 놀러 다녔습니다. 지금으로 치면 '체험학습'과 같은 거였어요. 요즘 부모들은 당신들이 스스로 아이들 교육을 시키려고 해요. 그런데 부모 스스로도 당신들 인생이 있는데 어떻게 뭘 하라고 강요를 하는지 모르겠어요. 제일 좋은 가정교육은 틀에 박힌 '교육'을 하지 않는 게 아닐까요? /

란다. 어느 학문이든지 학설사와 체계론이 있기 마련인데 미학 분야는 체계사가 없다는 것이다. 또 하나 10년에 걸쳐 미학사를 새로운 관점으로 쓰고 싶은 계획이 있다.

"미학은 단순히 과거의 아름다움을 분석하는 학문이 아닙니다. 단언하건대 미래의 경제학은 미학이 될 겁니다. 기술 패러다임에서 디자인 패러다임으로, 예술 패러다임으로 옮겨가고 있는 추세지요. '창조경제'라는 그럴듯한 수사로는 긍정성을 담보하기 어렵습니다. 자율적인 주체를 인정해야 하는데 자꾸 개입하려 들잖아요. 창의성 없는 기술은 단순한 기능으로 전락하기 십상이니까요."

미학 오디세이

출간 20주년을 맞아 휴머니스트에서 펴낸『미학
오디세이』는 진중권 교수가 1994년에 펴낸 첫 저
작물이다. 그의 이름을 대중에게 각인시킨 스테디
셀러로 미학, 미술, 철학의 역사가 씨줄, 날줄 엮이
듯 촘촘하게 구조화되어 있다. 여기에는 원시시대의 예술부터 현대의 탈근대
적 시각에 이르기까지의 회화, 건축, 조각 등이 망라되어 있다. 가상과 현실이
라는 틀을 넘어 과연 예술은 무엇이며, 미적 기준은 무엇인가에 대한 특유의
논리와 시각이 담겨 있다.

진중권 미학자는...

1998년 4월부터『인물과 사상』시리즈에「극우 멘탈리티 연구」를 연재했다. 그가 펴낸『미학 오디세이』
는 20년이라는 시간 동안 세대를 바꿔가면서 꾸준하게 여러 세대에게 공감을 얻고 있다. '90년대를 빛낸
100권의 책'으로 선정되기도 한 이 책에는 벤야민에서 하이데거, 아드르노, 푸코, 들뢰즈 등의 사상가들
이 등장해 탈근대의 관점에서 바라본 새로운 미학을 이야기한다.

지은 책으로는『미학 오디세이』,『춤추는 죽음』,『네 무덤에 침을 뱉으마』,『천천히 그림읽기』,『시칠리아
의 암소』,『페니스 파시즘』,『폭력과 상스러움』,『앙겔루스 노부스』,『레퀴엠』,『빨간 바이러스』,『조이한·
진중권의 천천히 그림 읽기』,『진중권의 현대미학 강의』,『놀이와 예술 그리고 상상력』,『호모 코레아니쿠
스』,『한국인 들여다보기』,『서양미술사』,『진중권의 이매진』등이 있다.

90년대 중반이었다. 미술계에 다소 생소하지만 의미 있는 서적이 나왔다. 『50일간의 유럽 미술관체험』(학고재). 제목부터가 심상치 않았다. 50일간, 유럽, 미술관, 체험이라는 개개의 어휘가 주는 이미지는 다분히 환상적이었다. 걸음도 떼지 않는 어린 두 아들을 유모차에 태우고 유럽의 낯선 도시를 순례하는 모험이라니, 곳곳에서 동경과 찬탄이 쏟아졌다. 그 이면에는 보통 사람들은 엄두내지 못할 무모한 도전에 대한 시샘이 깃들어 있었다.

미술평론가

이주헌

_04

"이론가와 평론가의 평가보다 독자의 눈높이에 맞는 글쓰기를 지향했어요. 글의 구성이라든가, 문체, 사진 한 컷 한 컷 모두 '미술의 대중화'에 모토를 두고 썼습니다. 당시에는 시중에 나와 있는 서양 미술 서적이 대부분 번역서 위주라 우리의 관점, 우리의 감성과 맞지 않는 면이 적지 않았죠."

나는 그림을 그리듯 글을 쓴다

화가, 기자, 평론가 거치며 '그림 열정' 깊어져

"인생은 짧고 예술은 길다라는 말은 맞지 않습니다. 우리 삶을 비하하는 의미가 깃들어 있으니까요. 인생과 예술 그 어느 쪽이 더 낫거나 모자란 게 아니라 둘 다 소중하다고 봅니다."

서울미술관 이주헌 관장(2013년~2014년)은 우리 삶과 밀착되지 않는 미술, 나아가 예술은 무의미하다고 잘라 말한다. 그의 말에서 진정성이 느껴지는 것은 삶을 떠난 예술은 따로 존재할 수 없다는, 아니 존재해서도 안 된다는 당위로 읽히기 때문이다.

그렇다고 인생과 예술을 바라보는 시각을 동일화하라는 의미는 아닐 터이다. 경중을 가리지는 말되, 다양하면서도 깊이 있는 시각으로 들여다보라는 뜻이 아닐지. 서로 맞물려 돌아가는 톱니바퀴의 힘이 균형이라는 중심축에서 나오는 것과 같다. 그에게 예술 같은 삶, 삶 같은 예술의 근간은 '열정의 조화'로 수렴된다.

이주헌 관장은 특이한 인생길을 걸어왔다. 2013년에는 서울 미술관 관장을 맡기도 했지만 한때는 화가를 꿈꾸던 미대생이었고, 미술 담당 기자로 활동했던 시간도 있었다. 뿐만 아니라 미술로 이야기를 풀어내는 '아트 스토리텔러'에서 전시기획자로, 그는 새로운 인생의 변곡점마다 '명함'을 바꿔가며 인생이라는 화폭에 다양한 그림을 그려왔다.

정해진 수순은 없었다. 그렇다고 우연이라는 힘에 이끌려 달려온 것도 아니다. 엄밀히 말하면 예술이 갖는 내재적인 힘에 이끌려 달려왔다고 보는 게 맞다. 혹자는 그의 삶을 에둘러 '어디로 튈지 모르는 개구리'와 같은 삶이라고 말할는지도 모른다. 그러나 그를 아는 많은 이들은 그가 '우물 안'을 넘어 더 넓은 인식의 세계로 나아가기 위해 경계를 확장했다는 사실을 모르지 않는다.

지금까지 그는 30여 권 가까운 미술 관련 책을 펴냈다. 미술 대중화를 위해 애쓰는 그림이야기꾼. 그를 한마디로 표현하면 이보다 더 적확한 수사는 없다. 『50일간의 유럽 미술관 체험』(1995 · 학고재), 『서양화 자신 있게 보기』(2003 · 학고재), 『지식의 미술관』(2009 · 아트북스), 『역사의 미술관』(2011 · 아트북스)…. 그의 예술적 영감이 유감없이 발휘된 대표적인 명저들이다. 많은 미술 애호가들은 그가 펴낸 책을 읽고 지적인 쾌감을 느꼈고 상상의 나래를 펴기도 했다.

90년대 중반이었다. 미술계에 다소 생소하지만 의미 있는 서적이 나왔다. 『50일간의 유럽 미술관 체험』. 제목부터가 심상치 않았다. 50일간, 유럽, 미술관, 체험이라는 개개의 어휘가 주는 이미지는 다분히 환상적이었다. 걸음도 떼지 못하는 어린 두 아들을 유모차에 태우고 유럽의 낯선 도시를 순례하는 모험이라니, 곳곳에서 동경과 찬탄이 쏟아졌다. 그 이면에는 보통 사람들은 엄두내지 못할 무모한 도전에 대한 시샘이 깃들어 있었다.

"아이들을 데리고 가면 에피소드가 나올 거라 짐작했어요. 한편으로는 가족에게 의미 있는 추억을 선물하는 거라 생각했습니다. 평생을 살면서 가족이 함께 지중해 해안을 거닐어 볼 기회가 있을까 생각하니 모든 게 감사했구요."

서양화를 전공한 기자 출신이 가족과 함께 유럽 10개국을 둘러보고 쓴 명화 감상기는, 그렇게 세상에 나왔다. 당시만 해도 대중들이 마땅히 읽을 만한 미술 교양서가 없던 터라 『50일간의 유럽 미술관 체험』은 출판·문화계에 적잖은 반향을 일으켰다. 그 책을 필두로 한젬마씨의 『그림 읽어주는 여자』, 故 오주석씨의 『한국의 미 특강』이 발간되었다.

"이론가와 평론가의 평가보다 독자의 눈높이에 맞는 글쓰기를 지향했어요. 글의 구성이라든가, 문체, 사진 한 컷 한 컷 모두 '미술의 대중화'에 모토를 두고 썼습니다. 당시에는 시중에 나와 있는 서양 미술 서적이 대부분 번역서 위주라 우리의 관점, 우리의 감성과 맞지 않는 면이 적지 않았죠."

서울미술관 개관 주도, 신선한 전시로 주목

서울 부암동에 있는 서울미술관. 2012년 말에 개관한 이곳은 유니온약품그룹 안병광 회장이 고심 끝에 내놓은 역작이다. 안 회장은 수십 년 동안 수집해온 명작을 채워, 이 관장에게 운영을 맡겼다. 시민과 함께 할 수 있는 열린 공간이라는 공감대가 두 사람을 하나로 이어주었다.

첫눈에도 이곳은 '흐르는 정원'의 이미지로 비쳤다. 바로 이웃한 곳에 석파정(石坡亭)이라는 조선 후기 이하응의 별장이 자리한 때문이기도 하다. 오래도록 '비원(秘苑)'의 이미지를 간직한 석파정은 완만한 구릉을 끼고 있어 특유의 정취를 발한다. 이웃한 서울미술관을 거쳐 자연스럽게 들어갈 수 있게 되면서, 두 공간은 같은 듯 다른 '이질적인 조화'를 이룬다.

이 관장은 "단순히 그림 전시장으로서의 미술관은 더 이상 의미가 없다"고 단언한다. 삶과 문화, 쉼이 함께 하지 않는 미술관은 박제된 고가의 미술품의 집결지 그 이상도 이하도 아니란다. 때마침 열리고 있는 야구선수 박찬호 기획전 'The Hero-우리 모두가 영웅이다!'는 이곳의 정체성을 극명하면서도 세련되게 드러낸다.

"기존의 스포츠 관련 전시가 다소 단편적이었다면 박찬호 기획전은 문화적 해석을 덧붙인 전시라고 할 수 있지요. 공, 배트, 스파이크, 유니폼 등 각각의 소품은 박찬호 선수 개인의 컬렉션으로만 한정할 수 없는 의미가 투사되어 있습니다. IMF로 상징되는 고통의 시절, 국민들은 그를 통해 다시 일어서고, 승리하는 극적인 순간을 맛볼 수 있었죠."

사실 '미술관 옆 야구장' 컨셉은 일반인에게는 자칫 생경한 이벤트로 비칠 수도 있다. 한편으로 90년대 〈미술관 옆 동물원〉이라는 한국판 멜로 영화가 연상되는 측면이 있다. 영화는 감정에 충실한 동물원 남자와 소녀 취향의 미술관 여자가 점차 연인으로 발전한다는 내용을 다뤘었다. 두 인물이 처음에는 좌충우돌하지만 차츰 상대를 인정하고 수용하는 모습으로 변한다. 서로 다른 이질적 공간인 미술관과 동물원의 결합이 낳은 시너지 효과다.

일반적으로 전시회는 고상한 것, 높은 것, 정적인 것으로 인식된다. 반면에 야구는 역동적이고, 남성적이며, 확률적인 스포츠다. 두 영역의 결합은 다분히 이질적으로 과연 이런 것도 전시회가 될 수 있을까, 하는 의문을 갖게 한다. 그러나 예술은 상상력의 산물이 아니던가. 비디오 아티스트 백남준 (1932~2006)이 "예술은 고도의 사기"라고 말했듯이, 예술은 늘 화두에 대한 해석과 표현의 문제로 귀결된다.

미술 용어 가운데 '데페이즈망'이라는 창작기법이 있다. 전치(轉置)로 번역되는 이 용어는 '특정 대상을 일반적인 맥락과 분리한 뒤 이질적인 상황에 배치하는 것'을 말한다. 어울리지 않는 두 요소의 결합은 낯설고 특이한 효과를 낳음으로써 예술적 상상을 유도한다. 그 같은 맥락에서 미술관에 전시된 메이저리그 코리안 특급 박찬호의 삶은 전시장을 기이하고 신비한 에너지로 채운다. 이곳에서 야구공은 한 떨기 꽃으로 피어나기도 하고 반짝이는 별이 되기도 한다.

/ 이론가와 평○○ ○○○○나보다 독자의 눈높○ ○○ 맞는 글을○○ 지향했어요. 글의 구성이라든가, 문체, 사진 한 ○○○ ○○ 모두 '미술의 대중○ ○○ 모토를 ○○○ 있습니다. 당시에는 시중에 나와 있는 서양 미술 서○○ ○○ 부분 번○서 위주라 ○○의 관점, 우리의 감성과 맞지 않는 면이 적지 않았죠. /

이 관장이 생각하는 미술은 거창한 그 무엇이 아니다. 삶과 밀착된 미술, 함께 호흡하며 함께 공유하는 미술을 지향한다. 그는 "높은 곳이 아닌 낮은 곳으로 내려온 미술, 삶의 현장에 뿌리를 내린 미술, 그럼에도 고유의 정체성을 잃지 않는 미술이 우리의 삶을 부유하게 하고 의미 있게 만든다"고 강조한다.

그러한 인식 기저에는 미술 안에는 모든 것이 다 들어 있다는 전제가 깔려 있다. 그는 "상부 구조인 미술 안에는 정치, 경제, 사회, 문화, 종교 등 모든 영역이 특정적인 이미지로 연계돼 있다"면서 "문화생활사 측면에서 보면 이러한 구조는 더욱 극명하게 드러난다. 가옥, 복식, 음식, 정원, 풍경 심지어 요리까지도 색상, 구조, 비율 등 미술이라는 미적 시스템에 의해 구조화되어 있기 때문"이라고 설명한다.

"헝가리 미술사학자 아놀드 하우저가 『문학과 예술의사회사』에서 말하고자 하는 관점이 맘에 들었죠. 기본적으로 하우저는 사회학의 측면에서 예술을 바라보는 시각을 견지합니다. 물론 하우저의 논리가 다 맞는 것은 아니에요. 하우저는 예술이 그 자체로 내적 세계에 머무는 것이 아니라 삶과 밀접하게 관련돼 있다는 사실에 주목을 한 거지요."

그는 『문학과 예술의 사회사』를 열독하고 난 뒤 그림을 보는 안목이 달라졌다고 한다. 그림 이면에 드리워진 다양한 관점을 눈여겨보기 시작했는데 정치 사회제도, 신화적 배경이나 서사에 이르기까지 통합적인 시각을 견지하게 되더라는 거였다.

이 관장이 1999년에 펴낸 『미술로 보는 20세기』는 그 같은 맥락에서 20세기 풍경을 조명한다. 그는 도시·전쟁·영화·여성 등 열두 분야로 20세기를 구획하고, 당대 시류를 민감하게 포착한 작품의 이면을 세세하게 들여다본다.

네루의 『세계사 편력』과 황농문 교수의 『몰입』도 그의 삶에서 빼놓을 수 없는 책들이다. 전자가 단순한 역사가 아닌, 지식인이 지녀야 할 진보적인 사상의 중요성을 역설하고 있다면 후자는 '몰입'이 창의성과 잠재력을 끌어내는 중요한 인자라는 사실을 일깨운다.

근래에 읽은 최인철 교수의 『프레임』은 사고방식의 전환에 초점이 맞추어져 있다. '프레임'은 세상을 바라보는 마음의 창으로 사고방식이나 고정관념, 편견과 같은 의미를 지닌다. 저자는 착각, 오류, 실수, 오해가 이 프레임에서 연유하며 이를 깨기 위한 구체적인 대안을 제시한다.

"보는 대로, 느끼는 대로 감상하라"

"글을 쓸 때 그림을 그리듯 씁니다. 선명한 이미지로 구체화되기 전에는 컴퓨터 앞에 앉질 않아요. 어릴 때부터 그림을 그리는 습관이 체질화되어 있던 때문인 것 같아요."

어린 시절, 그는 미술과 친숙한 환경에서 자랐다. 아버지는 언론 출판 관련 일을 했는데 늘 그림과 관련된 책을 사주셨다. 초등학교 때부터 고등학교 졸업할 때까지 미술반 활동을 했다. 홍익대에 다니면서는 틈틈이 유화를 그렸다. 기름으로 갠 물감이 주는 특유의 두터운 질감이 좋았다. "돌아보면 그림 자체가 일상이었어요. 뭐든 낙서라도 하지 않으면 따분할 만큼 긁적이는 것을 좋아했습니다." 그는 어떤 경우에도 그림을 떼놓고는 삶을 이야기할 수 없다고 했다.

그러나, 그림은 '빵'이 되어주질 못했다. 아니 그림을 그리기 위해서 '빵'이 되는 일을 하지 않으면 안 되었다. 삶은 삶이었다. 미술이 생활이자 중심이었지만 '밥'이 되지 않는 현실은 늘 다른 선택을 강요했다. 미대를 졸업한 이가 들어갈 수 있는 안정적인 직장이 그리 많지 않던 시절이었다. 신문사 미술 담당 기자가 되기로 마음먹은 건 그 같은 연유에서였다.

글을 쓰면서 틈틈이 그림을 그리자는 소박한 생각으로 발을 디딘 신문사에서, 그는 평생의 업이 될 진로를 찾기에 이른다. 대중에게 친숙한 미술 관련 글쓰기였다. 기자 생활을 하면서 그는 "딱딱한 글은 독자에게 빚을 지는 일"이라고 깨달았다. "독자를 객체가 아닌 주체로 상정하지 않는 글은 어떠한 감동도 줄 수 없고 어떠한 소통에도 이를 수 없다"는 사실을.

그는 또한 작품 감상에는 정답이 없다고 한다. 보는 대로, 느끼는 대로, 반응하는 대로, 있는 그대로 보라고 강조한다. 직관만큼 정확한 감상법은 없다는 것이다. 그도 그럴 것이 미술은 이미지와 해석이라는 두 바퀴로 굴러가는 상상력 게임이기 때문이다. 이러저러한 설명을 듣는 것보다 직관이라는 감식안으로 미술품을 들여다볼 때, 어느 순간 그것은 하나의 '꽃'으로 다가온다는 것이다.

지식의 미술관

『지식의 미술관』은 지난 2009년 한겨레신문에
〈이주헌의 알고 싶은 미술〉을 연재한 글모음집이
다. 미술과 관련된 키워드 30개를 선정, 다섯 개의
지식 카테고리로 나누었다. 기법, 정치·사회적 사
건, 시장, 작가 등을 둘러싼 제 요소를 미술과 연계해 흥미롭게 풀어냈다. 미
술 양식과 관련된 지식을 설명하는 방식에선 미대 출신 평론가 특유의 감수
성과 섬세함이 묻어난다.

저자는 미술은 그렇게 어려운 분야가 아니라고 강조한다. '아는 만큼 보이
는 게 아니라, 느끼는 만큼 보인다'는 지론을 주장한다. 미술작품이 '이미지'
로 구성돼 있기에 가능한 얘기다. 180여 점의 컬러 도판과 기자 출신 미술평
론가의 맛깔스러운 글맛은 보너스다.

이주헌 미술평론가는...

『동아일보』 출판국 기자, 『한겨레신문』 문화부 미술 담당 기자를 거쳐 학고재 관장을 지냈다. 미술평론가
이자 미술 이야기꾼으로 활동해온 지은이는 미술을 통해 삶과 세상을 바라본다. 그는 독자들이 그 과정에
좀 더 쉽고 폭넓게 접근할 수 있도록 돕기 위해 꾸준히 글을 쓰고 강연을 한다.

지은 책으로 『50일간의 유럽 미술관 체험』, 『내 마음속의 그림』, 『신화, 그림으로 읽기』, 『명화는 이렇게
속삭인다』, 『느낌 있는 그림 이야기』, 『화가와 모델』 『노성두 이주헌의 명화 읽기』, 『이주헌의 프랑스 미
술관 순례』, 『눈과 피의 나라 러시아 미술』, 『현대 미술의 심장 뉴욕미술』, 『미술 창의력 발전소』, 『지식의
미술관』, 『역사의 미술관』, 『이주헌의 아트 카페』 등이 있다.

건축가 승효상. 그는 한국을 대표하는 건축가 중 한 사람이다. 그를 알고 있다면 어느 정도 건축에 관한 안목이 있다는 얘기다. 가벼움과 빠름이 미덕인 시대에 절박함은, 시대를 거스르는 코드다. 고집스럽다는 말로도 해석되지만 융통성 없는 불통과는 다른 차원의 말이다. 자신만의 세계를 향해 묵묵히 걸어가는 이에게 요구되는 미덕과도 같다.

그는 자신의 건축을 '빈자의 미학'이라고 말한다. "가난해질 수 있는, 가난을 부끄러워하지 않는 정신"을 근간으로 한다.

건축가

승효상

_05

"건축은 공공적 가치를 지닌다고 봅니다. 돈이 아닌 절제를 구현하는 행위로, 본질은 공간에 있어요. 공간은 사람들을 위해 구획되어야 하며 사람의 삶이 녹아 있어야 합니다. 만약 건축가가 건축주에게만 봉사한다면 그는 공공의 가치를 도외시한 시녀에 지나지 않겠죠."

내 건축은 빈자를 위한
비움의 미학이다

"사람이 집을 짓지만, 그 집이 사람을 만든다"

"건축은 절박함"이라고 말하는 이가 있다. 단순한 집짓기가 아니라는 의미다. 건축이 사람에게 미치는 영향에 대해 치열하게 고민하고 성찰한다는 반증이기도 하다. 본시 건축이란 공간 안에 거주하는 이의 철학, 안전, 건강 등 다층의 의미를 상정해야 한다. '절박한' 마음으로 건축을 한다면 그 건축의 생명은 보증이 되고도 남는다.

건축가 승효상. 그는 한국을 대표하는 건축가 중 한 사람이다. 그를 알고 있다면 어느 정도 건축에 관한 안목이 있다는 얘기다. 가벼움과 빠름이 미덕인 시대에 절박함은, 시대를 거스르는 코드다. 고집스럽다는 말로도 해석되지만 융통성 없는 불통과는 다른 차원의 말이다. 자신만의 세계를 향해 묵묵히 걸어가는 이에게 요구되는 미덕과도 같다.

그는 자신의 건축을 '빈자의 미학'이라고 말한다. "가난해질 수 있는, 가난을 부끄러워하지 않는 정신"을 근간으로 한다. 가난해지는 것을 좋아할 이가 있을까. 다분히 반어적인 표현이다. 가난의 정신이 투영된, 가난이 오히려 존재를 빛나고 자유롭게 해줄 수 있는 단초로 작용한다는 뜻이다.

한국 건축계의 거장 김수근에게서 배운 정신

그는 스승인 김수근을 통해 건축가로서의 자세와 삶을 배웠다. 김수근 선생은 그가 넘을 수 없는 거대한 산이었다. 스승의 엄한 가르침은 논리적, 미학적인 향상과 더불어 건축의 사회적 역할에 대한 진지한 성찰로 이어졌다.

"건축은 공공적 가치를 지닌다고 봅니다. 돈이 아닌 절제를 구현하는 행위로, 본질은 공간에 있어요. 공간은 사람들을 위해 구획되어야 하며 사람의 삶이 녹아 있어야 합니다. 만약 건축가가 건축주에게만 봉사한다면 그는 공공의 가치를 도외시한 시녀에 지나지 않겠죠."

그의 첫인상은 영락없는 예술가의 모습이었다. 커다랗고 둥근 뿔테 안경, 듬성듬성 드러난 흰 머리카락, 깊은 생각이 담긴 듯한 눈빛은 부드럽고 날카로웠다. 혹여 '부드러운 직선'이라고 해야 할까. 아니 '날카로운 곡선'이라고 해야 할까. 유연함과 까칠함이 밴 표정은 자신만의 세계를 묵묵히 걸어온 이들에게서 보이는 엄격함이 묻어난다. 만만찮은 내공이 빚은 아우라일 터다.

서울 동숭동에 소재한 '이로재(履露齋)'는 그가 직접 설계한 공간이다. 명칭부터 예사롭지 않다. 밟을 이(履), 이슬 로(露), 집 재(齋). 이슬을 밟는 집이라는 뜻이다. 중국 고사에 효성이 지극한 가난한 선비의 일화에서 비롯되었단다. 선비는 매일 아침 일찍 아버지의 처소에 들러 옷을 입혀드렸다. 이슬을 밟으며 아버지의 처소로 향하는 선비의 극진한 마음을, 승효상은 건축에 임하는 자신의 자세로 전환했다.

"'이로재' 현판은 절친 유홍준 교수의 집 수졸당을 설계하고 받은 겁니다. 수

졸(拙)이란 바둑 초단의 별칭으로 '자기의 집이나 지킬 정도'라는 겸양이 담겨 있습니다. 당시 유 교수는 부친과 살기 위해 부친의 퇴직금으로 주택을 지어달라고 했어요. 가진 돈이 얼마 없었던지 설계비 대신 현판을 주더라구요. 단어가 꽤 낭만적이고 속뜻도 깊어 건축사 사무소 이름으로 쓰게 되었죠."

수졸당은 최소한의 땅에, 최소한의 돈으로 지은 주택으로, 건축학도들 사이에서는 설계의 모범으로 통한다. 우연의 일치인지 수졸당을 완공하던 날 유 교수의 『나의 문화유산답사기』도 세상에 나왔다.

승효상은 사람이 집을 짓지만 그 집이 사람을 만든다는 철학을 갖고 있다. 맹모삼천지교와 같은 맥락으로 거기에는 공간에 대한 그의 철학적 고민이 담겨 있다. 그는 "영혼이 거주할 수 없는 건축은 박제이며 세트에 불과하다"며 "건축 속에 영혼이 거주하게 되면 그 건축은 장소와 시대를 떠나 감동으로 다가온다"고 말한다.

빈자의 미학은 보이지 않는 공간으로 확장된다. 그 보이지 않는 공간은 다시 보이지 않는 실체인 영혼에까지 영향을 미친다. 종교적 차원으로 비약되는 측면이 없지 않지만, 영혼이 평안해야 일신도 평안하다. 그는 어릴 때부터 "의에 주린 자가 되고, 사랑에 목마른 자 되며 화해와 일치에 앞장 서는 자 되라"는 말을 수도 없이 들었다. 독실한 기독교 신자였던 부모님의 영향 때문이란다.

'정의와 사랑 그리고 화합'은 모든 종교가 지니는 보편적 가치다. 그 보편적 가치의 실현은 욕심을 버리는 데서 시작된다. 비움의 확장성이다. 탐심으로 가득한 내면을 비우지 않고는 가치의 추구와 실현은 공염불에 지나지 않는다.

'비움의 미학'은 승효상 건축의 또 다른 정체성이다. 채우는 것이 중요한 시대에 비움이라니. 이 또한 명백히 대세를 거스르는 코드다. 콘텐츠가 중요한 시대가 아닌가. 채워야 하고 담아내야 인정받고 지경이 넓혀지는 세상일진대 자꾸만 비우란다. 그러나 승효상은 단호하다. "비우지 않고는 채울 수 없으며 채우지 않고는 공간성은 구현되지 않는다"고. 그리고 보면 그 채움의 대상은 의(義)와 애(愛)와 화(和)일 터다. 그리고 그 채움을 가능하게 하는 본질적인 힘

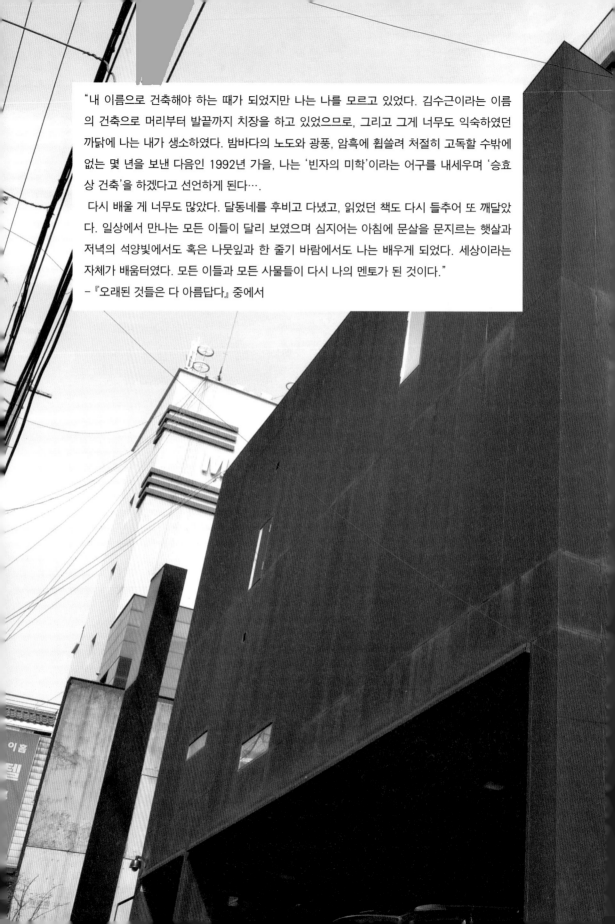

"내 이름으로 건축해야 하는 때가 되었지만 나는 나를 모르고 있었다. 김수근이라는 이름의 건축으로 머리부터 발끝까지 치장을 하고 있었으므로, 그리고 그게 너무도 익숙하였던 까닭에 나는 내가 생소하였다. 밤바다의 노도와 광풍, 암흑에 휩쓸려 처절히 고독할 수밖에 없는 몇 년을 보낸 다음인 1992년 가을, 나는 '빈자의 미학'이라는 어구를 내세우며 '승효상 건축'을 하겠다고 선언하게 된다⋯.

다시 배울 게 너무도 많았다. 달동네를 후비고 다녔고, 읽었던 책도 다시 들추어 또 깨달았다. 일상에서 만나는 모든 이들이 달리 보였으며 심지어는 아침에 문살을 문지르는 햇살과 저녁의 석양빛에서도 혹은 나뭇잎과 한 줄기 바람에서도 나는 배우게 되었다. 세상이라는 자체가 배움터였다. 모든 이들과 모든 사물들이 다시 나의 멘토가 된 것이다."
– 『오래된 것들은 다 아름답다』 중에서

승효상 건축가가 직접 설계한 '이로재(履露齋)' 건물. 서울 동숭동에 소재.

은 여백이 아닐지.

"'비움'이란 용어는 서양의 현대건축에서 새로운 시대 새로운 건축의 키워드가 되었지만, 이는 본디 우리 선조들의 상용어였으며 우리의 옛 도시와 건축의 바탕이었습니다. 그러나 언제부터인가 우리에게 비움은 추방해야 할 구악이 되었고, 채우기에 몰두한 나머지 우리 도시는 악다구니하는 한낱 조형물과 건조물로 가득 차고 말았어요. 우리의 삶과 공동체는 그래서 서서히 붕괴되고 있는 것이 아닐까요."

그가 비움의 미학 교본으로 생각하는 공간은 서울의 종묘다. 서울은 600년 역사가 숨 쉬는 고도지만 개발지상주의 광풍으로 불과 3, 40년 사이에 동양화적 아름다움을 잃어버렸다는 거다. 왜곡된 서구의 도시 이론으로 덧칠해진 나머지 본래 지니고 있던 아름다움을 잃어버린 채 심각한 병리현상을 앓고 있다고 한다.

성경은 가장 영향을 많이 받은 책

'빈자' '비움'을 아우르는 본질은 '진실'이다. 진실의 건축은 빈자의 미학과 비움의 미학을 포괄한다. 그렇다면 진실의 건축 주된 재료는 무엇일까. 철학적 사유와 성숙의 체험이다. 승효상은 "기억, 독서, 여행은 사유의 폭을 넓히고 체험을 풍요롭게 만들며 여행과 독서는 현재의 자신을 만들었고 자신의 건축을 만들었다"고 단언한다.

그에게서, 그의 건축에서, 인문학적 향기가 묻어나는 건 그 때문이다. 철학자의 깊은 사고, 작가의 자유로운 상상력, 역사학자의 냉정한 시각이 투영되어 있다. 서로 다른 층위의 논리와 감성이 한데 어울려 화음을 연출하고 공간성을 연출한다. 그 위에 영적인 울림이 있다.

승효상은 가장 많이 영향을 받은 책으로 성경을 꼽는다. 올해도 신년 초에 신약을 통독했다. 매년 초가 되면 신약을 잃고 하반기엔 구약을 읽

/ "'비움'이란 용어는 서양의 현대건축에서 새로운 시대 새로운 건축의 키워드가 되었지만, 이는 본디 우리 선조들의 상용어였으며 우리의 옛 도시와 건축의 바탕이었습니다. 그러나 언제부터인 가 우리에게 비움은 추방해야 할 구악이 되었고, 채우기에 몰두한 나머지 우리 도시는 악다구니 하는 한낱 조형물과 건조물로 가득 차고 말았어요. 우리의 삶과 공동체는 그래서 서서히 붕괴되 고 있는 것이 아닐까요." /

는다. 요한복음은 읽을 때마다 그에게 색다른 영감을 준다. 그는 특히 1절부터 3절까지를 좋아한다.

"태초에 말씀이 계시니라. 이 말씀이 하나님과 함께 계셨으니 이 말씀은 곧 하나님이시니라. 그가 태초에 하나님과 함께 계셨고 만물이 그로 말미암아 지은 바 되었으니, 지은 것이 하나도 그가 없이는 된 것이 없느니라."

그는 "말씀이 하나님이고, 진리며, 언어라는 인식"을 갖고 있다. 기독교 모태 신앙 영향 때문이기도 하지만, 그러한 인식의 기저엔 사물의 존재가 언어임을 자각하고 있다는 의미로 읽힌다. 지식인이라면 사물의 근원은 언어라는 전제에 대해 깊이 있게 성찰해야 한다는 것이다. 그가 건축을 하기 전 언어로 구체화 작업을 하는 이유도 같은 맥락이다.

"건축은 글을 짓는 일과 유사해요. 사물에 대한 이해와 개념을 바탕으로 자신만의 논리를 세워야 하니까요. 그것의 창조적인 힘은 독서에서 비롯됩니다."

고유섭의 『조선미술사논총』도 그의 건축에 많은 영향을 미쳤다. 식민지 시대 유일한 미술사학자였던 고유섭은 사회경제사학, 정신사적 미술사 방법론 등을 두루 취합했다. 해박한 지식과 다양한 방법론을 적용, 미술사학의 기초를 세웠을 뿐 아니라 한국의 건축과 회화 미술을 한 단계 업그레이드시켰다는 평가를 받는다.

가스통 바슐라르의 『공간의 시학』도 빼놓을 수 없는 책이다. 바슐라르는 다양한 공간과 그 공간이 지니는 이미지가 상상력을 통해 구현되는 과정을 규명한다. 승효상은 "자신의 말은 어눌하기 짝이 없지만 그럼에도 언어 선택에 신중을 기한다"고 말한다. 그의 건축이 깊이 있는 독서에서 비롯되었음을 짐작하게 하는 대목이다.

오래된 것들은 다 아름답다

『오래된 것들은 다 아름답다』는 건축가 승효상의 '성찰록'이다. 저자가 국내 · 외 여행을 다니면서 깨달은 건축과 삶에 대한 깊은 사유를 담고 있다. 종묘정전에서부터 르토로네 수도원에 이르기까지 세계 건축의 풍경이 펼쳐져 있다.

그는 '진실한 건축'의 주된 재료로 독서와 여행을 역설한다. 간결하고 담담히 써내려간 글에 담긴 사유와 깊은 여운은 지적인 편력과 낯선 곳으로의 여행이 준 선물이다.

유홍준 전 문화재청장은 "승효상은 자신의 건축에 관해서나 남의 건축에 관해서 반드시 구조와 기능은 물론이고, 그것의 역사성과 현재성을 모두 아우르며 말한다. 그래서 그의 건축 이야기는 언제나 인문정신의 핵심에 도달해 있고 승효상은 글을 잘 쓴다는 말을 듣는다"라며 상찬한다.

승효상 건축가는...

승효상은 '빈자의 미학'을 자신의 건축 철학으로 삼고 작업하는 건축가다. 그것은 "가난한 사람의 미학이 아니라 가난할 줄 아는 사람의 미학"이다. 15년간 한국 현대 건축의 선구자로 평가받는 김수근 문하에서 일했다. 1989년 건축사무소 이로재를 개설한 이후 공공의 가치를 구현하는 건축을 해오고 있다. 가장 대중적으로 알려진 작업은 파주출판도시 코디네이터, 2011년 광주디자인비엔날레 총감독으로 활약한 일이다.

2002년 건축가로는 최초로 국립현대미술관에서 주관하는 '올해의 작가'로 선정되어 '건축가 승효상전'을 가지기도 했다. 지은 책으로는 『빈자의 미학』, 『지혜의 도시, 지혜의 건축』, 『오래된 것들은 다 아름답다』 등이 있으며, 대표적인 건축으로 '수졸당', '수백당', '웰콤시티', '대전대학교 혜화문화관', '한국DMZ 평화생명동산', '노무현 대통령 묘역', '퇴촌주택' 등이 있다.

글 박성천

소설가이자 광주일보 기자인 저자는 다양한 영역에 걸친 글쓰기를 통해 사람과 세상, 문화에 대한 지평을 넓혀가는 인문학자다. 전남대 영문과와 동대학원 국문과 박사과정(문학박사)을 졸업했으며, 2000년 전남일보 신춘문예 당선과 2006년 소설시대 신인상 수상을 계기로 소설 창작을 시작했다. 문학 기자와 『예향』 기자로 활동하면서 문학 관련 기사 뿐 아니라 우리 시대 화제가 되는 인물 인터뷰, 다양한 문화 담론, 인문학적 주제, 학술 전반에 대해 깊이 있는 글을 쓰고 있다. 또한 대학에서 학생들을 가르치면서 늘 배움에 대한 열망을 실현해가고 있는 중이다.

지금까지 소설집 『메스를 드는 시간』, 기행집 『강 같은 세상은 온다』, 연구서 『해한의 세계 문순태 문학 연구』, 『짧은 삶 긴 여백 시인 고정희』, 『스토리의 변주와 서사의 자장』 등을 펴냈다.

사진 최현배

최현배는 지난 1995년 광주일보에 입사한 이래 만 20년째 사진을 전문으로 찍고 있는 베테랑 사진 기자다. 초창기에는 보도와 사실 위주의 현장 사진을 찍었지만, 지금은 사람과 풍경, 예술, 문화 등 다방면에 걸쳐 잔잔한 여운과 인문적 향기가 나는 작품을 찍고 있다. 특유의 감각으로 피사체에 대한 순간적인 포착이 뛰어나며, 사진 이면에 드리워진 진실과 의미를 보여주기 위해 고심하는 기자다. 2002년 광주전남기자협회 기획 부문 최우수상, 2005년 스포츠 사진 부문 우수상, 2014년 광주전남기자협회 기획 부문 최우수상 등 다수의 상을 수상했다. 올해는 제16대 광주전남기자협회장을 맡아 사진기자협회의 발전을 위한 궂은 일을 마다하지 않고 있다.

공 지 영 에 서 최 재 천 까 지

책은 사람을 만들고
사람은 책을 만든다

초 판 2쇄 2016년 1월 15일

지은이 박성천
펴낸이 류종렬

펴낸곳 미다스북스
등록 2001년 3월 21일 제313-201-40호
주소 서울시 마포구 서교동 486 서교푸르지오 101동 209호
전화 02) 322-7802~3
팩스 02) 333-7804
홈페이지 http://www.midasbooks.net
블로그 http://blog.naver.com/midasbooks
트위터 http://twitter.com/@midas_books
이메일 midasbooks@hanmail.net

ⓒ 박성천, 미다스북스 2015, Printed in Korea.

ISBN 978-89-6637-412-0 03810
값 22,000원

미다스북스는 다음세대에게 필요한 지혜와 교양을 생각합니다.

"무엇보다 유혹을 이길 수 있는 힘을 길러야 하지요.
변화의 처음을 맞이할 수 있는 힘은 과감하게 유혹을
뿌리치는 데서 시작됩니다. 또한 너무 무리하게 목표를
설정하지 않는 것도 중요합니다. 단계적인 목표를 세워
차츰차츰 실행해나가다 보면 어느 순간
장벽을 통과할 수가 있거든요." 곽금주

"누군가 성취를 하면 부러워하는데
하등에 그럴 필요 없어요. 묵묵히 자기 길을
가다 보면 언제고 그 길이 자신의 인생을
열어줄 테니까요." 이덕일

"인생이 별것 있습니까.
오늘을 즐겁게 살 수 있다는 것은
언젠가는 죽는다는 사실을
인식하고 있기 때문이죠." 주철환

"'세상살이에 어려운 일 없으면 교만하고 사치하게
된다'라는 말을 염두에 두고 살아가야 합니다.
인기에 의지하지 말고 인격에 의존해야 하지요." 김병조

"한마디로 책은 살아 있는 생명입니다." 김언호

"사람은 누구나 자신의 이야기를 가지고
태어납니다. 물론 상황에 따라 희극일
수도 비극일 수도 있지만, 이야기를
어떻게 받아들이고 해석하느냐는
전적으로 자신의 선택입니다." 이주향

"아무도 없는, 거름도 주지 않는
황량한 들판에서 들꽃은 피어난다." 김병종

"사진은 있는 그대로를 보여주는 게
아니라 세상을 해석하는
하나의 방편인 셈이죠." 배병우

"단언하건대 미래의 경제학은 미학이
될 겁니다. 기술 패러다임에서
디자인 패러다임으로, 예술 패러다임으로
옮겨가고 있는 추세지요." 진중권

"딱딱한 글은 독자에게 빚을 지는 일입니다." 이주헌

"건축은 글을 짓는 일과 유사해요. 사물에
대한 이해와 개념을 바탕으로 자신만의
논리를 세워야 하니까요. 그것의 창조적인
힘은 독서에서 비롯됩니다." 이주헌